맛집에서 나눈 '노회찬의 삶과 꿈'

음식천국 노회찬

이인우 지음

이인우

기자, 작가. 1988년 한겨레신문 창간에 참여한 뒤 여러 부서를 거치며 기자 업무를 수행했다. 2011년 기획위원으로 와이드인터뷰 '한겨레가 만난 사람'을 진행하면서 고 노회찬과 인연을 맺었다. 가천대학교 미디어커뮤니케이션학과 겸임교수로 학생들을 가르쳐 보기도 했다. 지은 책으로 〈서울백년가게〉(2019), 〈삶의 절벽에서 만난 스승 공자〉(2016), 〈조작간첩 함주명의 나는 고발한다〉(2014), 〈세상을 바꾸고 싶은 사람들—한겨레 10년의 이야기〉(공저, 1998) 등이 있다.

음식천국 노회찬

초판 1쇄 인쇄일 2021년 3월 1일
초판 1쇄 발행일 2021년 3월 5일

지은이 | 이인우

펴낸이 | 이성우
기획 편집 | 노회찬재단
디자인 · 일러스트 | 김경래
인쇄 | 한영문화사
제본 | 경문제책사

펴낸곳 | 일빛
등록일 | 1990년 4월 6일
등록번호 | 제10-1424호
주소 | 03993 서울시 마포구 동교로27길 12 동교씨티빌 201호
전화 | (02) 3142-1703~4 / 팩스 | (02) 3142-1706
E-mail | ilbit@naver.com

값 17,000원
ISBN 978-89-5645-184-8 (03810)

맛집에서 나눈 '노회찬의 삶과 꿈'

음식천국
노회찬

이인우 지음

일빛

'노회찬의 요리교실' : 곰치국(2010. 2. 11.)

차례

추천의 글

"책에서 작은 행복을 찾을 수 있어 참 좋았습니다."

독자 여러분. 안녕하세요. 저는 연희동에서 일식당 '카덴'을 운영하는 요리사 정호영입니다. 얼마 전, '노회찬재단'으로부터 이 책의 추천 글을 부탁받고 많이 망설였습니다.

'내가 추천 글을 쓸 만한 사람인가?'

'나는 글재주도 없는데….'

그럼에도 깊은 인연은 없지만, 평소 노회찬 의원님의 뜻과 꿈을 존경해 왔고, 또 이 책이 음식과 맛집을 소재로 한 그분의 삶에 관한 이야기를 담고 있어서 용기를 내어 쓰기로 했습니다.

제 기억으로 노 의원님은 제가 방송에 출연하기 전부터 '카덴'이라는 업장과 음식의 맛을 알고 계셨습니다. 특히 이 책에도 소개된 것처럼 2016년 8월 31일은 무척 인상 깊은 장면으로 남아 있습니다. 여러분들과 함께 오셔서 회갑 기념 식사를 매우 유쾌하게 하셨습니다. 처음에는 회갑인지 몰랐는데, 끝날 무렵 살짝 알려 주시더군요. 저도 1층까지 내려가 배웅하고 기념사진도 함께 찍었습니다.

제가 기억하는 노 의원님은 통념 속의 정치인답지 않게 굉장히 소탈하고 따뜻한 분으로, 언제나 격의 없이 대해 주셨습니다. 음식 주문은 주로 같이 오시는 분들이 했는데, 어쩌다 본인이 직접 주문하는 경우에는 비싼 메뉴는 거의 주문하지 않았어요. 그래도 반가워서 제가 서비스를 드리면 굉장히 미안해 하셨지요.

노 의원님께서 갑자기 떠나신 뒤로 "○○에서 행복합니다.", "○○ 때문에 행복합니다.", "○○에서 행복을 찾았습니다."라고 쓰신 그분의 '맛집' 서명(sign)을 접할 때면, 정말로 '맛객'이셨다는 생각을 하게 됩니다. "여기가 천국! 행복합니다"라는 자필 서명은 그 결정판이었습니다.

　요리를 업으로 하는 저도 같은 생각입니다. '맛'은 곧 추억이자 기억이고, 함께 나눌 때 결국은 행복으로 이어진다고 봅니다. 노 의원님과 그분을 그리워하는 지인분들의 이야기를 담은 이 책을 넘기다 보면, 특히 허영만 화백님의 〈식객 II 1, 2, 3〉의 몇몇 구절들이 마음에 와 닿습니다.

　"기억 속의 음식은 사람을 행복하게 한다."
　"맛은 함께 나눌 때 추억이 된다."
　"맛의 끝은 사람이다."
　"음식은 상처받은 영혼과 마음을 치유해 준다."

　저는 이 책에서 작은 행복을 찾을 수 있었습니다. 그리고 '노회찬'이라는 인물에 대해 조금은 더 가깝게 다가갈 수 있어서 참 좋았습니다. 독자 여러분도 행복을 찾을 수 있었으면 좋겠습니다.
　끝으로, 이 책에 등장하는 많은 분들의 마음이 조금이나마 치유되셨으면 하는 개인적인 바람을 전합니다.

－ 정호영
(요리사, 일식당 '카덴' 대표)

"산하에 봄이 달려오는 소리가 들립니다."

이 책은 노회찬이 남기고 간 벗들을 위해 그가 "미안해, 미안해." 하며 정성스럽게 차려 준 밥상이다. 갑자기 우리 곁을 떠난 그가 생전에 즐겨 찾았던 맛집을 순회하며 식탁을 차려 놓고 많은 벗들을 초청했다. "이 음식은 말이야…"로 시작되는 그의 음식에 대한 예찬은 언제나 깊고 친절했다. 내가 그를 처음 만났던 1992년 5월부터 2018년 7월 22일 여의도까지.

저마다 가슴에 생채기를 담은 그의 벗들은 느닷없이 혹은 계획적으로 '음식천국노회찬' 팀에 호출되었다. 밥상에 둘러앉아 노회찬이 건네는 술 한 잔 마시고 눈물을 짓기도 했다. 서로를 위로하고 때로는 노회찬에게 삿대질도 하면서 "노회찬은 죽어서까지 남겨진 사람들을 걱정하는 걱정맨이다."라고 말하며 노회찬이 앉아 있을 법한 빈자리에 술 한 잔을 따르곤 했다.

그가 가장 행복했던 순간들은 아마도 전쟁 같은 하루 일정을 마무리하며 가까운 사람들과 함께 밥과 술을 나누는 시간이었을 것이다. 그가 행복했던 곳에서 그가 사랑하고, 그를 사랑하는 사람들을 따뜻하게 위로해 주고 싶었다. 술과 음식 이야기가 나오면 반짝반짝 더 빛났던 '노회찬 맛집' 리스트를 정리해 보니 150여 곳이나 되었다. 노회찬을 고통스럽게 소환해 내며 1년 반이 넘는 여정을 함께 해준 많은 분들의 '고통 나눔(고통도 나누니 힘이 되더라.)'으로 이 책이 세상에 나오게 되었다.

다소 부담스러운 과거 운동권 이야기도 작가인 이인우 기자의 펜 끝에서는 시가 되고 에세이가 되었다. 일러스트 김경래 디자인팀장의 따뜻한 시선이 만들어 낸 '맛객 노회찬', '낭만 자객 노회찬' 등등 노회찬을 수식하는 새로운 조어가 생겨나기도 했다. 고교 동창들, 인민노련, 진보 정당을 함께 만들었던 노회찬의 많은 길동무들과 그의 일생을 음식과 함께 관통하는 동안, 편린들이 곳곳에서 걸어 나와 소리없이 가슴을 적셨다. 〈프레시안〉에 연재될 때는 '노회찬 맛집'을 다녀왔다는 분들의 SNS도 접하는 등 나름 유명세를 탄 연재물이었다. 늘유쾌하지만은 않았던 노회찬을 이 책을 통해서 만나게 될 것이다.

에피소드 하나.

저녁에 약속이 있는 날은 점심부터 노회찬은 두근두근 식사 관리에 들어간다. 술을 위한 배려다. 술을 맛있게 마시기 위해서는 위를비워 둬야 한다는 지론으로, 만날 사람에 대한 예의라고, 나는 그렇게 읽었다.

"소주 한 잔을 털어 넣으면 식도를 타고 위로 흘러 내려가는 술의길이 보이지. 박규님, 그 맛 알아?"

술과 음식에 대한 그의 끊임없는 호기심과 욕심은 타의 추종을 불허한다.

우리에게는 견디고 버텨 내야 할 시간들이 아직도 남아 있듯이 맛객 노회찬이 추천한 '노회찬의 맛집' 130곳도 아직 남아 있다.

'노회찬의 서재 봄'. 그가 멈춘 곳에서 출범한 노회찬재단 기록관이름이다. 언 땅을 뚫고 달려오는 생동하는 '봄'을 너무나 좋아했던 사람. 단 한순간도 손에서 책을 놓아 본 적이 없었던 독서광. 그의 국회의원회관 510호 마지막 책상 위에는 〈그리스인 조르바〉, 〈감옥으로부터의 사색〉, 〈82년생 김지영〉, 〈재미있는 발명발견 이야기〉, 〈원색 자연학습도감〉, 〈시이튼의 동물기〉, 〈장길산〉, 〈학생애창450곡집〉, 경기고 1-3반 교지 2권과 어릴적 친구들의 기사가 실린 신문 스크랩북 등등이 놓여 있었다.

노회찬에게 큰 영향을 끼쳤을 이 책들도 있는 서재. 야트막한 동네에 둥지를 틀고 있으면 새들도 날아오고, 봄바람이 꽃씨도 몰고 와 어깨동무하며 마을을 이룰 것이다. 노회찬이 사랑했던 6411번 버스에 타고 있는 낮은 곳의 벗들과 그들의 자자손손 밥이 되고 술이 되어 줄 재단에는 정원의 화초로 잘 '길러진' 모범생 노회찬도 있고, 유신을 겪으며 "전쟁을 겪은 소년은 더 이상 소년이 아니다."라고 스스로를 규정했던 전환기의 노회찬도 있다. 노회찬의 처음과 끝이 있고, 노회찬이 꿈꾸었던 세상과 우리가 가꾸어야 할 미래가 있다.

"산하에 봄이 달려오는 소리가 들립니다."
오래 전 노회찬이 일기에 적은 글귀다.
지금 나는 '노회찬의 서재 봄'에 꽂혀 있는 이 책을 바라본다. 그리고 '노회찬의 꿈'을 싣고 우리 앞으로 달려오는 봄의 소리를 듣는다.

— 박규님
(노회찬재단 운영실장, 전 노회찬 의원 보좌관)

1
_____

진보 맛객 노회찬의 꿈

내가 꿈꾸는 나라

– 염리동 평양냉면집 '을밀대'에서

을밀대 평양냉면집
서울시 마포구 숭문길24

서울시 마포구 염리동(숭문길24)에 자리 잡은 평양냉면집 '을밀대(乙密臺)'는 천국에서 잠시 유배를 왔다가 돌아가 버린 '노회찬'이라는 선인의 체취가 많이 남아 있는 곳이다. 그가 이 냉면집을 즐겨 찾기 시작한 때가 1990년대 초반부터라고 하니, 노회찬이 이 집에서 쌓은 내력도 육수 맛만큼이나 진하고 깊을 듯하다.

을밀대에서 가장 행복합니다. 2004. 6. 15 국회의원 노회찬

그가 즐겨 다닌 냉면집에 남겨 놓은 글귀다. 오랫동안 진보정치의 의회 진출을 꿈꿔 온 그 자신이 드디어 국회의원이 된 사실을 세상에 고하는 일곱 자의 서명.

노회찬은 미식가였다. 부르주아적인 '탐식의 도락가'라는 말이 아니다. 그는 동네 뒷골목에 수줍은 듯 숨어 있는 맛집을 좋아한 방랑 식객이었고, 음식 만들기도 잘한 용문객잔의 주방장이었다. '노회찬'이라는 희대의 정치인을 '미식'이라는 도락의 틀로 재단하는 것은 어불성설이다. 하지만 노회찬이라는 사람의 인간미 속에 음식의 세계가 있다는 건 그 자신에게나, 주변의 지인들에게나 다 같이 축복이었다. 그리하여 천국으로 돌아간 선인 노회찬이 생전에 즐겨 찾았던 이승의 맛집을 순례하며 그를 추억하는 이 여정의 이름을 우리는 '*음식천국노회찬*'이라 부르기로 하였다.

노회찬은 여러 음식 중에서도 특히 냉면을 좋아했다. 평양

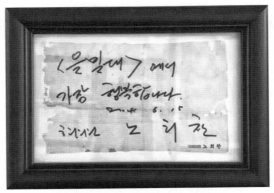

노회찬이 처음 국회의원(민주노동당 비례대표)이 된 2004년 6월 15일 을밀대에 남긴 글. '국회의원 노회찬' 일곱 자에는 진보 정당 창당을 이끈 그의 숨은 자랑과 긍지가 담겨 있는 듯하다.

을 방문했을 때 옥류관에서 냉면 한 그릇을 시킨 뒤 사리를 다섯 번이나 추가해 먹는 바람에 지배인이 '특별 방문록'을 들고 올 정도였다. 을밀대는 냉면 애호가인 그가 서울에서 가장 사랑한 냉면집이었다. 거리 집회로, 정당 살림살이로 목이 쉬고 땀에 절은 몸으로 노회찬을 따라나섰다가 을밀대 냉면의 진한 육수 맛과 쫄깃한 면발의 식감에 휘감겨 잠시나마 행복감에 젖은 이가 얼마나 많았을까. 겨자 맛처럼 코끝이 찡해져 온다.

이북에서 내려와 경상북도에 정착한 고 김인주가 1976년 대구에서 상경해 현재의 염리동 자리에 문을 연 을밀대는 1980년대 후반부터 냉면 애호가와 미식가들 사이에 입소문이 나기 시작했다. 김대중 전 대통령의 평양 방문 등 남북관계 호전의 바람을 타고 하루에 1천 여 그릇을 파는 냉면집으로 성장했다. 어린 시절부터 대구의 유명 냉면집에서 냉면 기술을 배운 김인주는 특히 육수에 대한 철학이 확고했다. 그는 생전에 냉면을 배우러 온 사람들에게 가르침을 주기도 했다.

"평양냉면 맛은 육수가 결정합니다. 양념 맛이 겉으로 드러나서는 안 되고, 고깃국물 안에 은은히 깊게 배어 있어야 제 맛이 나고 뒷맛도 깔끔합니다."

그는 가게가 커지면서 늘어나는 육수량을 맞추기 위해 육수 공장을 따로 두고 육수를 생산했다. 을밀대 가게 앞에 늘 주차되어 있는 낡은 봉고차가 당시 육수를 실어 나르던 김인주의 '달구지'였다.

노회찬은 1990년대 초에 창간한 〈매일노동뉴스〉(국내 유일의 노동 전문 일간지. '2. 밤 깊을수록 별 더욱 빛나리라' 중 '우리 회사에 정리해고는 없다' 편 참조) 발행인으로 일하던 무렵을 전후하여 을밀대를 드나들기 시작했다. 주인 김인주에게 노회찬은 가장 기억에 남는 손님 중 한 사람이었다. 어느 날, 점심 대기 줄에 서 있던 노회찬을 발견한 김인주가 슬며시 다가와 "다음엔 미리 전화하고 오셔."라고 조용히 귀띔해 줄 정도로, 두 사람은 허물없는 사이였다. 하지만 이제는 두 사람 다 천국에 있으니 따로 줄을 설 것도, 미리 전화하라고 옆구리 찌를 일도 없어서 좋을 것 같다.

을(乙)에 몰두하다 을(乙)밀대에 있었습니다. 더운 날씨 고생하는 분들 생각하며 잠시 면학(麵學) 보이기에 젖어 봅니다. 최근 일면식(一麵食)도 못한 분들께 겸송.

이 재치 넘치는 조어도 2013년에 노회찬이 을밀대에 왔다가 남긴 트윗이다.

을밀대에서 노회찬을 추억한다고 하니, 열 일 마다하지 않고 통영에서 올라와 '음식천국노회찬'과 자리를 함께 해주신 장석(중앙씨푸드 대표·노회찬재단 이사) 선생은 노회찬의 고교 동창이자 평생 지우이셨다. 신춘문예에 당선할 만큼 풍부한 시재, 온화한 품격이 온몸에서 굴 향기처럼 풍기는 백미(白眉)의 신사이시다.

"을밀대는 〈매일노동뉴스〉 시절부터 자주 같이 왔어요. 회찬이가 젊어서 노동운동을 하고 진보정치를 했지만, 그 무렵은 직원 월급 주는 일, 대출 이자 막는 일의 어려움을 배우던 때였죠."

장 선생은 노회찬이 예술을 사랑하고, 맛과 멋을 존중할 줄 알기에 진정한 민중의 정치인 자격이 있다고 믿는 사람이다.

"진보와 보수를 떠나 운동가가 무슨 미식 운운하냐고 눈을 흘기는 사람도 있었지만, 지나고 보면 그들은 대체로 조화(調和)에 대한 이해가 부족한 분들이었습니다."

시인인 그의 생각에 미(美)는 본질적으로 조화를 추구한다. 조화 의식이 부족해서는 진정으로 타인을 생각하고, 공동체를 위한 정치를 제대로 추구하기 어렵다고 생각한다.

"회찬이는 젊은 시절부터 쪽잠을 자고, 김밥으로 끼니를 때우는 생활에 누구보다 익숙한 사람이었습니다. 그러면서도 음식이야말로 한 나라, 한 민족이 갖는 정체성의 핵심이라는 걸 잘 알았습니다. 고전음악에서 감자탕까지, 혁명의 전선에서 의회

민주주의 전당까지 그의 세계가 넓게 펼쳐질 수 있었던 이유가 아닐까요?"

  우리 시대 처음으로 '진보정치를 대중화시킨 정치가'로 역사에 기록될 노회찬은 장 선생의 말처럼, 그의 발길이 닿은 음식 세계 곳곳에 식객으로서의 자취도 적잖이 남겼다.

  씨기가 천국! 행복합니다. 노회찬

  어느 음식점에 그가 남긴 글귀는 하루도 온전히 쉴 날이 없었던 그의 삶을 반증하고 있는 듯하다. 더불어 같은 길을 가고 있는 사람들끼리 둘러앉아 있는 연대의 기쁨, 그리고 홀로 저만치 앞서 가야만 하는 자의 진한 외로움까지도 전율하듯 전해져 오는 환호다.

  1992년, 감옥에서 나오던 서른여섯 살 무렵까지의 노회찬은 겉으로는 강고한 혁명가이지만 내면은 수줍음 많고, 자의식 강하고, 사색의 색조로 덮인 사람이었을지도 모르겠다. 역시 *'음식 천국노회찬'* 순례단에 자리를 같이 한 조승수 전 민주노동당 국회의원, 박규님 노회찬재단 운영실장의 추억을 떠올려 본다.

  "1992년 진정추[*] 시절 울산에 교육을 왔는데, 이때만 해도 강연하시는 스타일이 무거웠습니다. 고저 없는 목소리 톤, 교과

[*] 진보 정당추진위원회. 1990년대 초반 노회찬이 주도했던 진보 정당 건설 추진 운동단체

서적인 문어체에 발음마저 경상도식 표준말이었으니 듣다 보면 솔솔 잠이 오지 않을 수 없었어요. 맨 앞줄에 앉아서 계속 졸았습니다.(웃음)"

"저희들은 달랐습니다. 감옥에서 나왔다는 소식을 듣고 노회찬이 어떤 사람인지 직접 확인하고 싶어 몇 사람이 찾아갔어요. 그날 노 의원님은 자신이 엄청 딱딱하고 알 수 없는 말만 늘어 놓았다고 한탄했는데, 사실 우리는 그 세 시간 동안 하나도 지루하지 않았어요. 당신만 몰랐어요. 자신이 얼마나 뛰어난 이론가이자 재기 넘치는 웅변가였는지를."

박규님은 국민승리21* 시절, 계파가 다른 권영길 민주노총 위원장이 대통령 후보로 선출되자 수많은 자파 동지들 앞에서 "지금부터 우리는 모두 권영길입니다! 나도! 당신도! 여러분도!"라며 계파를 초월한 지지를 호소하던 모습을 전하며 눈물을 글썽인다.

필자와 노회찬의 인연은 기자와 정치인의 관계 속에 있다. 2008년 18대 국회의원 선거에 낙선한 노회찬이 서울시 노원구에서 19대 총선을 준비하고 있던 2011년 봄, 그와의 인터뷰를 위해 처음 만났다. 민주노동당과 진보신당의 재결합을 포함해 진보 정당 통합이 논의되던 차여서 노회찬에 대한 관심도 부쩍 높아져 있던 때였다.

첫 만남에서 그는 지역구 출마 준비가 몸에 안 맞는 옷을 입은 사람처럼 조금은 어색해 보였다. 하지만 자신이 왜 국회로

---

* 민주노총 주도로 1997년 창당된 진보 정당. 민주노동당의 전신 격이다.

판문점 남북정상회담이 열린 2018년 4월 27일 이정미 당시 정의당 대표 등 당직자들과 함께 을밀대에서 축하 점심을 하고 나
오는 길에 노회찬을 알아본 시민들을 향해 손을 흔들고 있다.

돌아가야 하는지,* 왜 진보 정당의 의회 진출이 한국정치의 절실한 과제인지를 온 힘을 다해 알리고자 했다. "20년 전에도, 20년 후에도 내 꿈은 진보 정당의 집권"이라던 그의 말은 그 이후 필자가 노회찬을 기억하는 키워드가 되었다.

그를 마지막으로 보았던 때는 2018년 4월 27일 문재인 대통령이 김정은 국무위원장과 판문점 도보다리에서 역사적인 남북 정상회담을 하던 그날, 바로 이 을밀대에서였다. 정의당 원내대표였던 노회찬은 이날 "시작이 반이다. 나머지 반을 채우기 위한 노력은 우리 모두의 몫"이라는 논평을 내고, 정의당 당직자들에게 평양냉면으로 '점심을 쏘기 위해' 을밀대에 들렀던 것. 필자 역시 같은 이유로 동료들과 점심을 하러 을밀대에 왔다가 마침 이정미 당시 정의당 대표 등과 회식을 마치고 나오던 노회찬과 마주쳐 반갑게 악수를 나누었다. 그로부터 몇 달 뒤, 그가 그렇게 황망히 떠날 줄 알았다면 '좀 더 따뜻하게, 좀 더 굳세게 그의 손을 잡아 줄 걸' 하는 후회가 떠나지 않는다.

몇 잔의 소폭에 부질없는 회한을 실어 보낸 우리는 '노회찬'이라는 선인을 추억하며 모처럼 즐거웠다. 그가 없는 현실만 빼면 부러울 것이 없는 을밀대의 오후.

'살기 위해 먹느냐, 먹기 위해 사느냐?'는 질문을 받는다면, 자신은 '먹기 위해 사노라'고 대답하겠다던 노회찬. 그 우문 직답 속에는 평생을 민중의 삶을 직시하며 진보정치를 추구해 온 한 '사회주의자'의 진실이 을밀대 육수 맛처럼 스며들어 있다.

---

* 노회찬은 2004년부터 2008년까지 제17대 국회 민주노동당 비례대표 의원을 지냈다.

"어이 장 시인, 조(승수) 의원, 조 교수(조현연 전 성공회대 교수), 박 실장, 나 빼고 뭐 하는 거야? 어라, 이 기자는 어쩐 일이야?"라고 반가워하면서 방문을 쓰윽 밀고 들어와 어느덧 우리들 사이에 앉아 있는 노회찬을 만나고 있는 듯하다.

"지금 진보 진영이 내게 부여한 사명은 서울에서 진보 정당 최초의 지역구 의석을 확보하라는 것이다. 그 소명을 꼭 달성하고 싶다. 청년 시절부터 민주화운동을 하면서 내가 가졌던 꿈은 대부분 현실로 이뤄졌다. 그것도 생각했던 것보다 훨씬 빠르게. 그래서 나는 지금 내가 꾸는 꿈도 멀지 않은 장래에 이뤄질 것이라고 믿는 편이다. 전쟁 걱정이 없는 나라, 국적과 신분으로 차별을 받지 않는 나라, 일자리가 많은 나라, 애 낳고 기르는데 불편함이 없는 나라, 병원 가는데 걱정이 없는 나라, 온 국민이 악기 하나쯤은 다룰 줄 아는 나라. …… 이런 나라가 현실에서 꼭 불가능한가? 나는 가능하다고 믿는다. 과거의 내 소망이 다 이뤄졌듯이 내 살아생전에 이뤄지는 것을 보고 싶다."*

* 2011년 3월 14일 〈한겨레〉 와이드인터뷰 '한겨레가 만난 사람' 중에서.

생산부장과 지하 그룹 투사들

– 한식 주점 '연남동 이파리'에서

이파리 한식 주점
서울시 마포구 월드컵북로44길 46

지금은 마포구 상암동(월드컵북로44길 46)으로 자리를 옮긴 옛 연남동 한식 주점 '이파리'는 맛있는 한식 안주에 전통주를 즐겨 마시는 맛꾼들이 자기들끼리 몰래 다니는 명소급 식당이다. 노회찬도 그런 사람 중 하나였다. 이 집은 일부러 감춰 놓은 듯 자리 잡고 있어서 '이파리'가 주점이라는 정보를 미리 알고 있는 사람이 아니면 찾아오기가 쉽지 않았다. 고깃집, 중화요리, 당구장 등의 간판이 층층이 걸려 있는 빌딩 외관만 보아서는 알 길이 없다. 빌딩 안으로 들어서야 사각형 나무판에 '이파리 葉(엽)'이라고 쓴 간판이 보이고, 다시 2층 계단을 올라가서야 주점 입구가 나온다.

　"저희 집을 아시는 분만 오셔서 조용히 담소하며 좋은 음식을 즐기고 가시라는 단골손님을 위한 배려로 이해해 주십시오."

　이런 비밀주의로 장사해도 손님이 끊이지 않기에 선택할 수 있는 전략이다.

　'음식천국노회찬' 초대 손님으로 '이파리'에 모신 분들은 한때 추적을 피해 룸살롱에서 점심식사를 가장해 비밀 회동을 했던 '지하 그룹'이다. 비밀주의 식당에 딱 어울리는 손님을 모셨다고 자부해도 좋다.

　"1979년 대학에 들어가 기숙사 생활을 했다. 그때는 지역 간의 왕래가 지금처럼 쉬울 때가 아니어서 다들 사투리도 심했다. 경상도와 전라도 친구가 대화하다가 안 되면 충청도 친구가 통역을 자처하기도 했다. 조금 친해지자 전라도 친구가 경상도 친구를 놀렸다."

"야, '좀 줘' 해 봐."

"좀 도."

"'도'가 아니라 '줘'."

"도!"

"허 참, '도'가 아니랑께, 좀 줘!"

"아이 씨, 좀 도오!"

이런 명랑 청년들이 이듬해 '광주사태'(5.18 광주민주화운동)를 목도한다. '광사'는 이들을 '혁명'의 대오로 이끈 거대한 충격이었다. 전라도만이 아니라 경상도, 충청도, 강원도 출신이라고 예외일 수 없었다. 말수가 줄어들고 표정이 무거워지면서 하나둘 학생운동에 뛰어든다. '빵'(감옥)에 다녀오거나 건성건성 대학을 졸업하는 것을 계기로 이들은 노동운동으로 '변혁'의 무대를 옮겼다.

'이파리'에 오신 분들은 30여 년 전, 인천 지역 공장으로 들어간 '학출'(대학생 출신) 노동자 가운데 노회찬을 '생산부장'으로 부르거나, 그렇게 알던 분들의 일부다. 노회찬보다 네댓 살 이상 연하의 이들에게 생산부장은 비밀스러운 지도부였다. 나중에 직접 대면하게 된 사람들은 대머리에 가까운 노회찬의 외모 때문에 한참 연상의 '늙은 지하운동가'로 알았다고 한다.

음식을 통해 노회찬을 추억하는 자리에 기꺼이 나와 주신 분들은 순서 없이 임영탁, 권우철, 최봉근, 구인회, 최건섭 등 5인이다. 1987년 6월 26일 부평역 광장에서 노회찬, 주대환 등의 주도로 결성된 '인천지역민주노동자연맹'의 맹원들이다. 건네받은 명함은 세무사, 출판인, 대표이사, 교수, 변호사. 노동자의 나라를 꿈꿨던 이들이 어떤 경로를 거쳐 지금의 명함을 가지게 되었는지는 따로 묻지 말자. 이들이 마지막으로 노회찬과 함께한 때는 1990년대 초반 몇 차례의 진보 정당 건설 시도가 실패로 돌아간 무렵이었다. 노회찬과 그를 따른 이재영(2012년 타계한 진보 정당 정책담당 이론가)만 남고 많은 이들이 뿔뿔이 흩어져 갔을 때였다.

— 다들 학생운동을 하다가 노동운동에 투신한 것 같습니다. 인민노련에는 어떻게 '가담'하게 되었는지요?

"자연스러운 일이었습니다. 대개 신분을 감추고 가명으로 활동했지만, 인천 지역을 기반으로 운동을 한 사람들은 계파를 초월해서 많이 들어갔습니다. 전부터 노 선배와 활동을 같이 했던 분들은 출범부터 함께했다고 볼 수 있겠죠."

"저는 인민노련보다 '인노련'이 더 익숙합니다. 제 기억으로는 1989년 10월에 조직이 1차 검거를 당할 때 치안본부(현 경찰청) 대공분실이 수사 결과를 발표하면서 '인민노련'으로 이름을 붙인 게 시초였습니다. 아마도 '인민'이라는 축약어가 당시에는 북쪽 용어인 '인민(人民)'이라는 말을 연상시키는 효과를 노린 게 아닐까요? '빨갱이 이미지'를 덧씌우려는 의도로…. 물론 과거에 존재했던 다른 조직인 '인노련'과 구분하려는 의도도 있었겠지

---

* 인노련 또는 인민노련. 1987년 6월항쟁 기간 중 인천 지역을 중심으로 조직된 노동운동 조직. NL(민족민주) 계열과 더불어 1980~90년대 운동권의 한 축인 PD(민중민주) 계열이 주축을 이루었다. 1990년대 초반부터 합법 노선으로 전환해 노회찬을 중심으로 진보 정당 설립 운동을 주도하였다.

만. 아무튼 그 뒤로 이름이 인민노련으로 굳어졌어요."

당시 인민노련 구속자들이 법정에서 "그렇소. 우리는 사회주의자요!"라고 외친 일은 유명한 일화로 회자되었다. 인민노련 출범을 주도한 노회찬은 1989년 12월 23일 체포되어 국가보안법 위반 혐의로 복역하다가 1992년 4월 1일 청주교도소에서 만기 출소했다.

– 기억에 남는 노회찬과의 에피소드가 있다면….

"활동의 성격상 보안 유지가 필수적이라 사실 서로에 대해 잘 몰랐어요. 서로 묻지도 않고, 알려고도 하지 않았습니다. '일화'라는 게 만나야 생길 수 있는 건데, 아쉽게 같이 술 마신 기억조차 별로 없네요."

"나는 생산부장이 왔다고 해서 그 자리에 끼게 되었는데, 웬 머리가 벗어진 사람이 나타났어요. 그 사람이 '노회찬'이라는 건 나중에 알았고요."

"사실 노 선배는 외모로도 먹고 들어갔지. 다른 조직과 접촉할 때면 저쪽에서 놀라. 노련해 보인달까? 역시 인노련은 뭔가 달라도 다르다며 내심 감탄하는 분위기가 있었죠. 하하."

"우리 파트에 조금 반골인 선배가 있었어요. 그런데 어

인민노련 사건의 법정 기록을 담은 책 〈그렇소, 우리는 사회주의자요!〉(윤철호·오동렬 외, 1990년, 일빛)

느 날 아주 노숙해 보이는 사람이 와서 그 선배를 진압하는데, 말이 얼마나 유려하고 논리적인지. '와, 우리 조직에 저런 사람이 있구나!' 싶었지요."

"저는 고향 선배인 회찬 형을 자주 찾았습니다. 운동을 시작한 무렵이라 물어볼 게 참 많았거든요. 그런데 인천 오기 전에는 백 번도 넘게 만나던 사람을 만날 수가 없었어요. 그러다가 어느 공장 파업에 지원을 나갔다가 회사 쪽에서 동원한 깡패들에게 맞아 사경을 헤맨 적이 있었습니다. 며칠 만에 의식이 돌아와 눈을 떴는데, 병실 의자에 회찬 형이 앉아 있는 거예요. 그 순간 '아, 저 형은 사고를 크게 쳐야 볼 수 있는 거구나' 하는 생각부터 들더군요."

– 지도부 별칭이 '생산부장'이라는 게 재밌습니다.

"당시 제가(최봉근) 태윤 형(정태윤·정당인)과 함께 활동할 때였는데, 학생운동 같이 했던 형 친구가 압구정동 아파트에 살았어요. 그분 집에서 회합을 가지려고 했는데, 우리를 보는 경비원의 행동이 이상해 다른 곳으로 장소를 옮겨야 했어요. 그때 태윤 형이 낸 아이디어가 룸살롱이었습니다.* 장소가 조용히 만나기에 딱 이었죠. 그런데 서빙을 하는 아가씨가 자주 들락거리는 바람에 보안 유지가 어려울 수 있다는 게 단점이었습니다. 회사 생활 몇 달이라도 해 본 제가 아이디어를 냈지요. 회사원처럼 꾸미자고. 그래서 조직부를 생산부로, 부평, 부천, 주안 등의

---

* 당시는 룸살롱 업주들이 밤손님 유치를 위해 점심시간에 해장국 등을 시켜 먹을 수 있는 룸을 제공해주던 시절이었다.

지역 조직은 1, 2, 3과로 해서 각각 1과장, 2과장 등으로 부르고. 지역 간 연대 활동을 담당한 제 파트는 검찰 특수부가 생각나 그냥 '특수부'라고 했고요. 그렇게 해서 조직부를 이끈 노 선배가 생산부장이 된 겁니다."

"저는 특수부를 별로 신뢰(?) 안 해요. 왜냐고요? 개봉동에 있던 거점이 발각된 것 같은 느낌이 자꾸 들어서 다른 곳으로 옮기기로 결정했는데, 특수부가 나(구인회)더러 차를 구해 오래요. 그래서 아버지가 채소 가게를 하는 후배를 어렵게 꾀어서 채소 트럭을 빌리는 데 성공했어요. 동국대 부근에서 키를 넘겨받아 특수부가 트럭을 몰고, 나는 조수석에 앉았는데 광화문 대로에서 특수부가 자꾸 시동을 꺼뜨리는 거야. 경찰이 오면 어쩌나 싶어서 얼마나 초조했는지. 한겨울인데도 등짝이 식은땀으로 다 젖을 정도였어요."

"트럭 기사를 쓰면 보안 유지가 어려울 것 같아서 내가 직접 몰려고 1종 면허까지 땄어요. 그런데 막상 트럭을 움직이려고 하니까 시동 거는 법을 모르겠는 거야. 억지로 수도 없이 키만 돌리고 있는데, 지나가던 어떤 분이 딱해 보였던지 대신 시동을 걸어 주면서 절대 꺼뜨리지 말라고 했어요. 그런데 차를 운전하다 보면 멈춰야 할 상황이 생기는데, 그때마다 시동이 꺼지는 겁니다. 다시 억지로 키를 몇 번이고 돌려서 간신히 시동이 걸리면 겨우 출발했어요. 그렇게 불안불안하게 트럭을 몰아 개봉동으로 가서 짐을 싣고 여의도로 오는데, 이번에는 짐을 잘못 실어서 코너를 돌 때마다 책장이며 서랍이 이리 쏠리고 저리 쏠리고. 사이드 미러까지 하나 깨먹고 어찌어찌 이사를 마치기는 했는데, 트럭은 고장이 나고 말았어요. 스타트 모터가 완전히 망가져서 더 이상 시동을 걸 수 없게 됐지요."

— 채소 가게 아버지는 큰일 났겠네요.

"아뇨. 싹 고쳐서 돌려드렸어요. 우린 그런 거 하난 칼이었죠."

"그때 그 후배가 누구였지? 좀 가르쳐 줘 봐."

"지금 와서 알아선 뭐하게."

"정말 미안해서 그래. 필기시험 볼 때는 쉬웠는데, 실제로 운전해 보니까 엄청 어려운 거더라고."

운동을 그만둔 사람들에게는 '마음의 짐'이라는 게 있다. 동지들은 간데없고 깃발만 나부끼는 거리를 터벅터벅 걸어 길 저편으로 사라져 본 경험이 있는 사람들이 아닌가. 노회찬을 떠날 때를 생각하면 지금도 가슴이 베인 듯 아리다.

"저한테는 특히 더 그런 친구가 있습니다. 충청도 ㅊ농고 김○○. 동일 계열 진학으로 농대에 들어온 친구인데, 기숙사 방을 같이 썼어요. 참 착한 친구였어요. 담배꽁초는 물론 성냥개비 하나 길에 버리는 법이 없었습니다. 집이 너무 가난하고 학교생활도 적응이 잘 안 됐는지 1년 다니고 말았는데, 졸업한 뒤 우연히 다시 만나 친해졌습니다. 어느 날 30만 원을 빌려 달래서 줬는데, 충주댐 수몰지 근처에 땅을 사서 농사를 지으려 했어요. 그런데 제가 가서 보니 영 아니다 싶어 농사 때려치우고 나하고

2012년 4월 치러진 제19대 총선에서 당선한 노회찬을 축하하기 위해 모인 한사노(한국사회주의노동자당)와
진정추 동지들과 함께. 한사노는 인민노련 멤버들이 주축을 이루었다.

인천에 가자고 했어요. 공장 다니며 노동운동 같이 하려고…. 나중에 제가 결혼할 때 그 친구한테 오라고 했더니 자기 물색이 너무 형편없어 어떻게 가느냐며 걱정을 하더군요. 결국 오지 않았고, 그 뒤로 소식마저 끊어졌습니다. 나이가 들어서 그런지 그 친구가 자꾸 보고 싶어져요. 어디 사는지 알면 찾아가 볼 텐데….”

"형은 그 사람 찾아서 뭐 하려고요? 30년도 지난 일인데… 막걸리 한잔 하려고요?”

"빚진 게 있어서 그래. 빚진 마음, 그런 게 있어….”

옛 연남동 '이파리'가 현재의 곳에 자리 잡은 지는 7년쯤 되었다고 한다. 음식만으로 평가하면 더할 나위 없는 한식이다. 왜 노회찬이 이 집을 가까운 지인이나 모시고 싶은 사람들만 데리고 즐겨 다녔는지 알 만했다. 직접 담근 장류에 제철 식재료를 그때그때 들여와 요리를 하는데, 메뉴가 매일 바뀌다시피 한다. 그날 구한 가장 좋은 식재료가 요리가 되어 상에 오르기 때문이다. 한식의 기본이 되는 된장, 고추장, 간장은 직접 담근 걸쓴다. 된장은 직접 쑨 메주로 담가서 5년 이상 묵은 것만 쓴다. 고추장은 태양초 햇고추장, 간장은 3~5년 숙성시킨 것을 쓴다고 한다. 소금은 5년 동안 간수를 뺀 신안천일염을 사용한다고. 이 집의 별미인 갈치김치와 식해류는 한국인이라면 좋아하지 않을 사람이 없을 것 같다.

'음식천국노회찬'이 오늘 초대 손님에게 내놓은 요리는 병어감자조림, 가오리찜, 삼치구이 등등인데, 모인 분들 모두가 엄지

척을 해주셨다. 막걸리는 '송명섭막걸리'와 '유성별막걸리'가 특히 인기를 끌었다.

'이파리' 메뉴판에 쓰인 자기소개 한 토막.

"이파리는 전국 방방곡곡 최고의 국내산 식재료를 사용해 온 정성을 다한 최고의 한식을 만드는 데 목표가 있습니다. 한국 사람은 한식을 먹고 전통주를 마심으로써 가장 큰 가치를 느끼며, 가장 멋진 술자리를 즐길 수 있다고 생각합니다."

좋은 음식과 좋은 막걸리를 앞에 두고 노회찬의 '감방 막걸리' 이야기를 빼놓을 수 없다. 청주교도소에서 복역하던 시절, 정치범이라고 독방을 배정 받자 식빵에 요구르트를 부어 술을 만들어 마셨다. 꾀병을 부려 의무실에서 원기소를 타다가 술에 넣어 도수를 높인 이야기, 면회 오는 사람에게 요구르트 200병을 넣어 달라고 한 이야기는 아마도 수십 번은 했을 것이다. 그런데 그에게 진짜 맛있는 감방 막걸리 제조 비법을 알려 준 이가 이 자리에 있었다.

"1989년 서울구치소에 들어가 있을 때, 제가(권우철) 어렸을 적 고향 집에서 찹쌀청주 담는 과정을 본 기억을 더듬어 막걸리를 담가 히트를 쳤습니다. 페트병에 숨구멍을 몇 개 내고, 온도가 높은 곳에서 숙성을 시킨 게 포인트였습니다. 다른 사동의 '장안파'라는 조폭 부하가 찾아와 두목 생일이 얼마 안 남았다며 술을 만들어 달라고 할 정도로 구치소 안에 명성이 자자했지요. 흐흐."

"노 의원님도 요구르트와 식빵으로 술을 만들었다고 얼마나

자랑했는데요."(박규님)

"식빵에 요구르트 타는 것은 전통 제조법이고, 내 것은 달랐어요. 그때 같이 들어와 있던 노 선배를 우리 방으로 오시게 해서 한 잔 드렸더니, '어떻게 만들었길래 이런 맛을 냈느냐?'며 감탄사를 연발했어요. 청주교도소의 노 선배 막걸리가 맛있었던 건 그분의 학습 능력이 워낙 뛰어나서일 겁니다."

오해 마시라. 1990년대 초 노태우 정권 시절에는 시국사범이 많이 들어온 구치소와 교도소는 해방구 같은 분위기였다.

"노회찬의 어린 시절이나 대학 시절을 기억하는 사람은 이 자리에 저(임영탁)밖에 없는 것 같습니다. 저는 노 선배의 부산 고향 후배입니다. 네 살 터울 동생 노회건과 친구입니다. 회찬이 형은 동네의 자랑이었습니다. 공부 잘하는 것이 산동네를 탈출하는 유일한 방법이던 시절에 품성 좋은 데다 경기고까지 들어갔으니…."

"회찬 형과 개인적으로 가까워진 계기는 제가 서울로 대학 진학을 하면서부터였어요. 두 형제가 자취하는 방을 뻔질나게 찾아갔습니다. 아마 백 번은 갔을 겁니다. 나중에 알았지만 회찬 형이 수배를 받고 있던 처지라 자취방을 자주 옮겨 다닐 때였는데, 저는 그런 사정도 모르고 신나게 들락거린 거죠. 형한테 듣는 이야기가 너무 재미있고 신기했습니다. 미대나 음대 다니는 회건이 친구들까지 와서 되려 미술사나 음악사 강의를 얻어 듣고 갔어요. 독서량이 대단했던 겁니다."

"회찬 형 자취방에 들어가면 문 빼고는 사방이 책으로 가득

했어요. '이십 대 중반의 나이에 어떻게 저런 책들을 읽어낼 수 있을까?' 경이로울 뿐이었습니다. 저녁에 시작한 강의가 새벽까지 이어질 때는 직접 아침밥을 차려 주곤 했습니다. 그 무렵 우리나라에 참치 통조림이 처음 나왔는데, 그걸 넣고 끓인 미역국이 끝내줬습니다. 그때 배운 참치미역국을 결혼한 뒤 아내 생일날 끓여 줬더니, 해마다 끓여 달라고 할 정도로 좋아했어요. 참 맛있는 '노회찬표' 참치미역국이었습니다."

― 노회찬을 아는 많은 사람들이 노회찬의 뛰어난 재능과 학습 능력에 감탄하는데, 그래도 뭔가 어설픈 것은 없었나요?

"동생 회건이는 형 잘하는 것 빼고 다 잘했어요. 바둑, 장기, 당구 등 각종 잡기에 능했고, 회찬 형은 이런 쪽이 약했죠. 동생과 새까맣게 접바둑을 두면서 한 수에 10분 이상씩 장고해도 못 이겨요. 하다못해 자취방에서 심심풀이 고스톱을 쳐도 따는 걸 못 봤고요. 몸으로 하는 운동도 별로였지요."

"그렇게 자주 만났던 사이였지만, 저나 동생한테 한 번도 노동운동을 권한 적이 없었어요. 매번 다른 얘기만 해서 제가 먼저 말을 꺼냈을 정도였죠. 그게 언제였는지 모르겠는데, 서울역 앞 시위 현장에서 회건이를 봤던 모양이에요. 그 후 저하고 같이 부산에 내려갈 때였는데, 열차 안에서 그때 이야기를 하면서 '운동은 한 집에서 한 사람만 해도 된다.' 그러시더군요. 저에게 한 말이었지만, 회건이 귀에도 들어가라고 한 소리였습니다."

"이 자리에서는 제가(최건섭) 제일 막내인 것 같습니다. 저는 사실 노 의원보다 부인 되시는 김지선 씨를 먼저 알았어요. 지역에서 같이 활동했던 누나입니다. 워낙 미모가 출중하신 데다 성격도 좋아서 저는 물론이고, 많은 사람들이 몰래 흠모한 스타였지요. 나중에 누나를 채 간 노 의원이 어찌나 밉던지."

"나는 저런 말 안 믿어. 진심으로 지선이 누나 좋아한 사람은 세상에 나밖에 없어. 나하고 노 선배 빼고 다 가짜야."

"흐흐. 아무튼 빵에서 나와 빈둥거리고 있을 때, 누나가 광역 선거(1991년)에 출마한 여성 노동운동가의 선거운동원을 좀 해 달래요. 입고 갈 양복이 없다고 하니까, 노 선배 양복을 가져다 줬어요. 선거운동 끝나고도 계속 입었어요. 저한테 준 거니, 내 것이려니 했죠. 그런데 어느 날 누나가 오더니 양복 돌려 달래요. 노 선배도 그게 단벌이었던 거죠. 얼마나 민망하고 얼굴이 화끈거리던지…. 나중에 돈 생기면 양복 한 벌 해 드려야겠다고 생각했는데…. 생각만 하고 못 해 드리고 말았네요."

"말 나온 김에 하는 말인데, 저는 노 선배가 정말 밉고 그 선택이 싫어요. 그렇게 가는 법이 어디 있습니까? 남은 사람들 그 부채감, 그 의무감 다 어떻게 지고 살라고…. 왜 주변 사람들과 상의하지 않았을까요? 불과 몇 천만 원짜리인데…. 그 양반 주변에 변호사들이 얼마나 많았는데…. 왜 그런 식으로 혼자만 떠안으려 했는지…."

"싫지 않은 사람이 여기 누가 있나? 좋아하는 사람 아무도 없어…."

"우리가 다 알다시피 노 선배는 정치인이라는 직업과는 안 맞는 사람입니다. 정치를 하려면 약간 뻔뻔하기도 하고, 진흙탕에

뒹굴기도 하고, 속없는 사람처럼 굴기도 해야 하는데 기질 자체가 그런 걸 못하는 사람이었습니다."

"이상을 위해 정치를 수단으로 택했을 뿐이지 정치가 좋다거나 소질이 있어서가 아니야. 그냥 모든 분야에서 재능이 뛰어났기 때문에 다른 사람들 눈에 잘하는 것처럼 보였을 뿐입니다. 결벽은 정치인한테는 치명적인 약점이지."

"저 역시 회찬 형과 함께 청년기를 보낸 사람으로서 형이 정치를 그만두기를 진심으로 바랐습니다. 그 양반이 조금이라도 그런 내색을 했으면 저도 나서서 만류했을 텐데…. 겉으로 약한 모습을 보인 적이 없으니 '아, 저 양반 워낙 뛰어나서 어려운 상황도 잘 견뎌내고, 심지어 즐기기까지 하는구나.' 그렇게만 여겼던 게 너무 한이 됩니다."

'이파리'라는 식당 이름은 한식 전문가로 식당을 처음 열었던 이미엽 씨가 자신의 이름 끝 자 '이파리 엽(葉)'에서 따왔다고 한다. 자기 음식에 대한 자부심이 풀풀 나는 작명이다.

옛 연남동 '이파리'는 '음식천국노회찬' 모임이 있은 지 몇 달 후인 2021년 1월 마포구 월드컵북로44길 46(지번은 상암동 17-7)으로 이전해 운영 중이다. 창업자 이 씨가 코로나19 여파로 식당 운영을 축소하면서 동업을 해 온 제자이자 직원이던 이준구 씨에게 식당을 넘겼다고 한다. 연남동 시대를 접고 상암동 시대의 이파리를 이끌게 된 이준구 씨는 7년 동안 이파리에서 일하며 이미엽 씨의 한식을 전수받았다.

노회찬은 이파리가 연남동 자리에 개업을 하고 얼마쯤 지나

인민노련 시절 동지였던 후배 최봉근과 노회찬. 2018년 초 한 식당에서의 만남을 최봉근이 핸드폰에 담았다.

지인과 함께 처음 왔다고 한다.

"그 뒤부터 다른 분들도 모시고 종종 오시기 시작했습니다. 지난 대선 후에는 심상정 의원 등 정의당 분들과 함께 오신 기억도 납니다. 노 의원님은 참 점잖고 친절하셨습니다. 들를 때마다 늘 좋은 음식이라고 칭찬해 주시고, '오늘의 메뉴' 추천을 청하시곤 했습니다. 식사를 끝내고 나가실 때는 꼭 주방과 저를 찾아 인사를 건네시는 것도 잊지 않으셨습니다. 한번은 친구들과 함께 오신 것 같았는데, '나 이런 식당을 알아. 너희들은 몰랐지?' 하는 식으로 으스대는 시늉도 보여주셔서 저희들도 무척 기분이 좋고 자랑스러웠습니다."

노회찬이 빵에 들어갔을 당시 '누가 조직을 지도했느냐?'는 물음이 나왔을 때, "자동화 시스템이 작동했다."고 누군가가 대답했다.* 디지털 시대인 지금 맹원들에게는 '카톡'이라는 게 있다. 왕년의 지하 조직이 단톡방을 만들어 소식을 주고받는다. 단톡방 회원은 80여 명 정도. 당시 활동했던 숫자는 이보다 훨씬 많았을 터이니, 단톡방에 안 들어오는 사람 또한 많을 것이다.

– 회원 기준은?
"당시는 누가 누구인 줄 잘 몰랐으니까, 스스로 자기가 인민노련 소속이었다고 생각하는 사람이면 다 자격이 있다고 봐야죠."

현재 회장은 임영탁 씨가 맡고 있다.
"한동안 뜸했는데, 모임 한 번 소집해야지?"
"계획이 없는데."
"모이지 못할 거면 우리도 화상회의 해보지."
"무슨 긴급 안건이라도 있어서 그래?"

"뭐, 그냥 재미로 하면 안 돼?"

올해 환갑이 되었거나 곧 될 왕년의 투사들이 "2차는 아이스
크림이나 생맥주!"를 외치며 자리에서 일어섰다.

진보정치 꽃 피운 야생화 씨앗

– 강서구 발산역사거리 '원당곱창'에서

원당곱창 소곱창구이집
서울시 강서구 강서로379

서울 서쪽 끝 강서구 발산역사거리에 곱창집 '원당곱창'이 있다. 지하철 5호선 발산역 2번 출구로 나오면 바로 간판이 보인다. 노회찬이 사랑한 맛집 중 하나다. 원당곱창은 곱창 자체의 맛을 중시한다. 그러려면 재료에 퀄리티가 있어야 한다. 굽는 방식은 센 불에 빨리. 잘 구운 곱창을 씹으면 고소함 속에 진한 곱이 풍성하게 입안을 적신다. 노회찬도 정치하는 사람인지라 조금 더 써서 "전국에서 가장 맛있는 곱창집"이라고 엄지척을 했다.

원당곱창은 김학서, 한옥보 씨 부부가 2002년부터 운영하고 있다. 식당은 전형적인 동네 곱창집의 면면을 갖추고 있다. 크고 단순한 원색의 명조체 간판, 둥근 드럼통 테이블, 낙서 가득한 벽에 구식이 분명한 인테리어와 메뉴판 등 1990년대 후반이나 2000년대 초반 배경의 드라마 〈응답하라〉 시리즈에 등장하면 제격일 것 같은…. 원당곱창이 노회찬과 인연이 닿은 계기는 '노회찬 사람들'이 이곳 강서구에 진보정치의 새 둥지를 틀면서부터다.

강서 양천향교 뒷산이 '궁산(宮山)'이다. 꼭대기에 '소악루(小岳樓)'라는 정자도 있다. 해발 76미터의 얕은 구릉이지만, 한강은 물론 서울 전경이 한눈에 들어온다. 이 전망 좋은 곳에 1990년대 후반 어느 쯤부터 한 중년 남자와 2030 젊은이들이 종종 나타난다. 지금은 어림없는 일이지만, 그들은 밤이 이슥하도록 무엇인가를 심각하게 토론하고, 때로는 한 잔 술에 불온한 노래들을 목청껏 불러대는 호연지기를 과시한다. 젊은 축으로는 고 이

재영 등이, 중년 세대로는 노회찬이라는 '선배'가 있었다. 혹시 이 글을 읽는 사람 가운데 빙긋이 웃으며 '나도…'라고 할 사람도 있을 것이다.

그 궁산 자락 아래에 대한민국 진보 정당 운동사에서 빼놓을 수 없는 현장이 있다. 1996년부터 2007년 말 노회찬이 지역구를 노원으로 옮기기 전까지 진보정당추진위원회*와 진보정치연합** 서울본부가 되고 중앙당사가 된 곳. 말하자면 국회의원 선거구 기준으로 서울 강서을 지역은 노회찬과 그의 사람들이 '진보 정당 건설'이라는 이상을 향해 새로운 항해를 시작했던 곳이다.

1995년 12월 어느 추운 겨울날, '한때는 서른 명이 넘었던 (진보정치) 상근자들이 뿔뿔이 흩어지고' 마지막 남은 한 명(이재영)과 노회찬은 진정추 시절부터 꾸려 온 짐을 싸 들고 강서구 내 발산동 좁은 사무실에 들어섰다. '꿈이 있기에 기죽지도 힘들지도 않았던' 그때로부터 5년 뒤인 2000년 1월에 역사적인 민주노동당이 창당됐다. 그리고 4년 뒤 17대 총선에서는 진보 정당이 한 번에 의석 10석을 확보하는 기적이 창조됐다. 그 당시 노회찬은 중앙선대본부장을 맡아 민주노동당의 역사적 승리를 지휘하면서 비례대표 8번으로 당의 열 번째 의석을 채웠다.

원당곱창에서 '음식천국노회찬'과 함께 잠시 그 시절로 돌아간

---

* 진정추. 1992년 총선에서 원내 진출에 실패한 민중당이 해산된 뒤 1993년 결성된 진보정치 단체.

** 진정련. 공동 대표 노회찬·김철수. 1995년 9월 24일 진정추와 민중정치연합이 통합해서 만들어진 진보 정치 단체.

분들은 한 쌍의 부부와 한 분의 인테리어 목수이시다. 세 분 모두 1990년대에 진보정치운동을 매개로 노회찬과 인연을 맺었다.

부부의 남편 구준회 씨(아이쿱생협 근무)는 1998년 진보정치연합 강서 지역 상근 활동가로, 부인 서수진 씨(동부여성발전센터 근무)는 이듬해 진보정치연합 회원 활동을 시작하면서 노회찬과 만났다. 두 사람은 회원 모임에서 눈이 맞았다. 2003년

1995년 무렵의 노회찬. 선거 출마용으로 찍은 프로필 사진인 듯하다. 미래에 대한 희망과 의지가 표정 가득 서려 있다.

결혼식 주례는 당연히 노회찬이었고, 노회찬은 부인 김지선과 함께 주례 자리에 섰다.

당시 진정추 구리남양주지부 선전부장이었던 김기문 씨(목수)는 백선본(백기완선거대책본부)* 중앙으로 파견나갔던 무렵에 백선본 조직위원장을 맡았던 노회찬을 처음 만났다고 한다. "1992년 4월 감옥에서 막 싱싱한 인간이 나왔다고 다들 궁금해했다"며 인민노련('1. 진보 맛객 노회찬의 꿈' 중 '생산부장과 지하 그룹 투사들' 편 참조) 사건으로 복역하고 막 출소했을 무렵의 서른여섯 살 청년 노회찬을 회상한다. 김 씨는 결혼 후 구리에서 강서구로 이사를 했는데, 노회찬이 강서에 진을 치게 되면서 인연을 이어 가게 됐다. 김 씨는 나중에 알고 보니 '음식천국노회찬'의 코디네이터이기도 한 박규님 노회찬재단 운영실장과 한집 살림을 하는 사이였다.

"그 시절 우리는 모두 지독한 회의주의자들이었죠. 남들이 보면 별것 아닐 수도 있는 주제를 꺼내 놓고 열 시간씩 토론을 하곤 했으니까요. 밤샘 토론 뒤에는 종종 새벽 술을 마시기도 했는데, 한 번은 물었어요. '어떻게 그렇게 잘 마시냐? 보통 나이가 들면 주량이 줄어드는데….' 그랬더니, 그가 그러데요. '해당 나이만큼 최선을 다한다.' 그와 함께 한 새벽 술이 제일 많이 생각납니다."

"회원이 되고 1년쯤 지나 당시 노 의원 집을 방문한 적이 있

---

* 1992년 대선에서 진정한 민중 정당 건설을 표방하며 민중운동가 백기완을 대통령후보로 추대하기 위해 만들어진 민중 진영의 선거운동 단체.

느데, 거실에 걸린 그림을 보고 깜짝 놀랐어요. 제가(서수진) 미대 출신이거든요. '탄광촌 화가'로 유명한 황재형의 탄광 노동자 그림이었어요. 〈길을 찾는 사람들〉이라는 진보적인 시사 잡지(1992년 5월호)의 표지를 장식했던 그림인데, 화가 재료 값 보탠다며 거금 100만 원을 주고 가져왔다고 해요. 다 같이 어려운 시절이어서 작가가 무척 고마워했을 거라는 생각이 들었어요. 지금은 아마 엄청 비쌀 걸요?"

그 그림은 국회의원실을 거쳐 지금은 노회찬재단 사무실에 걸려 있다.

노회찬은 음악은 물론 그림에도 조예가 깊었다. 의원 시절 외국을 방문할 기회가 있으면 그곳의 박물관과 주요 미술관을 빼놓지 않고 들렀다. 부부 동반으로 네덜란드 헤이그를 방문했을 때는 마우리츠하이스 왕립미술관에 들러 요하네스 페르메이르의 걸작 〈진주 귀걸이를 한 소녀〉를 '직관'하는 기회를 놓치지 않았다. 나중에 취미로 그림 공부를 시작한 부인 김지선 씨에게 이 그림의 모사를 격려했는데, 원화 못지않게 잘 그려내자 노회찬은 아내의 그림을 국회의원실에 걸어 놓는 불출을 마다하지 않았다. 이 그림도 노회찬재단이 맡아서 보관하고 있다.

노회찬이 무연고의 강서를 진보정치의 출발지로 선택한 결정은 반쯤은 우연이었다. 노회찬이 이끌고 있던 진정추와 진정련은 1995년 대의원대회를 통해 정개련(정치개혁시민연합) 등 시민운동 진영과 함께 '개혁신당(1995년 10월 창당)'에 합류해 15대 총선(1996년)에 참여하기로 결정한다. 15대 총선이 끝나면 다시 진보 정당 재창당에 나선다는 조건부 참여였다. 그러나 개혁신당은 불과 두 달 뒤 보수정치인 이기택이 이끌던 통합민주당(속칭 꼬마민주당)과 연합한다. 결국 노회찬의 이 정치 실험은 '정치에 대한 철학과 세계관의 차이'로 총선 전에 진정련이 개혁신당에서 철수함으로써 실패로 돌아갔다.

아무튼 당시 인천에 살던 노회찬은 연합전선 구축에 따라 서울 양천갑을 지역구로 삼아 1996년 15대 총선에 출마하려고 했다. 그러나 당시 경실련(경제정의실천시민연합) 서경석 사무총장과 출마 지역이 겹치면서 양천갑을 양보하고 대신 선택한 지역구가 강서을이었다.[*] 노회찬이 강서로 오면서 그의 선거사무실은 자연스레 진보정치연합 서울 본부를 겸하다가 나중에는 진정련 중앙당사 역할도 맡았다. 사실상 진보 정당운동의 베이스캠프였다.

"당시 서울과 수도권 지역 진정추는 중구, 구로, 관악, 구리·미금·남양주 지역을 합쳐서 중구에 합동 사무실을 내고 있었어요. 그런데 이때 강서로 사무실을 옮기고 본격적으로 선거 운동에 돌입했습니다. 서울 지역 진정추 회원들과 인민노련을 중심으로 한 멤버들이 모두 나서는 총력전 체제였죠. 선거 준비를 위해 다니던 직장까지 휴직했던 홍승기, 마재필, 김영길, 최현수, 이명희 등 많은 동지들이 생각나네요."

'강서의 봄'을 캐치프레이즈로 한 노회찬의 선거 캠페인은 당

---

[*] 당시 강서·양천 지역은 수도권 접경 지역으로, 노동자 인구가 많아 상대적으로 진보 정당에 유리할 것으로 판단되고 있었다.

시로서는 파격적인 발상을 선보였다. '모든 걸 보여드리겠다'는
선거운동 콘셉트는 대중들에게 아직은 낯선 노회찬과 진보 정
당의 이념을 친숙하게 알리는 데 주목적을 두었다. 독일 진보
정당의 선거 홍보물을 참고해 광고 대행사인 광고춘추(대표 김봉
룡, 노회찬의 부산중학교 동기)와 독일 유학파 지지자들이 만들었
다. 노회찬의 모든 걸 보여주겠다는 약속답게 그의 인생 역정과
정치 이력·이념뿐 아니라 돌 사진까지 등장했다. 준비했던 라스
트신은 거의 누드나 다름없었고.

　결국 사면복권이 안 되어 출마 자체가 불발돼 애써 준비한 출
정식은 해단식이 되고 말았다.* 노회찬은 출정식에 참가한 주민
들에게 '강서의 봄, 노회찬'이라고 쓴 야생화 씨앗 봉투를 하나
씩 선물했다. 그것이 정치인 노회찬의 첫 번째 선거였다. 그때의
야생화 씨앗이 한국 정치판에 어떻게 발아하여 꽃을 피웠는지
는 우리가 알고 있는 바, 그대로다.

　노회찬이 민주노동당 사무총장 재임 중에 치른 2002년 지방
선거에서 민주노동당의 전국 득표율을 8.13%로 끌어올린 결과
는 민주노동당의 성장에 획기적인 발판이 되었다. 국가의 정당
보조금을 받을 수 있게 되었고, 무엇보다 민주노동당 대선 후보
의 TV 토론 참여가 가능해졌기 때문이다.

　2004년 17대 총선을 앞두고 선거방송에 출연한 노회찬은 예
의 그 촌철살인으로 전국적인 스타가 되었다. 노회찬의 지역구
당선 여부가 정치적 관심사가 될 정도였다. 그러나 알다시피 노

---

*　노회찬의 사면복권은 1998년 8월 15일에야 이뤄졌다.

회찬은 지역구 출마 대신 비례대표를 선택한다. 17대 총선(2004년) 중앙선거대책본부장을 맡아 전체 선거를 지휘하게 되면서 개인의 당선보다 정당 득표율을 높여 전체 의석을 늘리는 일이 당 존립의 사활적 과제로 대두되었기 때문이다.

노회찬의 비례대표 출마로 비게 된 말 안장에 태울 기수가 필요해지면서 후보를 구하려는 불똥이 여러 곳으로 튀었다. 어렵사리 후보로 세운 기수는 당시 강서을 사무국장이던 김단성이었다. 그의 아내 홍승하는 영등포을 후보로 확정돼 일찌감치 선거를 준비하고 있었다. 이렇게 해서 두 사람은 17대 총선에서 영등포을과 강서을에 각각 민주노동당 후보로 출마하게 된다. 당선에는 이르지 못했으나, 부부가 같은 당 소속으로 나란히 출마한 사건은 당시 언론의 주목을 끌기도 했다.

노회찬 캠프에서 잊을 수 없는 또 한 사람은 온라인 닉네임이 '띨띨이 왕자'였던 우상택. 강서선본 정보통신팀에 상근하면서 노회찬의 온라인 팬클럽을 다음(Daum) 카페에 개설한 운영자였다. 우 씨는 노회찬 당선 후 팬클럽인 '행복을 배달하는 노회찬과 친구들(행노들)' 초대 회장을 거쳐 '국회의원 노회찬후원회' 회장을 맡았다. 우리나라 국회 역사상 20대 초반의 팬클럽 회장이 국회의원 후원회 회장이 된 사례는 아마도 전무후무한 일이 되지 않을까 싶다. 박규님 노회찬재단 운영실장의 회고.

"당시 후원회장을 신영복 선생님께 부탁하자는 제안이 많았어요. 그때 노 의원님은 그런 요청을 하는 것 자체가 선생님께 결례라고 말씀하셨죠. 역시 노 의원님 판단이 옳았습니다."

꿈꾸는 자의 생활은 종종 고달프다. 강서에서의 생활이 그랬다. 구준회의 회고.

"이쪽 일이 늘 그렇듯이 상근자 월급도 주기 어려울 때가 많았습니다. 노 의원은 쪼들릴 때면 그러셨습니다. '당신은 어디든 젓가락만 들고 가도 되는 사람이야. (진보운동가로서) 어디에서든 열심히, 열정을 다해 사회주의의 가치를 설파하고 당당히 얻어먹어.' 그러면서 당신은 어디에선가 돈을 구해 왔습니다." (아마도 열심히 손을 비볐을 것이다.) 사실 노회찬에게는, 한국에서는 도저히 가망 없을 것 같은 좌파 개혁가에게 돈을 빌려 주는 착한(보통은 어리석다고 말하는) 친구와 친지들이 적지 않았다.

"그 시절 노 의원이 한 십여 일 사라졌다가 나타난 적이 있어요. 아주 얼굴이 새까매져 돌아왔는데, 용접을 같이 배운 지인이 차린 공사판에 가서 용접 일을 도와주고 왔다고 그래요. 그때 받아 온 임금으로 잘 얻어먹었죠. 보투(보급 투쟁)도 참 열심히 했어요."

그런 생활을 함께 겪으며 쌓인 동지들의 정은 두터웠다.
"설 명절 연휴 중 하루는 꼭 노 의원 집에 모여요. 스무 명 전후의 멤버들이 모여 저녁을 같이했습니다. 노 의원은 집안의 술을 죄다 풀고, 부산 어머니가 만들어서 보내주신 가자미식해, 문어숙회 등을 자랑하듯 내놓았고요."
이 모임은 나중에 노원으로 지역을 옮긴 뒤에도 계속됐다.

노회찬은 돈 없음, 내지 부족함을 생활에 최적화시켜 사는데 이골이 난 사람이다. 아주 알뜰하다. 비디오 대여점에서 빌려온 영화 비디오 하나도 내용을 완전히 소화할 때까지 제때 반납한 적이 없었다.

"우리 부부가 결혼할 때 노 의원 부부에게 공동 주례를 부탁하면서 감사 표시로 두 분에게 넥타이와 스카프를 선물했어요. 그런데 국회의원이 되고 난 뒤, 텔레비전에 비치는 모습을 보니까 나올 때마다 그 넥타이를 하고 계세요. 단벌 양복, 낡은 구두로 유명하셨지만, 제게는 그 넥타이를 늘 매주시는 게 그렇게 고마웠습니다."

노회찬이 단벌 신사로 알려져 있지만, 사실 두세 벌은 되었을 것이다. 그가 사 입은 가장 비싼 양복은 2007년 대선 예비경선때 입고 나가려고 산 사십 몇 만 원짜리. 평소에는 고급 브랜드옷이 필요 없는 이유가 옷걸이가 좋기 때문이고, 한 번 입은 양복을 오래 입는 것은 그만큼 옷 고르는 안목이 높기 때문이란다. 구두는 두 켤레를 번갈아서. 그중 비싼 쪽이 12만 원 하던 리갈. "이래 봬도 우린 구두 하나는 좋은 거 신습니다." 농담도 진담처럼 잘한 신사였지만, 사실은 평소 발가락과 발등이 아픈 고질병을 가지고 있어서 구두에는 특별히 예민했던 때문이기도 했다.

원당곱창 사장님께 18년 장수 비결을 물었더니 '고지식한 아내'를 꼽는다.

"아내가 나보다 고집이 세요. 괜히 변형을 주지 말자, 조미료 쓰지 말자, 정통대로 가자. 그랬더니 노 의원님 같은 미식 손님들이 먼저 알아주시더군요."

그래도 좋은 맛의 노하우는 있을 것 같아 물어보니 "노하우 없는 게 노하우"란다. 있다면 좋은 재료를 쓰는 것. 재료 시장에서 원당곱창 김 사장은 까다롭기로 유명하시단다.

"다른 음식도 마찬가지지만 곱창은 재료에 더 신경을 써야 합니다. 싱싱한 재료를 쓸 만큼만 가져와서 회로 먹을 수 있을 정도로 잘 손질하는 것이 제일 중요하죠. 맛이요? 나중에 굽다 보면 수분과 곱 다 나옵니다."

노회찬에 대한 인상도 물어봤다.

"우리 부부 똑같은 생각입니다. 참 큰 사람이다. 보통 손님들은 안쪽 자리 좋아하는데, 그분은 늘 문간 자리를 택해요. 오가는 손님들이 인사하면 다 받아주고, 다 들어주고."

원당곱창을 나와 맥주집에서 입가심을 하고 밤 12시가 다 되어서야 전철을 타고 집으로 돌아오는 길. 엉뚱하게 영화 한 편이 머릿속을 맴돈다. 개인적으로 좋아하는 멜로 영화. 슬프도록 찬란한 시절이 그리울 때면 불 꺼진 방에서 혼자 청승을 떨며 보는 영화. 이 세상 온갖 사랑의 순수를 모아 놓아 제목조차 〈클래식〉. 왜 하필 오늘 클래식일까….

"전국적으로 만 명의 대학생이 공장으로 들어가 노동자가 되었던 시절이 우리에게도 있었다. 그때의 꿈과 그때의 로망, 그런 것들을 온전하게 꺼내서 이 시대에 다시 평가받게 해주고 싶다. 한국의 좌파, 그 길고 긴 여정을 통해서 어떻게 우리가 생겨나게 된 것인지, 그 역사를 온전하게 21세기로 가지고 오고 싶다. 노회찬의 팬으로서, 노회찬과 그의 친구들이 젊은 시절 모든 열정을 바쳤던 '인민노련'에 대해 책을 쓰고 싶다."[*]

　지금 노회찬은 없고, 노회찬이 없는 당은 진보정치의 불씨를 안은 채 흔들리고 있다.
　노회찬, 그때 궁산은 밤하늘의 별과 얼마나 가까웠는가? 그대와 그대의 새로운 젊은 친구들을 따라서 다시 궁산에 오르고 싶다.

---

[*] 우석훈, 〈진보의 재탄생─노회찬과의 대화〉(노회찬·김어준·진중권 외 지음, 꾸리에 펴냄, 2010)에서.

1996년 강서에서 뿌려진 야생화 씨앗은 훗날 노회찬의 의회정치 속에서 하나둘씩 꽃을 피웠다. 사진은 2018년 4월 원내교섭단체(평화와 정의의 의원 모임)의 첫 원내대표가 되면서 노회찬이 동료 의원들에게 돌린 들꽃 화분 '봄이 옵니다. 노회찬'.

어떻게 만든 진보 정당이냐

– 재개발로 문 닫은 을지로 '안성집'에서

안성집 돼지갈비·육개장집. 재개발로 영업 중단.

재개발 사업을 앞둔 을지로3가와 청계천3가 사이 기계부품 상가. '착한임대료 운동에 적극 동참해 주세요.' '소상공인 죽어 간다. 생존권을 보장하라.'는 플래카드가 앞서거니 뒤서거니 걸려 있다. 골목 풍경이 한층 을씨년스런 6월 어느 날 저녁, 일단의 중년들이 이 시장 골목의 유서 깊은 식당 '안성집'에 모였다. '음식점죽고해짬'과 함께하기 위해 전국 곳곳에서 불원천리 달려온 노회찬의 옛 동지들이다.

참석자들은 모두 2007년 대통령선거에서 노회찬을 민주노동당 대통령 후보로 만들기 위해 뭉쳤던 기억을 공유하고 있다. 이 정도만의 정보로도 면면을 대략 짐작할 분도 있을 것 같다. 가나다순으로 민주노동당 서울시당위원장을 지낸 박치웅(노회찬재단 운영위원), 노회찬캠프 정책기획 담당 운영상(정의정책연구소 선임연구위원), 대전충남 지역 이재기(약초 재배 및 채취), 대구 지역 이연재(정의정책연구소 정책자문위원), 강원 지역 임성대(정의당 강원도당위원장), 정의당 대변인을 지낸 정호진(노회찬재단 운영위원) 등등이시다. 이분들은 '전국모임'이라는 이름으로 노회찬과 줄곧 진보정치 운동을 계속해 왔다. 몇 차례에 걸친 진보 정당의 분열 과정에서 이 모임을 떠났던 분들도 2018년 7월 노회찬의 타계를 계기로 다시 합류했다. 서로가 반가운 마음에 한 마디씩을 건넨다.

"욕할 때는 하더라도 1년에 한 번 정도는 서로 얼굴 보며 살자."

지금은 재개발로 문을 닫고 있는 안성집은 을지로 일대에서 돼지갈비와 육개장 맛이 으뜸이기로 소문난 집이었다. 1957년에 개업했다고 하지만, 실질적으로 영업을 시작한 건 1969년경부터라고 한다. 이웃한 소갈비집 '조선옥'에서 처음 일을 배운 최전분(82세) 할머니가 30대 초반에 개업했고, 나중에는 성장한 아들이 식당 운영을 맡았다.

일반적인 육개장은 고춧가루를 많이 넣어 걸쭉하고 얼큰한 국물에 고사리와 당면이 추가된 형태가 보통이다. 하지만 이 집 육개장은 국물이 맑고 칼칼한 맛이 특징이었다. 고사리나 당면도 쓰지 않았다. 서울식 육개장이라고 구분하기도 한다. 칼칼한 국물에 말은 밥에 깍두기 하나 얹었는데도 수십 년 동안 문전성시를 이뤘다. 1997년도 어느 신문의 음식 전문인 듯한 기자가 쓴 깔끔한 기사가 오랫동안 식당 문에 붙어 있었다. 아마도 안성집 육개장 맛의 비결을 가장 정확히 소개했다고 주인장이 판단한 듯하다.

"사골, 양지, 갈비뼈 등을 커다란 가마솥에 넣고 네댓 시간을 끓인다. 중간에 거품과 기름을 걷어낸 후, 너무 진해지지 않게 국물 일부는 퍼내고 물을 조금씩 부으며 또 우려낸다. 고춧가루는 뼈 우릴 때 함께 넣어 주는 조리법이 비결이라고 한다. 그래야 칼칼하면서도 맵지 않고 시원한 맛이 우러난다. 소금과 다른 양념도 이때 같이 넣어 간을 맞춘다."

안성집 육개장의 차별성은 창업자가 소갈비집에서 먼저 음식을 배운 탓이 아닐까 생각해 본다. 기름진 고기를 먹고 난 후의 후식으로는 냉면이 제격이듯, 육개장도 냉면처럼 맑고 시원한 국물이면 속이 더 개운할 것이라는 착상이 안성집 특유의 육개장을 탄생시키지 않았을까 싶다. 부산한 을지로 골목 안의 이 맛을 노동운동가 출신의 미식가가 놓칠 리 없었다.

노회찬은 안성집에 올 때마다 화덕에서 열심히 돼지갈비를 초벌구이해 주는 최전분 주인 할머니를 어머니 모시듯 깍듯이 대했다.

"손을 잡고 들어와 나를 옆에 앉히고는 꼭 술 한 잔 따라주었지. 어떻게 지내셨느냐, 건강은 괜찮으시냐며 물어주시고, 시시콜콜할 법한 내 이야기도 끝까지 들어주시던 노 의원님. 그게 늘 고마워 고기 한 점이라도 더 내어드리고 싶었는데, 어느 날 갑자기 가셔가지고는…."

노회찬은 안성집에 들를 때마다 주인 최전분 할머니의 손을 잡아 주며 맛 칭찬과 덕담을 잊지 않았다.

‘동지’들이 1년에 한 번 모일 때 빠지지 않는 것이 약술이다. 충남의 이재기 동지는 약초꾼이다. 각종 약초로 담근 술을 가져와 시음할 기회를 주는데, 오늘은 귀한 산삼주와 와송주, 하수오주를 가지고 오셨다. 처음 맛보는 진귀한 술이다. 특히 산삼주라니. 식탁 한쪽에 노회찬의 자리도 마련해 잔을 따르고 산삼주로 다 같이 건배를 외치니, 산신령이라도 된 것 같다.

모처럼 한자리에 모인 이들은 스스로의 공통점을 이렇게 정리한다. 첫째, 다 같이 범(凡)민중민주(PD) 계열이지만 운동의 출발지는 각각이다. 둘째, 2007년 민주노동당 대선 후보 경선에서 노회찬 캠프에 같이 있었다. 셋째, 노회찬을 지지했지만 맹지(맹목적 지지)는 아니라고 생각한다. 생각이나 방향이 다를 때는 맹렬하게 토론하고 싸우다가 심지어 갈라서기도 한 사람들이다.

"진보 정당 노선에 동의해 한사노(한국사회주의노동당 창당준비위원회)로 합류한 조직 중에 ‘노동계급*’이라고 있었다. 나는 그 일원으로 한사노가 뜰 때 노회찬을 만났다. 이후 줄곧 노선을 같이하다가 노회찬이 통합진보당**으로 갈 때 따라가지 않고 녹색당에 참여했다. 우리가 화해하고 다시 ‘한 팀’이 된 것은 2014년 노회찬이 동작을 보궐선거에 출마해 나경원과 맞붙게 되었을 때였다."

---

* 〈현실과 과학〉의 이진경, 진중권 등도 여기에 속했다.

** 2011년 12월 당시 민주노동당, 국민참여당, 새진보통합연대가 통합하여 만들어진 진보 정당. 2014년 12월 헌법재판소의 위헌 정당 판결에 따라 강제 해산되었다.

"노회찬의 노선을 비판하고 공격하는 입장에서 처음 만났으나, 곧 그에게 매료되었다. 노회찬을 당의 대선 후보로 만드는 일에 앞장섰지만, 노 의원이 진보신당을 탈당할 때는 다시는 보지 않겠다고 맹세했었다. 그가 훌쩍 떠날 줄 알았으면 그렇게까지 오래 안 보지는 않았을 텐데…."

"KT노조(옛 한국통신노동조합) 출신이다. 노동조합이 세상을 바꿀 수 있다고 믿었으나 참담한 실패였다. 노 의원이 2002년 민주노동당 서울시당위원장에 선출될 때 함께하면서 노회찬 사람이 됐다. 그때 노 위원장이 나더러 끝까지 같이 갈 사람이라고 했다. 나는 조직 운동의 관성대로 조직 내에서 내 뒤를 봐준다는 뜻으로 들었는데, 알고 보니 전혀 그런 사람이 아니었다. 그게 더 그를 좋아하게 만들었다."

"강원도, 충청도 및 경기도 일부를 관할하는 비합법 노동운동 조직의 의장이었다. 옛 소련이 붕괴된 후 조직 내 혼란이 극심했다. 패닉 상태에서 운동 방향을 놓고 고심할 때, 노회찬을 만나 진보 정당 건설 노선으로 전환하게 되었다. 그는 내가 아는 한 남한 운동가 중 가장 뛰어난 조직가였다."

"대구 지역의 한 독자적인 민중민주(PD) 그룹의 일원이었다. 백선본(백기완선거대책본부) 조직위원장으로 대구에 온 노회찬을 만나 동지가 되었다. 진보 정당 운동에 관한 한 그는 포기나 좌절을 모르는 사람이었다. 보통 사람들과는 결이 다르다고 느꼈다."

"국민승리21 때 처음 만났고, 민주노동당 서울시당위원장을 하실 때 사무국장으로 모셨다. 동작을 보선 때 불과 900여 표

차이로 지는 바람에 나도 마음의 빚이 많았다. '정치인은 선택받지 못하면 유배'라는 말이 오래 기억에 남아 있다."

2007년 민주노동당 대선 후보 경선은 노회찬에게는 쓰라린 기억이었다. 여론조사에서 인지도나 지지도에서 모두 앞섰지만, 결과는 최종 경선에도 오르지 못한 충격적인 패배였다. 전국을 순회하며 후보들이 선거운동을 펼치고 당원들이 투표한 1차 예선 결과는 1위 권영길 19,053표(49.4%), 2위 심상정 10,064표(26.1%). 대중적 인기가 가장 높았던 노회찬이 뜻밖에 9,478표(24.6%)를 얻어 3위로 밀려났다. 어떻게, 왜 이런 결과가 나온 것일까?

"민주노동당의 가장 큰 병폐는 고질적인 정파주의였다. 알고 있다시피 민주노동당은 이념 성향으로는 크게 민중민주(PD) 계열의 평등파, 민족해방(NL) 계열의 자주파로 나뉘고, 여기에 민주노총과 전국연합(민주주의민족통일전국연합), 전농(전국농민회총연맹) 등이 들어와 있었다. 창당은 노회찬 등 인민노련 계열이 주도했지만, 당내 다수파는 나중에 합류한 NL 계열이었다. 일찍이 진보 정당 건설 노선으로 전환한 PD 계열은 운동 조직의 외피를 거의 벗은 반면, 반독재민주화 투쟁의 1980년대 운동 노선을 고수한 NL계는 조직의 대오를 거의 그대로 유지한 채로 당에 들어왔다. 민주노총도 국민파와 중앙파 등이 계파별로 뭉쳤고, 전국연합은 지역별로 뭉쳤다. 그러다 보니 각종 당내 인선이나 정책 결정에서 암암리에 조직 투표가 자주 벌어졌다. 인물이나 정책보다 어느 계파에 속하느냐가 사안을 결정하는 관건이 되기 일쑤였다. 노회찬은 일찍부터 이런 당내 정파주의를 타파하지 않고서는 진보 정당의 발전은 불가능하다고 주장해 왔다. 그래서 그 자신은 계파를 만들지 않았다. 많은 당원들이 그런 노회찬을 '진보정치의 미래'라고 높이 평가하면서도 막상 투표는 계파를 따라 했다."

"당시 후보로 나선 권영길, 심상정, 노회찬 세 사람 모두 성향으로는 PD 계열이었다. 당내 다수파로 캐스팅보트를 쥐게 된 NL 계열은 자파에 유리한 후보를 살폈다. 언론노련위원장 출신으로 민주노총 초대 위원장을 지낸 권영길*은 NL 계열과 가까웠던 민주노총 국민파와 연합 계열이 공개적으로 지지를 선언했고, 민주노총 중앙파는 전노협과 금속(민주노총 금속노조) 출신의 심상정을 밀었다. 당내 조직 기반이 약한 노회찬은 주요 정파들이 조직 대결로 나오면 이길 수 없었다. 그것이 심상정 후보에게도 뒤진 결과로 나타났다. 참담했다."

"노회찬을 비롯한 진보 정당 건설론자들은 비합법 운동이 합법 정당으로 전환하면, 과거 운동의 관성을 과감히 버리고 당 중심으로 사고하고 활동해야 대중의 지지를 얻을 수 있다고 보았다. 그래서 대개 PD 계열들은 1980년대식 조직운동 방식을 버리고 정당운동으로 전환한 반면, NL 계열은 1980~90년대식 운동 방식과 노선을 고수했다. 이런 차이는 조직 투표가 가능한 정파와 그렇지 못한 정파의 차이를 낳았다. 즉 노회찬 진영은

---

* 제16,17대 대통령선거 민주노동당 후보. 〈서울신문〉 기자 출신으로 언론노조 운동에 참여하면서 본격적인 진보정치 활동을 시작했다

운동권 정치의 극복을 진보 정당 발전의 조건으로 본 반면, 당시 NL 계열은 기존 운동의 연장선에서 정당정치를 운용하려 했던 차이였다고 생각한다."

2004년 총선에서 단숨에 10석을 얻고, 다음 총선에서 '정당 득표율 20%'를 목표로 삼을 만큼 급속하게 커진 당의 외형이 정파들의 권력욕을 자극한 측면도 없다고는 할 수 없었다. 민주노동당이 안고 있는 고질적인 정파주의를 고스란히 드러낸 2007년 대선 후보 경선은 결국 분당이라는 대폭발의 전주곡이 되고 말았다.

"노회찬이라고 왜 계파 조성의 유혹이 없었겠나. 그러나 그는 과거로 돌아가기를 거부했다. 보통 사람 같으면 배신감이나 원망 때문에라도 자기도 옛날 조직 방식으로 돌아갔을 텐데, 그는 그렇게 하지 않았다. 그때 그가 말했다. '진정으로 운동의 대의를 생각한다면 이 정도의 과정(계파 갈등)은 기꺼이 이겨내야 한다. 이 과정을 돌파하지 못하면 그것이 우리 역량의 한계이고, 우리 운동에 최종적 실패가 있다면 바로 그 지점이다.'라고."

"지역 순회 투표를 할 때, 우리 지역에서 중간 리더급 수십 명을 노회찬과 연결시켜 주려고 그에게 직접 지지 전화를 돌려 달라고 요청했었다. 그런데 노회찬이 그걸 하지 않았다. 그러면서 방송이나 인터뷰에 나와 대선 후보로서 민주노동당이 어떤 세상을 만들고 싶어 하는지 만을 열심히 설파하고 다녔다. 그걸 지켜보면서 분통을 터뜨린 이들도 많았다. '저, 양반 저기서 뭐

하는 거야?', '선거를 모른다', '권력 의지가 없다'는 등의 불만과 비판의 소리가 곳곳에서 터져 나왔다. 그런데 나중에 당이 돌아가는 모양새를 보고서야 깨달았다. 노회찬은 그런 이벤트 기회를 자신보다는 당을 위해 활용하고 있었던 거지. 이미 조직된 우리 편보다 조직되지 않은, 미래의 우리 편이 될 수 있는 노동자 서민 대중을 큰 틀의 민주노동당으로 묶어 내는 게 민주노동당 대선 후보 예비 경선의 본질적 목표라고 생각하고 그걸 실천하고 다닌 거지. 자기 선거운동은 제쳐 놓고 말이야. 그런 점에서 노회찬이야말로 진정으로 당을 사랑한 당원이자 당의 전략가이며 조직가였어."

"우리가 그릇이 작았던 거지. 그가 높은 대중적 지지를 가지고도 끝까지 자기 계파를 만들지 않았던 이유를 정말 되새겨 봐야 해."

"2004년 총선에서 승리하면서 나와 몇몇 '노회찬 사람들'은 이른바 '15년 플랜'이라는 목표를 세웠다. 2007년 대선에서 민주노동당 후보가 300만 표 정도를 얻은 뒤 순차적으로 득표율을 높여 15년 뒤인 2022년 대선에서 정권을 획득하자는 민주노동당 집권 청사진이었다. 이 15년 플랜에는 전제 조건이 있었는데, 바로 정파주의 청산이었다. 정파 구조를 걷어내야만 다양한 분야의 유능한 진보 세력이 당에 유입될 수 있고, 당도 명실상부한 제3정당으로 발돋움할 수 있다고 봤다. 어느 시기에 제3당의 위치를 확고히 점하고 나면, 그 다음 목표는 자연스럽게 집권 도전으로 이어진다는 그림이다. 이 그림의 중심이 되어 줄 당

을지로 노가리 골목도 노회찬이 즐겨 찾던 명소. 한 시민이 격려와 지지의 표시라며 노회찬의 볼에 입맞춤을 하고 있다.

내 인물로는 노회찬 밖에 없다는 것이 우리 생각이었다."

"15년 집권 플랜의 1차 목표는 2007년 대선 후보 경선에서 노회찬을 당선시키는 것이었다. 그 계획의 가장 큰 걸림돌이 NL 그룹의 조직 투표라고 봤고, 이를 막아야 집권 플랜이 이룩할 수 있기에 우리들은 나름대로 혼신을 다했다. 당시 전국연합의 일부 지역 연합 조직들을 설득하고 다녔는데, 그때 공교롭게도 NL 계열 인사들이 연루된 '일심회 사건'이 터졌다. 그 여파로 나온 'NL 총단결론'이 조직 투표로 이어졌다. 부질없는 가정이지만, 만약 일심회 사건이 없었다면 당시 선거 양상도 달라졌을 거라는 게 내 생각이다."

'일심회 사건'은 2006년 10월 서울중앙지검이 '일심회'라는 단체를 북한 공작원과 접촉한 혐의로 적발해 관련자들을 기소한 사건이다. 그런데 이 사건과 관련된 민주노동당 인사가 당내 인적 정보를 북한에 넘긴 사실이 검찰 수사를 통해 드러나면서 민주노동당에 큰 충격을 안겨 주었다. 이 사건의 여파 등으로 민주노동당이 2007년 대선에서 참패하고 당은 대혼란에 빠져들었다. 심상정을 중심으로 한 비상대책위는 2008년 2월 3일 임시 당대회에서 일심회 관련자 제명 등을 담은 당 혁신안을 내놓았다. 그러나 NL 계열의 비토로 부결되자 비대위는 해체되었고, 한계를 절감한 노회찬과 심상정이 탈당을 결행하면서 민주노동당은 분당의 길로 들어섰다. 훗날 노회찬은 당시의 선택을 이렇게 설명했다.

"처음에 나는 여러 가지 이유를 들어 분당을 반대했다. 당시 제기된 문제들은 당 안에서 해결해야 하고, 기본적으로 NL과 PD가 당을 같이 해야 한다고 생각했다. 그러다 보면 '북한 문제'가 제기될 수밖에 없지만, 그것도 당 안에서 해결해야 할 문제였다. …… 그러나 현실은 분당을 재촉하는 방향으로 진행되었다. 그때 일심회 사건 관련자들 문제가 핵심이었다. 조직의 주요 당직자가 조직원들의 인적 사항을 포함한 주요 기밀을 조직 외부(북한)로 유출시켰는데, 이를 내부에서 징계하는 것조차 불가능한 상황이었다. 결국 분당했다기보다 그냥 밖으로 내몰렸다고 생각한다. …… 사실 분당 사태의 본질은 리더십의 문제, 정치력의 문제였다."*

"노회찬은 진정으로 탈당을 원하지 않았다. '어떻게 만든 진보 정당이냐. 이걸 깨고 다시 당을 만들려면 얼마나 어렵겠는가?'라며 PD 계열의 탈당파를 설득했다. 그러나 주요 동지들이 이미 탈당한 상태에서 추가 탈당을 요구하는 내부 압박이 거세지면서, 결국 노회찬 자신도 탈당 대열에 설 수밖에 없었다. 자신이 만든 당을 스스로 떠나야 했으니 오죽 마음이 아팠겠는가."

"그러고 보니 올해가 민주노동당 창당 20주년인데, 어디 한 곳 제대로 기념하고 평가한 곳이 없다. 서글픈 일이다."

50여 년 역사의 안성집은 2020년 6월 30일 문을 닫았다. 을

---

* 구영식, 〈대한민국 진보, 어디로 가는가? – 노회찬, 작심하고 말하다〉, 비아북, 2014

지로 재개발 사업에 수용되면서 영업을 하지 않기로 했단다. 최할머니도 아들도 힘들어 그만하겠다고 한다.

최전분 할머니는 열여섯 살 때 고향 안성에서 친지 집에 "서울 귀경을 왔다가" 눌러앉게 되었다. 열아홉 살에 같은 골목 안의 유명한 한우 갈비집인 '조선옥'에 들어가 갈비 재는 법을 배웠다. 서른 살에 결혼하고, 이듬해인가부터 고향 이름을 딴 안성집을 차리고 돼지갈비와 육개장을 팔기 시작했다. 최전분의 갈비와 육개장 맛은 금세 주변 상인과 손님들의 사랑을 받기 시작했다. 전성기 때는 1층은 물론 새로 지어 올린 2층의 70석까지 손님이 가득했다고 한다.

일행이 약술과 소맥을 다 비우고 육개장으로 식사까지 마치고 자리에서 일어선 시각은 밤 9시가 넘어서였다. 골목은 어둠 속에 가로등불만 가늘게 늘어져 있다. 주인 할머니가 일행을 문밖까지 나와 전송한다. "이렇게 잊지 않고 찾아와 줘서 반갑고, 우리 집을 알아줘서 고맙다."며 연신 허리를 굽히시고는, 한참을 서서 멀어지는 우리를 바라보셨다. 을지로 안성집이 문을 닫았다는 소식을 노회찬이 들으면 무슨 말을 할까.

사람을 행복하게 만드는 사람

– 상계동 삼겹살집 '생고기하우스'와 홍어집 '마들참홍어'에서

생고기하우스 삼겹살집
서울시 노원구 동일로1550

마들참홍어 홍어횟집
서울시 노원구 동일로1530

서울의 북동쪽 끝 노원구 상계동. 노회찬이 떠나고 없는 그곳에 여전히 그의 체취가 많이 남아 있다. 그가 살던 집이 있고, 함께 지역 활동을 했던 사람들도 여전히 살고 있다. 노회찬이 자주 찾았던 작은 식당들도 예전처럼 지금도 매일 문을 연다.

2007년부터 2015년까지 지역구(노원병) 사무실과 '노회찬마을연구소'가 세 들어 있던 건물 1층의 삼겹살집과 마들역 근처의 홍어집은 노회찬이 남달리 사랑한 집이다. 가을비가 추적추적 내리는 11월의 어느 저녁, 필자도 개인적으로 8년 만에 찾아간 상계동에서 '음식천국노회찬'을 반겨 준 사람들은 '노공주회'. 2008년 선거 때 유급 선거운동원으로 처음 인연을 맺은 '노원의 공주님들'이다. 뜻밖의 패배로 끝난 선거였지만 흩어지지 않고 끝까지 노회찬의 지지자가 되어 준 고마운 주부 알바들이다.(이후에는 마들연구소 자원봉사단으로 활동했다.) 그들과 반갑게 재회한 곳은 노회찬 지역구사무실 사람들이 단골로 가던 삼겹살집 '생고기하우스'. 주인 부부가 노회찬의 열혈 지지자셨다. 노회찬이 왜 좋았느냐는 물음에 부부는 이구동성으로 대답했다.

"사람을 행복하게 만드는 분이었어요."

노회찬에게 노원구는 애환이 서린 정치적 고향이다. 현실 정치인이 되어 처음 지역구 활동을 시작했지만, 연고가 없는 막막한 곳이었다. "지역구 개척 경험이 많지 않아 처음에는 낯설었을 것 같다."는 기자의 질문에 노회찬은 이렇게 답했다.

"두려웠다. 안 해본 일이니. '왜 노원구를 택했느냐는 질문을

2008년 4월 총선에서 뜻밖의 낙선을 한 노회찬 선대본부 해단식. 노회찬은 낙선 다음날에도 변함없이 선거사무실에 출근해 새로운 도전을 시작했다.

받을 때는 솔직히 한 말이 없더라. 연고가 없었으니. 그래서 아버지가 노 씨이고 어머니가 오 씨다. 그러니 내가 노오의 아들이 아닌가? 호소하려 했습니다. 그랬다. 기지를 발휘하긴 했으나, 진심으로 미안했다. 그래서 아, 여기서 당적을 떠나 진짜 주민을 위한 일을 한번 해보자. 그게 정치의 길로 들어선 나의 초심이었다. 2008년 선거에서 낙선한 다음 날도 바로 사무실로 출근해 지금까지 하루도 쉬지 않았다."[*]

그렇게 하루도 쉬지 않고 주민을 만나는 주요 창구는 노회찬이 2008년 18대 총선에서 낙선한[**] 뒤, 지역구를 다시 다지기 위해 만든 '노회찬마들연구소'였다. 도심에서 먼 서울의 북쪽 끝

---

[*] 2011년 3월 14일 〈한겨레〉 인터뷰 '한겨레가 만난 사람'

[**] 당시 노회찬은 새누리당 홍정욱 후보에게 1천여 표의 근소한 표차로 패배했다.

노원은 당시 문화적으로 소외감이 큰 지역이었다. 노회찬은 이런 지역 특성에 착안해 평소 인맥을 총동원해 명사 특강을 시작했다. 유명 인사들이 직접 노원에 찾아와 주민들을 즐겁게 해준 이 문화 강좌는 금세 노원구 주민의 큰 사랑을 받았다. 선거운동 기간을 제외하고 매달 한 번씩, 한 번도 거르지 않고 41회를 계속했다고 하니 참 대단하다. 이런 일을 꾸준히 하려면 무엇보다 성실하게 일을 거들어 주는 조력자들이 있어야 하는 법, 노공주회 멤버들이 바로 그런 일꾼들이었다.

노공주회. 노원의 공주, 또는 노회찬의 공주님들은 '음식천국 노회찬'의 방문 소식을 듣고는 열 일 마다하고 기쁘게 와주셨다. 회장 오정애 씨와 최고참 이혜숙 씨, 노회찬과 아래로 띠 동갑이라는 조진 씨. 그리고 민주노동당 당원으로 상계동을 누비다가 노회찬의 지역보좌관이 된 주희준 구의원. 서로들에게도 모처럼의 해후였다.

"2008년 처음 만났을 때는 솔직히 노회찬이 누군지도 잘 몰랐어요."

알바로 일당이나 챙겨야지 하는 마음으로 시작했으나 점차 인간 노회찬에게 마음을 빼앗겼단다. 선거에서 진 후에도 '노회찬이 좋아서' 떠나지 않고 남아서 마들연구소 명사 초청특강 전단을 돌리며 쌓은 인연을 이어 오고 있다.

상계동 마들역 근처에서 삼겹살, 오겹살 등 돼지고기를 굽는 '생고기하우스'. 4인용 테이블이 네 개뿐인 작은 고기집이라 수지가 맞을까 싶었다. 그런데 밤이 이슥해지고 손님들의 발길이 이어지자, 고기집 앞의 주차장 일부에 쳐 놓은 비닐 천막이 모두 홀이 된다. 주인 부부는 이 자리에서만 18년째 돼지고기를 굽고 있다. 11년간 운영하던 비디오 대여점이 사양길에 접어들면서 업종을 바꾼 것이 지금의 삼겹살집이다. 식당을 하게 된 이유를 물으니, 부인 장숙희 씨의 손맛 때문이라는 답이 돌아왔다. 사실 식당을 차린 이유가 궁금한 게 아니라 맛의 비결이 궁금했는데 '역시나!'였다. 삼겹살, 오겹살, 목살 등 잘 숙성된 돼지고기 맛뿐만 아니라 곁들여 먹는 반찬 하나하나가 모두 맛깔스럽기 그지없다.

"노 의원님은 특히 이 집의 마늘장아찌를 국보급이라고 칭찬했죠."

순천이 고향인 부인 장 씨는 어렸을 때부터 미각이 뛰어났다고 한다. 음식 장사를 할 것이라고는 생각지 않고 살았다고 하는데, 비디오 대여점을 접어야 하는 어려움에 처하면서 식당을 해보기로 결심했다고 한다. 믿는 구석은 바로 자신의 남다른 미각. 시행착오도 없지 않았지만, 얼마 지나지 않아 동네 손님들의 입소문에 올랐다. 18년 가까이 식당을 하다 보니 지금은 처음 보는 식재료라도 두려움 없이 음식을 만들 정도가 됐다고 한다. 고기류든 채소류든 처음 다루는 식재료라도 무얼 어떻게 만들면 가장 좋은 맛이 날지 금세 감이 온다고 하시며 자신감도 굳이 감추지 않는다.

"내년에 제가 환갑이 됩니다. 제 음식은 이제부터가 시작인 것 같아요."

생고기하우스에서 나와 2차로 간 곳은 전철 9호선 마들역 근처 '마들참홍어'. 상계동에 27년 된 홍어집이 있다니, 언뜻 믿기지 않았지만 코스 요리로 나오는 부위별 홍어회 맛에 혀도 놀라고 눈도 놀랐다. 마지막 코스 식사로 나온 홍어라면에 이르면, 홍어 맛에 관한 한 이 집 주인은 박사라고 불러도 손색이 없겠다 싶었다. 과연 노회찬의 미각을 사로잡을 만하다는 생각이 들게 하는 집이다. 식당 벽의 낙서 속에 큼지막하게 쓰인 노회찬 이름 석 자가 "이 기자도 홍어 좋아하지? 어때 괜찮지?" 하며 어깨를 으쓱거리듯 꿈틀댄다.

노회찬은 지역구 활동으로 등산을 갈 때면 꼭 이 집에서 홍어를 맞춰 갔다고 하니, 그 역시 무척이나 이 집 홍어 맛을 사랑했나 보다. 부산 사람 노회찬이 홍어 맛을 알게 된 내력은 그리 오래되지 않는다. 정치인이 되고 나서 어느 날 주례를 서게 되었는데, 혼주가 마침 전라도 분이었다고. 피로연에서 처음 제대로 된 홍어를 먹어 보고는 그날로 홍어 팬 대열에 들어섰다고 한다.

마들참홍어집은 홍어 맛만큼이나 사장님의 너스레와 말솜씨가 장난이 아니다. 강원도 횡성의 유명한 한약방집 막내아들로 태어나 어려움을 모르고 자랐고, 사업에 실패한 후 포장마차와 식당 경영으로 음식 솜씨를 쌓은 뒤 홍어집을 차리게 되었다는 사연을 찰지게 엮어 주신다. 군대 생활을 하며 알게 된 '홍어 박사' 할머니를 찾아 전남 진도까지 내려가 한 달간 머물며 '비법'

창원으로 지역구를 옮긴 이후에도 노회찬은 노원 시민단체 행사에 초청되곤 했다. 마들주민회 송년후원행사에서 주민들과 함께.(2016. 11. 29.)

을 전수받고 정성을 다해 식당을 운영한 끝에 노원에서 이름난 홍어 전문점이 되었다는 이야기. 이제는 홍어에 관한 한 도사를 자처할 수 있게 되었다며 자랑을 늘어놓는다. 사장님의 성공담을 듣다 보니 어느새 막차 시간이다.

정치인은 말을 많이 해야 하는 직업. 그래서 말을 쉬고 싶을 때가 많다. 말 잘하는 노회찬도 가끔은 말을 쉬고 싶을 때가 있을 터. 해지고 비 오는 밤 홀로 와서는 홍어 한 점 입에 넣고 꼭꼭 씹으며 미식가다운 음미의 휴식을 취하지 않았을까.

다른 곳도 아닌 상계동에서 홍어를 앞에 놓고 사색에 빠진 노회찬을 떠올리자니, 우리가 기자와 정치인으로 처음 만났던 2011년 봄 인터뷰 때가 생각이 났다.

– 꼭 (국회의원 선거에서) 당선되길 바라며, 우문 하나 하고 마치겠다. 내년 대선에서 어떤 후보가 야권을 대표할 만할까?

"?"

– (문재인을 비롯한) 민주당의 잠룡들, 민주노동당의 이정희 씨, 국민참여당의 유시민 씨, 기타 정치권 밖의 젊은 기수들도 있는데….

"그건 앞으로 국민과 당원들이 결정할 문제이지, 이 자리에서 내가 뭐…."

그렇게 잠시 말을 않고 있더니 "이 말 하고 나중에 엄청 후회할지 모르겠다."면서 입을 열었다. 엉뚱한 질문을 한다는 투의 난감한 표정이 어느새 이 우문의 목적을 알았다는 듯이 금세 얼굴빛이 꿈 많은 소년의 홍안으로 바뀌고, 목소리 톤도 살짝 높아졌다.

"현실적인 실현 가능성을 떠나 한 사람의 진보적인 자유 시민으로서, 한국에서 제대로 된 진보 정당 하나 키워 보려고 20년을 노심초사해 온 운동가 출신의 정치인으로서 나 노회찬이 꿈꾸는 이상적인 구도는 참여당 같은 자유주의 정당이 집권 여당을 하고, 내가 속한 진보 정당이 제1야당이 돼 한국 정치판을 한 번 멋지게 휘저어 보는 거다. 물론 그 다음은 우리가 집권당이 돼 '내가 꿈꾸는 나라'를 만들어 보고 싶다. 이런 분들이 트위터에 '언젠가 노회찬이하고 유시민이가 큰 판에서 한 판 붙는 모습을 봤으면 좋겠다.'고 했다. 나로서는 불감청이언정 고소원이다."*

* 2011년 3월 14일 〈한겨레〉 '한겨레가 만난 사람' 중에서.

삼성 X파일, 공수처법, 그리고 노회찬

– 서초동 법조타운 설렁탕집 '이남장'에서

이남장 설렁탕집
서울시 서초구 서초대로49길 4

이남장에 오시는 가족을 위해

30년이 넘는 오랜 세월동안 '음식은 사람을 위한'
이라는 철학으로모든 메뉴를 따뜻한 인정으로 푸짐하게 만들고 그리고 정직하게 만들고
이남장에 오시는 손님은 손님이 아니라, 바로 가족이기 때문입니다.
이럴듯 이남장은 집안의 가족을 위해 만드는 것처럼
푹 고아낸 진한 설렁탕과 부드러운 수육, 부위별로 다양한 구이요리를
아낌없는 정성과 맞으로 푸짐하게 전해 드립니다.
언제나 한결같이 가족같은 분들의 가슴을 푸근하게 덥히는
인정과 향성이 가득한 외식공간이 되기 위해 노력하겠습니다.

추운 겨울에는 설렁탕만한 음식이 없다. 사골, 도가니 등 소뼈와 양지 등을 오랜 시간 푹 곤 국물에 밥을 말아먹는 음식으로 개화기를 전후해 서울에서 대중화되기 시작했다. 질 좋은 수육에 소주로 반주를 하고 뜨끈한 설렁탕 한 그릇 뚝딱하면 속이 든든한 게 부러울 것이 없다. 노회찬도 날씨가 쌀쌀해지면 '이문설농탕'이나 '하동관' 따위의 유명 설렁탕집과 곰탕집을 즐겨 찾았다. 그 가운데 을지로에 본점을 둔 '이남장'도 있었다. 1970년대에 문을 연 뒤, 성업을 거듭하여 서초동점을 비롯해 서울과 경기도 일원에 이남장 설렁탕집이 열 곳에 이른다.

11월 중순의 늦가을 저녁, 서초동 이남장 2층에 몇몇 변호사님들이 모였다. 권력과 자본에 맞선 노회찬의 '삼성 X파일 사건' 법정에서 노회찬의 용기를 변론했던 분들이자, 초기 민주노동당 법률지원단의 일원이었던 분들이다. 좌장격인 이덕우 변호사(법무법인 창조)를 비롯해 백승헌(법무법인 경), 김정진(제일합동법률사무소), 이민종(서울시교육청 감사관), 박갑주·김수정 부부 변호사(법무법인 지향)가 시간을 내주셨다.

이날 모임이 있고 한 달쯤 뒤인 12월 10일, 마침내 고위공직자범죄수사처법 개정안이 국회를 통과했다. 정의당 김종철 대표는 찬성 당론을 발표하면서 '의인 노회찬'의 이름을 앞세웠다.

"'삼성 X파일'과 '떡값 검사 명단' 폭로로 고 노회찬 의원은 의원직을 상실했지만, 마땅히 법의 심판을 받았어야 할 그 이름들은 버젓이 살아남았습니다. 검찰의 특권 앞에 노회찬과 같은 의인이 희생되는 불행한 역사를 끝내기 위해 공수처 설치는 피할 수 없는 과제입니다."

아는 사람이 많지 않아 더욱 한스럽지만, 노회찬은 20대 국
회에서 '고위공직자범죄수사처법'을 처음 발의(2016년 7월 21일)
한 정치인이다. 무겁고 무서운 단어로 조합된 법안을 노회찬은
참으로 알기 쉽게 설명했다.

"고위공직자범죄수사처 신설을 반대하는 것은 동네 파출소가 생
긴다고 하니까, 그 동네 폭력배들이 싫어하는 것과 똑같은 거고. 모
기들이 반대한다고 에프킬라 안 삽니까?"

'삼성 X파일 사건'은 15대 대통령선거를 앞둔 1997년 9월
께 이학수 당시 삼성그룹 비서질장과 〈중앙일보〉 홍석현 사
장이 나눈 대화를 안기부(현 국정원)가 도청했고, 2005년 7월
〈MBC〉 이상호 기자가 도청 내용을 폭로한 사건을 말한다. 그
래서 처음에는 '안기부 X파일'이라고 했으나, 녹음 속 대화의 주
체가 '범 삼성'으로 드러나면서 '삼성 X파일'로 굳어졌다. 삼성 X
파일 속에는 이, 홍 두 사람이 불법 대선자금 제공, 고위 검사
들에 대한 떡값 로비 등을 논의하는 내용이 들어 있었고, 이는
권력과 자본의 유착 실상을 적나라하게 드러낸 것이어서 큰 파
문이 일었다.

그러나 당시 언론과 정치인들은 삼성으로부터 떡값 로비 대
상으로 선별된 이른바 '떡값 검사'의 실명을 알면서도 검찰과 삼
성 눈치를 보며 실명 공개를 못하고 있었다. 이때 진보 정당으
로 44년 만에 다시 국회에 진출한 민주노동당 국회의원 노회찬

이 분연히 일어선다. 2005년 8월 18일 열린 국회 법사위 대정부 질의를 통해 7명의 '떡값 검사' 명단을 국민들에게 알린 것이다. 이 광야의 외침에 '유착 권력'이 가한 보복은 잔인했다. 노회찬은 2년 뒤 검찰로부터 기소를 당했고, 그 후 6년여를 재판에 시달리다가 2013년 2월 14일 대법원에서 유죄가 확정돼 국회의원직을 잃었다. 당시 사람들은 이 사건을 이렇게 요약했다.

"도둑질 모의를 목격한 사람이 '도둑이야!'라고 외쳤는데, 도둑질 모의자는 한 명도 처벌받지 않고 그 사실을 알린 사람만 죄인이 되었다. 정의는 어디에 있는가?"

오랫동안 검찰 출입을 했던 〈한겨레〉 이춘재 기자는 2018년 7월 30일 자 "노회찬, '떡값 검사' 공개로 '검찰의 적' 됐다"라는 제목의 〈한겨레21〉 기사에서 이 사건을 다음과 같이 회고했다.

"특히 '떡값 검사'는 이니셜로 보도하는 것조차 꺼렸다. 상대가 송사에 능한 법조인이라는 점이 발목을 잡았다. '떡값 검사'

2005년 9월 9일 서울 중구 태평로 삼성그룹 본관 앞에서 열린 '삼성 X파일' 진상 규명을 위한 촛불문화제에서 검경 유착을 규탄하고 있는 노회찬.

가 누군지 알면서도 보도 못하는 기자들의 답답함은 한여름 무더위만큼이나 짜증스러운 것이었다. 이런 상황에서 노 의원 질의는 가뭄의 단비와도 같았다. …… 검찰의 엉터리 수사 결과를 비난하는 여론이 빗발쳤지만, 검찰은 한 술 더 떠 2년 뒤인 2007년 5월 22일 노 의원을 명예훼손과 통신비밀보호법 위반 혐의로 기소했다. '떡값 검사'로 지목된 안강민 전 서울지검장이 고소한 사건을 핑계 삼아 치졸한 보복을 한 것이다. …… 노 의원은 당시 검찰 주류들 사이에서 눈엣가시 같은 존재였다. 엘리트 검사들을 삼성 떡값이나 받아먹는 비리 집단으로 전락시킨 당사자였기 때문이다. 수사팀을 지휘한 황교안(당시 서울지검 2차장) 전 총리는 당시 언론 브리핑 때 '경기고 동문들이 (같은 동문인) 노회찬 욕을 많이 한다'는 말을 불쑥 꺼내기도 했다. 안강민, 홍석조 등 녹취록에 등장하는 검사들 중 상당수가 경기고 동문이었다."

삼성 X파일 사건 변호인들이 서초동 이남장에 다시 모인 것은 2009년 12월 4일 이후 처음이다. 그날은 노회찬이 삼성 X파

삼성 X파일 사건 2심에서 무죄가 선고되던 날. 비록 대법원에서 다시 유죄로 바뀌었지만 이날만큼은 정의가 승리한 날이었다.

2심 무죄 소식이 알려지자 노회찬의 트위터에는 수많은 지지자들의 격려가 쇄도했다.

일 떡값 검사 명단 공개 사건 2심에서 무죄를 선고받은 날이다. 기쁜 날이었다. 비록 한때였다고는 해도 정의가 살아 있다는 느낌이 충만했다. 승소할 경우를 대비해 준비해온 플래카드 '삼성 X파일 진실 규명을 위해 나선 국민 모두의 승리입니다' 앞에서 기념사진을 찍은 노회찬과 당 동지들, 그리고 변호인단은 법원에서 가깝던 이남장 2층 방을 빌려 자축의 술잔을 높이 들었다. 뉴스를 들은 지인이 멀리 울산에서 와인을 택배로 보내오기도 했다. 이 날 노회찬이 트위터에 남긴 글이 있다.

"서초동 설렁탕집입니다. 삼성X파일 사건 항소심 모든 항목 다 무죄 선고 나왔습니다. 사필귀정입니다. 트위터 동지들의 성원 덕분입니다. 감사합니다. 늘 처음처럼 나아가겠습니다."

그러나 뒤이은 3심에서 무려 대법원이 2심의 무죄 판결을 뒤집었다. 당시 주심을 맡은 양창수 대법관은 "녹취록의 대화 시점은 노 의원이 내용을 공개한 시점으로부터 8년 전의 일"이라며 "이를 공개하지 않는다고 공익에 중대한 침해가 발생할 가능성이 현저하다고 할 수 없다."는 것을 유죄의 한 이유로 들었다. 이춘재 기자의 표현을 빌리면 '과거사이기 때문에 비상한 공적 관심 대상이 아니다'라는 '괴상한 논리'를 갖다 댄 것이다.

'오래 전 일이니까 굳이 떠들 필요가 없었는데 떠들었으니 유
죄'라는 말일까? 아무튼 대화에 등장한 K1 검사*들은 훗날 별
일 아니었다는 듯이 법무부 장관·차관이 되고, 못해도 검사장
이 되었다.

– 다시 기억하기 싫을 수 있겠지만, 이렇게 모였으니 삼성 X
파일 사건 재판으로 돌아가 볼까요? 저뿐 아니라 많은 사람들의
생각이겠지만 삼성 X파일 사건이 없었더라면, 아니 더 정확히
는 그 사건으로 인해 의원직 상실이라는 어처구니없는 일이 벌
어지지 않았더라면, 노회찬과 진보정의당에 의해 한국 진보정치
가 더욱 확장될 수 있었지 않았을까 하는 아쉬움이 진하게 남
아 있습니다.

"삼권분립의 민주주의 국가에서 사법부의 법률적 판단은 존
중받아야 합니다. 하지만 삼성 X파일 사건이 국민참여재판에
맡겨졌다면, 유죄가 나올 수 있을까요? 저도 법률가이지만 무죄
가 나올 거라고 확신합니다."

– 당시에도 검찰, 재벌 등 권력과 자본에 맞선 노회찬에 대
한 한국 주류 엘리트 집단의 가혹한 보복이라는 해석이 일반적
이었습니다. 일부 검찰 엘리트의 보복 심리가 사건 2년 뒤의 기
소를 낳았고, 법조계 주류의 노회찬에 대한 부정적 인식이 판결

---

* 고교 평준화 이전 최고 명문고로 여겨진 경기고 출신 검사

에 암묵적인 영향을 미쳤다는 것은 결코 비합리적 의심이 아니었습니다.

"사실 심리를 하는 1심의 판결부터 이상했지요. 국회의원이 국회에서 공개 질의한 보도자료 내용을 국회의원 홈페이지에 게재한 것이 통신비밀보호법 위반이라고 했습니다. 이 인터넷 시대에 말입니다."

― 반면에 2심에서 무죄가 나온 결과는 다른 의미에서 의외였습니다. 사필귀정이라는 생각과 함께 사법부에도 용기 있는 판사가 많구나 하는….

"당시 판사님(서울중앙지법 형사항소8부 이민영 부장판사)은 퇴직을 앞두고 있었던 분이었습니다. 법률 전문가로서 1심 판결의 문제점을 잘 알고 있었을 거고, 법조 엘리트 내부 분위기에 대해서도 나름의 판단이 있었을 겁니다. 판사로서 후회를 남기고 싶지 않았을 거라는 짐작을 했습니다."

양창수 대법관은 2014년 대법관에서 퇴임했다. 이름을 검색해 보니, 판사와 서울법대 교수를 거쳐 2008년에 대법관이 됐다. 2018년부터는 대검 검찰수사심의위원회 위원장을 맡고 있다. '삼성그룹 경영권 불법 승계 의혹 사건'의 핵심 피의자였던 삼성그룹 최지성 전 미래전략실 실장과 S고 동기 동창, 처남은 삼성서울병원 원장이라는 기사들도 보였다. 2009년에는 '에버랜드 전환사채(CB) 저가 발행 사건'에서 무죄 판단을 내렸고, 최근에는 이재용 삼성전자 부회장의 기소 여부를 1차 판단할 검찰수사심의위원회

위원장으로 참여하려다 여론의 질타를 받고 제척됐다. 오래 전 일을 괜히 떠드는 게 아니라 인터넷에서 검색하면 쉽게 발견할 수 있는 '팩트'들이다. 자세히 찾으면 이 밖에도 많을 것이다.

이야기를 마무리하면서 한 분이 '노회찬 도둑 고발 사건'을 잘 정리해 주셨다.

"이 사건은 도둑질 모의를 알고 '도둑이야!'라고 외친 사람을 법률적으로 처벌할 것인가, 말 것인가의 문제였습니다. 처벌하겠다는 검찰의 논리와 그게 무슨 죄가 되느냐는 일반 상식이 정면으로 맞부딪쳤습니다. 판단을 내려야 하는 사법부에게도 일종의 도전이었습니다. 피고인 노회찬에 대한 심판이지만 국민의 시각에서 보면 법원 자신도 심판대에 오른 겁니다. 개별 판사 입장에서는 피하고 싶은 재판이었을 겁니다. 선거법 사건이라면 100만 원 미만(의원직 유지형)으로 대충 정리하고 갔을 겁니다. 그런데 이미 말했듯이 노회찬의 행위가 법조계 주류에 대한 도전으로 간주된 이상, 판단 결과는 반드시 '응징'이 아니면 안 되기 때문입니다. 어떤 고위 법관은 나중에 '그것이 의원직을 잃을 정도의 사건인 줄 몰랐다.'는 식의 변명을 했다고 합니다. 사안의 검토는 고사하고 신문도 안 보고 살고 있다는 말과 같습니다. 노회찬 재판 결과는 우리 사법부의 양심과 성격의 일면을 고스란히 드러낸 사건이었습니다. 총체적으로 말하면 한국의 검찰, 법원의 주류 엘리트들이 노회찬이라는 한 소수 정당 국회의원을 짓밟고 간 사건이었습니다."

— 그렇게 해서라도 검찰과 사법부가 지키고자 한 게 무엇이었

을까요? 공수처법을 둘러싼 치열했던 정치 공방이 그 대답을 시사하고 있는 것 같습니다.

"법률용어에 '위하력(威嚇力)'이라는 게 있습니다. 법의 입장에서 일반인은 모두 잠재적 범죄자이기 때문에 위협을 통해 범죄를 예방하는 힘을 말합니다. 예를 들면, 아이에게 '울면 호랑이가 물어간다'고 겁을 주어 울지 못하게 하는 것처럼. 위하력은 반대로도 작용할 수 있습니다. '우리에게 대들면 죽는다'는 것을 과시해 보통 사람들의 정당한 저항력을 꺾어 버리는 겁니다."

"삼성 불법 승계 의혹과 관련한 '삼성물산−제일모직 합병에 따른 주주 피해 소송'에서도 비슷한 심리를 헤아릴 수 있습니다. 일부 주주들은 삼성을 상대로 소송하기를 꺼려합니다. 소송을 해봐야 힘만 들고 결국에는 질 게 빤하지 않느냐는 거죠. 소송을 하는 대신 삼성의 시혜를 바라는 심리. 삼성의 정관계 로비나 검찰의 무소불위적 수사와 기소권 행사 등은 어쩌면 오랫동안 우리 국민들에게 가해진 반대 의미의 위하력이 아니었을까요?"

— 주제가 주제다 보니 이야기가 무거워졌습니다. 끝으로 노회찬과 관련해 남기고 싶은 말씀 있으면 하시죠.

"많은 사람들이 노회찬을 재치 있는 말을 잘하는 촌철살인의 정치인으로 기억합니다만, 진정한 노회찬의 면모는 탁월한 전략가였다는 사실입니다. 장기적인 안목을 가진 진보 정당의 설계자이자 집행자였습니다. 그것도 일말의 사심도 없었던."

"전략가 노회찬의 면모를 유감없이 보여준 것은 장차 탄생할 진보 정당의 의회 진출을 위한 공직선거법 개정을 스스로 이뤄 냈다는 사실입니다. 정치학자들 중에서도 진보 정당의 의회 진출을 보수 정당이 허용한 제도 개선의 혜택으로 보는 분들이 있는데, 그렇지 않습니다. 노회찬을 비롯한 이재영 등 민주노동당 정책 전문가들이 2000년 2월 '1인 1표제'에 의한 비례대표 선출이 위헌이라는 공직선거법 위헌 소송을 내는 등 적극적인 법률 투쟁을 벌인 결과로 얻은 값진 성과물(2001년 7월 위헌 판결)입니다."

당시 이 위헌 소송을 진행했던 김수정 변호사의 회고.

"1인 1표제 위헌 소송은 순전히 그의 혜안으로 진행하게 된 것이었습니다. 모두가 되겠느냐며 헛수고일 거라고 할 때 뚝심으로 밀어붙였고, 나조차 큰 기대 없이 위헌 소송을 진행하였다가 위헌 결정을 받은 변호사라는 영광을 누렸습니다."[*]

이런 평가에는 충분한 근거가 있다. 노회찬은 1989년 국가보안법 위반 혐의로 감옥에 들어가 1992년 4월에 출옥한다. 그는 감옥에서 혁명 노선을 진보 정당 창당 노선으로 전환한 뒤 창당을 위한 준비 작업까지 구상한다. 그 중 하나가 공직선거법 개정 투쟁이었다. 장차 자신이 탄생시킬 진보 정당의 의회 진출을 위한 법적 교두보를 확보하기 위한 것이었다. 실제로 노회찬은 감옥에서 나온 이듬해인 1993년 10월 27일 변호사이던 친구 이종걸 전 의원의 조력을 받아 당시 1인 1표제 전국구 의원 선거 제도에 대한 위헌 소송을 제기했다. 개인 노회찬이 아니라 진보 정당추진위원회 대표 노회찬으로서였다. 이 위헌심판 제청은 절차상의 하

---

[*] 2018년 12월 5일 〈한겨레〉 '끝나지 않은 노회찬의 꿈'

자*를 이유로 1995년 10월 헌법재판소에 의해 각하되었지만, 그 뒤 노회찬이 주도한 민주노동당의 선거법 개정 투쟁을 보면 노회찬의 장구한 심모원려(深謀遠慮)를 느끼게 하기에 충분하다.

"당시 그 위헌심판 신청서를 읽어 본 분들이 있었는데, 칭찬이 자자했다고 합니다."

— 노회찬 평전을 쓰시는 분은 꼭 그 이유서를 구해 봐야 할 것 같습니다.

"2002년 대선 때는 권영길 후보를 대선 후보 TV 토론회에 내보내는 걸 당의 사활적 문제로 보고 민주노동당을 제외한 보수 양당만의 TV 토론회 중지 가처분신청을 낸 것도 노회찬의 생각이었습니다. 결국 부담을 느낀 방송사들이 양당 중심의 토론회를 민주노동당을 포함한 다자 토론회로 바꾸는 결정적인 역할을 했습니다. 아시다시피 대선토론회에서 나온 권영길 후보의 '국민 여러분 살림살이 좀 나아지셨습니까?'와 같은 멘트가 민주노동당에 대한 지지와 격려로 이어지면서 2년 뒤 17대 총선의 10석 기적이 만들어졌습니다. 민주노동당의 총선을 설계하고 총지휘한 노회찬은 비례대표 말(末) 번으로 열 번째 민주노동당 의석을 채웠고요. 적어도 그 의석은 노회찬 자신이 스스로 쟁취한 것이었습니다."

설렁탕은 어디서 유래한 음식일까? 국물이 뽀얀 게 눈 색깔 같다고 해서 '설농탕(雪濃湯)'이라는 것은 억지에 가깝고, 임금이 풍년을 기원하며 제사를 드리는 선농단(先農壇) 의식에서 나왔

---

* 규정의 의하면 1992년 3월 24일 치러진 총선 실시 후 180일 이내에 헌법소원을 제기해야 했으나, 노회찬의 헌법소원 청구는 이 기간이 경과한 뒤였다.

다는 설은 조선시대 유교 제례를 살펴볼 때 후대의 창작일 가능성이 높다. 기자가 보기에는 고려시대 몽골에서 전래되었다는 몽골 기병 기원설이 가장 사실에 가까운 것 같다. 몽골어사전인 〈몽어유해(蒙語類解)〉에 따르면, 몽골에서는 맹물에 고기를 넣어 끓인 '공탕(空湯)'을 '슈루'로 읽는다고 한다.* 〈방언집석(方言輯釋)〉이라는 사전에 따르면, 공탕을 한족 중국에서는 '콩탕'(우리의 '곰탕'도 여기서 유래한다는 설이 있다.), 여진족의 청나라에서는 '실러', 몽골에서는 '슐루'라고 한다. 따라서 이 실러·슐루가 우리나라에서는 '설렁'탕이 되었다는 설명이다.

중국 탕요리 훠궈, 일본의 샤부샤부 등이 모두 몽골 기병의 이동식에서 기원했듯이 설렁탕도 고려시대 몽골 군대를 통해 우리나라에 전해진 요리법일 가능성이 높다. 불교 국가였던 고려시대에는 조선시대처럼 육식이 성행하지 않았다. 소를 잡는 법이나 요리법이 몽골에서 전해지면서 설렁탕도 점차 우리 환경이나 입맛에 맞게 변해 마침내 한국 음식이 되었을 것이다.

"설렁탕은 서울의 명물 음식으로서 일찍부터 대중 음식으로 시판되었다. 설렁탕집에는 항상 두세 개의 큰 무쇠솥에 설렁탕이 끓고 있었다. 그 옆에는 설렁탕을 골 때에 넣었던 여러 부위의 편육을 부위별로 썰어서 채반에 담아 놓았다. 손님이 설렁탕을 청하면 뚝배기에 밥을 담고 뜨거운 국물로 토렴하여 밥을 데운다. 그 다음에 국수 한 사리를 얹고, 채반에 놓여 있는 고기를 손님의 요구에 따라 집어넣은 후에 뜨끈뜨끈한 국물을 듬뿍

---

* 〈한국요리문화사〉, 이성우, 1984

부어 내주었다."[*]

　― 살펴보았듯이 노회찬의 죽음은 법의 이름으로 쳐놓은 악마의 덫과 무관하지 않습니다. 그래서 더욱 그의 마지막 선택을 안타까워하는 분들이 많은 것 같습니다.

　"개인적으로 한이 왜 없겠습니까만은, 20년 이상 지켜봐 온 사람으로서 노회찬은 진보 정당 노선의 주창자로서 스스로를 독립적인 존재로 설정하고 행동했던 사람이었습니다. 조력을 요청하지 않았다는 점에서는 동지로서 아쉬울 수 있겠지만, 그의 선택은 당 그 자체였던 노회찬의 숙명이었다고 생각합니다."

　"불법 정치자금이냐 아니냐를 놓고 법적 유·불리를 따질 사안도 아니고, 그럴 생각도 없었기에 법률가의 조력을 구한다는 생각은 처음부터 하지 않았을 겁니다. 그분 마음속에 심판대가 있었다면, 역사의 법정뿐이었을 겁니다."

　이날 많은 분들이 체면도 마다하고 소폭을 마구 들이켰고, 몇몇은 눈물도 펑펑 쏟아냈다.

　"오랜만에 참았던 이야기를 하니까 후련한 점도 있네요. 힐링이 되는 것 같고, 정화가 되는 것도 같고."

　"언젠가 마석 모란공원 묘지에 갔을 때, 한 교사가 초등학생들을 이끌고 무덤들을 돌며 우리나라 민주화 운동의 역사를 열정적으로 설명하는 모습을 본 적이 있습니다. 그곳에 노회찬도 있습니다. 노회찬의 생물학적인 삶은 종결되었으나 노회찬의 정치적·사회적 삶은 계속될 겁니다."

---

[*] 〈한국민족문화대백과〉, 한국학중앙연구원

마석 모란공원 묘지에 안장된 노회찬의 묘.

2

밤 깊을수록 별 더욱 빛나리라

우리 회사에 정리해고는 없다

─홍대입구역 훠궈 식당 '불이아'에서

불이아 훠궈요리 전문점
서울시 마포구 동교로 182-6

― 공직자 재산등록(2004년 민주노동당 비례대표 국회의원)을 하셨을 텐데 얼마나 됩니까?

"부채가 한 3천만 원쯤 됩니다."

― 집은 어떻습니까?

"인천에 17평짜리 주공 아파트가 있습니다. 그거 전세 놓고 돈 조금 빌려서 현재 집에 전세 살고 있습니다. 인천 집은 계속 팔려고 했는데, 재산 가치가 별로 없는지 사려는 사람이 없습니다. 지난해는 제가 신용 불량자가 되어 그게 압류가 되는 바람에 못 팔았습니다."

― 신용카드를 쓰는지, 쓴다면 한 달 결제액은 얼마나 되는지 물어봐 달라는 분이 있었습니다. 마치 수사하는 것 같아 저도 민망합니다.

"아니요, 감출 건 없고요. 제가 가진 다섯 개 카드가 모두 정지가 됐는데, 〈매일노동뉴스〉 경영 부진으로 돌려막기를 하다가 그렇게 되었습니다. 전에는 다소 적자였는데, 국제통화기금(IMF) 관리 이후 굉장히 어려워졌습니다. 제가 공직 후보가 되면서 신용 불량자 상태에서 나서는 건 제가 볼 때도 염치없는 짓이어서, 개인적으로 쓴 돈은 아니었지만 이래저래 친지들에게 돈을 빌려서 올해 1월까지 그 신용카드 빚은 다 갚았는데, 이게 전과처럼 흔적이 남더라고요. 국회 내 농협이 있는데, 거기서 찾아와서 국회의원이니까 제일 좋은 카드로 만들어 주겠다고 하더니, 며칠 뒤 갑자기 안 될 것 같다는 거예요. 국회에서 월급이 나오고 신분이 확실하지 않느냐고 했는데도 은행연합회가 정한 규정에 따라 안 된다는 겁니다. 현재 신용 불량 상태가 풀린 것은 한 개 은행 카드뿐이어서 그걸 가지고 쓰는데 한 달 결제 액이 40만 원 정도 되는 것 같아요."

2004년 노회찬이 민주노동당 비례대표 국회의원이 되고 나서 그해 말 출간된 〈정운영이 만난 우리 시대 진보의 파수꾼 노회찬〉(랜덤하우스중앙 펴냄)에서 정운영*과 노회찬이 나눈 대화의 한 토막이다. 이 대화를 보면 노회찬은 한때 카드 다섯 개로 빚을 돌려막았고, 신용불량자가 된 원인은 〈매일노동뉴스〉의 경영 부진이었다.

〈매일노동뉴스〉(이하 〈매노〉)는 1993년 국내 최초의 노동 전문 일간지**로 창간되어 현재까지 국내 유일의 노동 전문 일간지로 발행되고 있다. 2020년 12월 1일 지령 7,000호를 발행했다. 노회찬이 이끌었던 진정추(진보 정당추진위원회) 산하 한국노동정책정보센터가 노동운동 진영을 포함해 노동계 전반의 주요 뉴스와 동정을 모아 팩스와 PC통신으로 배급하는 정보지로 출발해 1993년 5월 18일부터 신문 발행을 시작했다.

당시 진정추 대표로 〈매노〉 초대 발행인을 맡은 노회찬은 2003년까지 10년간 신문사 CEO로 일했다. 민주노동당 사무총장이 되면서 당 쪽으로 일 중심이 옮아 가고, 〈매노〉의 경영 상태도 호전될 기미가 보이지 않자 〈매노〉의 정체성을 유지하며 경영을 할 수 있는 제3자(현 박승흡 〈매노〉 회장)에게 회사를 넘겼다.

---

* 2005년 작고한 경제학자, 칼럼니스트. 〈한겨레〉, 〈중앙일보〉 논설위원 역임.

** 전 세계적으로도 유례가 없는 것으로 알려져 있다.

매각 당시 〈매노〉는 노회찬의 개인 회사 형태였기 때문에 회사 부채와 직원 임금, 퇴직금 등을 해결하느라 많은 빚을 떠안게 되었다. 그는 국회의원이 된 뒤에도 수년간 빚에 눌려 살았지만, 그의 생애 어디에도 〈매노〉에 대한 원망이나 후회를 남긴 흔적이 없다. 오히려 〈매노〉는 그의 긍지이자 자랑이었다. 국회의원이 된 뒤에도 '〈매일노동뉴스〉 발행인'은 노회찬이 가장 아낀 주요 이력의 하나였다.

서울지하철 2호선 홍대입구역 부근에 중식당 '불이아(弗二我)'가 있다. '둘도 없는 우리'라는 뜻의 옥호를 지닌 중국요리 훠궈 전문 식당이다. '사용자' 노회찬이 없는 살림에 벼르고 벼르다가 마침 '배가 들어온 날'이면, 고생한 '노동자' 직원들과 도움을 준 '주주' 지인들을 불러 대접한 곳이다. 지금도 조금 그렇지만 당시에는 꽤 비싼 식당이었으니, 초창기 고참 직원이었던 분들 정도만 특별했던 노회찬의 불이아 만찬을 기억하고 있다.

훠궈는 화과(火鍋), 즉 '불솥'에서 펄펄 끓는 돼지고기 육수에 고기와 야채를 살짝 데쳐 먹는 중국식 샤부샤부 요리를 통칭한다. 고대 중국의 전국(戰國)시대부터 먹었다는 본토 기원설이 있지만, 현재의 훠궈 요리는 몽골 전래설이 유력하다. 원나라 때 중국 북방에 조리법이 전해진 뒤로 점차 중국 전역으로 퍼졌고, 그 가운데 쓰촨 성 충칭의 훠궈 요리가 매운 훠궈 맛을 대표한다. 추운 북방에서 시작된 요리가 더운 남방으로 가서는 한여름에 땀을 빼는 이열치열식 음식으로 바뀐 것이다.

그러다가 너무 맵기만 하면 먹기 힘드니까 담백한 국물에 고기를 데치는 백탕을 추가하면서 오늘날과 같이 반은 매운 홍탕, 반은 안 매운 백탕으로 나뉜 태극솥* 훠궈 요리가 탄생했다. 중국 본토에서는 쇠고기, 양고기, 해물, 각종 야채 등 100여 가지가 넘는 재료를 수십 가지의 다양한 소스에 찍어 먹는다. 불이아에서는 게, 새우, 낙지, 전복 등 각종 해산물도 나오며, 소스는 여덟 가지 안팎으로 취향에 따라 고르거나 섞어 먹을 수 있다.

2002년에 문을 연 불이아는 우리나라 최초의 훠궈 전문점을 자부한다. 한·중 수교 이후 중국으로 건너가 충칭 등 중국 쓰촨 지방에서 살아 본 경험이 있는 창업자 윤성준 사장은 현지에서 경험한 쓰촨식 훠궈가 매운맛을 좋아하는 한국사람 입맛에도 잘 맞을 것으로 본 것이 적중해 대박을 터뜨렸다. 현재 불이아는 홍대 본점을 비롯해 전국에 여덟 개 지점을 거느리고 있는 대형 요식업체로 성장했다. 노회찬은 불이아 초창기부터 1년에 한두 번 정도 회식 장소로 애용했다고, 불이아 직원들은 기억하고 있다.

〈매노〉 시절, 노회찬과 동고동락했던 직원 몇 분을 초대해 모처럼 불이아 훠궈를 대접하고 옛이야기를 듣는 자리를 마련했다. 〈매노〉 창립 후 노회찬과 함께 경영 쪽을 책임졌던 남재현 당시 경영기획실장(현재 CJ대한통운 상무), 기업으로 떠난 남 씨의 바통을 넘겨받은 이경록(현재 참치집 운영) 후임 경영기획실

---

* 음양솥, 원앙솥 등으로도 부를 수 있다.

장, 편집국 쪽에서는 박영삼 편집부장(현재 소득주도성장특별위원회 소속), 진숙경 기자(현재 경기도교육연구원 연구위원), 정하연 기자(현재 편집 프리랜서) 등이 나와 주셨다. 노회찬재단 조돈문 이사장도 자리를 함께 해 주셨다.

노회찬이 진정추 활동을 시작해 2000년 민주노동당 창당에 이어 2004년 국회의원이 되기 1년 전까지 노회찬이 지닌 대표 명함이 '〈매일노동뉴스〉 발행인'이었다. 이 직함은 진보 정당 추진 세력 안에서도 계파적 기반이 약했던 노회찬에게 '영향력 있는 신문 발행인'이라는 '사회적 지위'를 부여해 주는 것이기도 했다. 언론사 사주와 비슷한 신분은 노동부 등 관계나 경총 등 재계 쪽에서는 거의 무명이나 다름없는 진보정치인 노회찬에게 무시할 수 없는 배경이 되어 주었다.

그러나 그 '신분'을 얻는 대가도 적지 않았다. 거의 전 기간에 걸친 경영난과 그로부터 파생된 인간적 갈등이었다. 노회찬에게 〈매노〉에서의 10년은 신문을 만드는 재미에 흠뻑 빠진 '즐거운 노

한 참석자의 핸드폰 속에 남아 있는 〈매노〉 OB 모임의 '불이아 회식'.(2015. 1.)

회찬'과 월급 줄 날이 다가오면 직원들 몰래 여기저기 친구와 지인들을 찾아다니며 돈을 꾸어야 했던 '괴로운 노회찬'의 동행이었다.

"당시 인쇄 품질을 높이려는 시설 자금이었는지, 아니면 다른 데 투자할 돈

이었는지 잘 기억이 안 납니다만, 부인 김지선 선생과 서울역 앞에서 만나 김 선생 명의의 인천 주공아파트를 담보로 신용보증기금에서 2천만 원을 빌렸던 일도 있었습니다. 돈을 하도 많이 빌려 노 대표 이름으로는 더 이상 대출을 받을 수 없었기 때문입니다. 마지막 몇 년 동안 한 달 운영비에서 꼭 1천만 원 안팎 정도가 모자랐습니다. 차라리 왕창 모자라면 다른 대책을 강구할 텐데, 딱 그만큼이니 그때마다 돈을 구하러 다녀야 했던 것이죠. 제가 알기로는 이종걸 전 의원을 비롯한 친구 분들이 많이 도와주었습니다."

이처럼 애환이 서려 있는 〈매노〉와 노회찬은 어떻게 인연을 맺게 되었을까?

"1990년대 초반의 한국 언론은 〈한겨레〉를 제외하면 노동계 소식, 특히 민주노조 운동에 대해서는 거의 보도를 하지 않았습니다. 관심도 없고 잘 모르기도 했고요. 그러니 민주노총 등 노동운동 진영의 소식을 모은 정보지는 희귀하고 유용한 정보원이었습니다. 우리가 노동계 소식을 모아서 배포한다는 소식을 듣고 CIA 한국지부에서 '마틴'이라는 친구가 찾아왔습니다. 한 달에 한 번 정도 자기들에게도 노동계 소식을 제공해 줄 수 없느냐는 거였죠. 마틴 다음으로 찾아온 사람은 삼성 정보원. 역시 삼성도 정확하고 신속한 노동계 정보를 원하고 있었죠. 그다음이 안기부, 경찰 등 국내 정보기관들이 줄지어 찾아왔습니다. 이처럼 노동 정보의 뉴스 가능성을 알아본 당시 진정추 김태균 (현재 노사발전재단 HR컨설팅팀 부장) 노동국장이 일간지 발행을 처음으로 제기했습니다."

"처음에는 진정추 안에서도 반대 여론이 높았다고 합니다. 일간지 발행에는 막대한 자금과 인력이 투입된다고 여겼기 때문이지요. 그러나 노 대표님은 달랐어요. 감옥에서부터 진보 정당 창당 과정을 면밀히 구상해 온 노 대표는 진보 정당 창당 전 단계에서는 장차 당의 기반이 되어 줄 노동계 전반을 아우르는 매체의 필요성을 느끼고 있었죠. 다만 진정추의 능력으로 일간지 발행이 현실적으로 가능한지가 문제였을 겁니다."

노회찬은 한 인쇄소 사장을 통해 낮은 인쇄 품질을 감수한다면, 저비용으로 신문을 찍을 수 있다는 사실을 확인하고 일간지 발행을 강행했다. '우리에겐 무보수로 일해 줄 열성적이고 지적인 조직원들이 있지 않은가.' 최대한 싼 인쇄비로 신문을 찍어 고속버스를 이용해 각 지역 진정추 지부로 수송한 뒤, 진정추 회원들이 배달하면 비용을 최소화할 수 있다는 계산이 섰다. 구성원들의 자발적인 헌신이 뒷받침되지 않으면 세울 수 없는 계획이었다. 조승수 전 의원도 〈매노〉를 배달했던 지국장들 중 한 사람이었다.

"배달 부수가 늘면서 고속버스 이용에도 한계가 보이자, 전국의 〈한겨레〉 지국을 찾아다니며 배달을 부탁한 끝에 1997년부터는 한겨레 보급망을 이용해 〈매노〉를 배달할 수 있게 되었습니다."

― 그래도 매일매일 신문을 발행하려면 많은 돈이 들 텐데,

참 힘들었겠습니다.

"노 대표님은 경영의 어려움을 충분히 예상하고 시작했죠. 돈 있는 사람도 아니었으니까요. 제호에 '매일'을 넣은 것도 노 대표였습니다. 나중에 경영이 어려워져도 신문만큼은 매일 나올 수 있도록 하자는 의지의 표현이었죠."

"종사자들은 기본적으로 무보수 자원봉사였습니다. 모두들 노동운동하는 자세로 임했으니, 보수를 줄 생각도 받을 생각도 안 했어요."

"그러나 영업은 해야 했으니까, 돌아다닐 차비는 있어야 하잖아요? 외근하는 친구들에게 1인당 하루 버스표 네 장을 지급한 게 최초의 보수였습니다. 농담입니다만 저와 노 대표는 열 장짜리 버스회수권을 열한 장이 나오게 자르는 것이 경영이었고요." (웃음)

– 공채 기자도 채용했는데, 월급을 안 주고선 곤란했을 텐데요.

"보수를 아예 안 줄 수는 없어서 노 대표와 상의해 월급을 20만 원으로 책정했는데, 첫 달을 주고 한 6개월가량 주지 못했습니다. 그러다가 경영이 조금씩 나아지고 공채 기자를 뽑으면서 50만 원으로 올렸습니다. 100만 원 이상 월급을 받은 사람은 나중에 '스카우트'로 합류한 극소수의 '전문 인력' 정도였을 겁니다."

– 그래서 노동조합이 생긴 겁니까?

"제가 초대 지부장이었는데, 임금이나 노동 조건 때문에 노조를 만든 건 아니었습니다. 새로 들어온 젊은 기자들은 운동 이전에 기자를 하려고 온 분들이어서 마인드도 조금 달랐고요. 직원들 간에 유대도 강화하고 다른 신문사 기자들처럼 언론노련에 가입하려면 자체 노조도 있어야 했던 게 노조 결성의 주된 이유였다고 볼 수 있습니다."

― 노 의원의 반응이 궁금하네요.

"처음에는 말도 안 된다고 반대했어요. 〈매노〉에는 노사가 따로 없으니, 노조는 없어도 되는 걸로 하자고 했습니다. 〈매노〉는 진보노동운동의 일환으로 기능해야지, 노사관계로 움직이는 조직이어서는 안 된다는 게 대표님의 지론이었습니다. 나중에 노조 출범식에 오셔서 이런 축사를 했습니다. '내가 인생에서 많은 계획을 세웠지만, 사용자가 되는 계획은 없었습니다. 오늘 여러분이 저를 사용자로 만들고 말았습니다.'"

'사용자' 노회찬과 '노동자' 직원들 사이는 일반적인 노사와 달리 화기애애했다. 늘 좋은 말만 오간 것은 아니지만, 말 그대로 노사가 따로 없는 회사 분위기였다고 한다.

"노조 출범 직후 단체교섭에 들어갔는데, 당시 노동계의 핫이슈가 정리해고 반대였습니다. 민주노총이 전 단위 노조에 '정리해고 대응안을 단체협상에서 관철하라'는 지침을 내린 상황이었습니다. 그래서 그 이야기를 꺼냈더니, 노 대표님이 그러시는 거예요. '〈매노〉에는 정리해고가 있을 수 없다. 정리해고를 하느니 차라리 문을 닫겠다.' 그래서 그때 단협 첫 머리가 '우리 회사에서는 정리해고가 없다'가 되었습니다."

"취재 나가면 노조 분들이 '〈매노〉 노조는 어용이라며?'라고 놀리곤 하셨죠. 저희들은 '아니요. 우리가 어용이 아니라, 사용자가 어용이에요. 한국경영자총협회에서 징계를 받도록 해야 해요.'라고 받아주었고요."

– 정말로, 노사 갈등이 한 번도 없었나요?

"직원들이 노 대표를 존경하고 따랐습니다만, 회사 일에 관해서는 따지고 싶은 일이 왜 없었겠습니까? 없다면 거짓말이죠. 예컨대 노 대표가 어떤 일을 벌이고 나면 그에 대한 이견이 나올 수 있고, 반발도 할 수 있는 거고."

– 물론, 좋았던 시간도 많았을 것 같습니다. 가장 기억에 남는 〈매노〉의 좋은 시절이라면?

"제 기억으로 1990년대 후반에 한 해 흑자가 난 적이 있었습니다. 구독자가 늘어나며 경영도 눈에 띄게 호전되었는데, 주된 이유는 양대 노총 총파업 등 대형 노동계 현안이 줄을 이으면서 노동계 전반의 소식을 아우르는 신문으로서 높아진 〈매노〉의 위상이었습니다."

"〈매노〉가 사용자 쪽에게까지 인지도를 높이는 데는 당시 진념 노동부장관의 덕담 덕을 많이 봤습니다. 재경부 고위 관료 출신의 진념 씨는 화통한 성격으로 노동계 쪽과도 어울릴 줄 아는 사람이었습니다. 취임 후 〈매노〉와 인터뷰를 하면서 "매일 아침 청사에 출근해 맨 먼저 하는 일이 〈매일노동뉴스〉를 보는

서울 중구 한국프레스센터 20층 국제회의장에서 열린 〈매일노동뉴스〉 창간 5돌 기념식.(1998. 5. 13.) 왼쪽부터 당시 조남홍 경총부회장, 박인상 한국노총위원장, 이갑용 민주노총위원장, 이기호 노동부장관, 김원기 노사정위원장, 노회찬 매일노동뉴스 발행인. ⓒ 한겨레신문

것"이라는 멘트를 날려 줬지요. 인터뷰 기사가 나가자 전국의 노동부 산하 지청과 사무소에서 구독 신청이 쇄도했고, 기업에서도 관심을 보이기 시작했습니다."

그 당시 달라진 〈매노〉의 위상을 상징적으로 보여주는 장면이 하나 있다. 1996년 4월 지령 1,000호 발행 기념식 때였다. 이날 기념식장에는 진념 노동부장관, 민주노총 권영길 위원장, 한국노총 박인상 위원장, 경총 조남홍 부회장을 비롯해 장을병 민주당 공동 대표, 김근태 국민회의 부총재 등 노사정(勞使政) 대표들이 빠짐없이 참석했다. 당시 노사정이 한자리에 모인 것은 이 기념식이 처음이어서 언론사 사진기자들이 이 장면을 찍으려고 대거 몰려들어 취재 경쟁을 벌이는 진풍경을 연출했다. 창립 3주년밖에 안 된 노동 전문지의 높아진 위상을 실감케 하는 장면이었다.

"언젠가 삼성에서 돈이 가득 든 가방을 들고 찾아온 적도 있었습니다. 무슨 기사 때문이었는데, 그 기사를 빼주면 주겠다는 겁니다. 노 의원에게 보고했더니 당장 돌려보내라고 호통을 쳤지요. 〈매노〉 기사의 위상이 그 정도까지 올라갔죠."

노회찬에게 일하는 재미를 안겨 주었던 〈매노〉는 당시 대부분의 기업들이 그랬던 것처럼, 1998년부터 본격화 된 IMF(국제통화기금) 외환위기의 파고에 휩쓸리며 경영 환경이 급격히 악화되기 시작했다. 노회찬은 여러 가지 신사업을 시도해 보지만, 성과를 보기에는 자금이나 시간이 모두 부족했다. 투자 자본을 모으려던 주식회사 전환 작업도 수포로 돌아가면서 노회찬과 〈매노〉의 '사랑'은 점차 이별을 준비해야 하는 상황으로 내몰리기 시작했다.

– 노 의원이 〈매노〉를 접은 시기는 2003년입니다.
"당시 노 대표가 민주노동당 사무총장을 맡으면서 아무래도 일 중심이 당으로 쏠리기도 했지만, 역시 악화된 경영 상태가 문제였습니다. 인터넷 방송이나 디지털 사업 쪽에서 돌파구를 찾아 보려는 시도도 하셨지만, 자금도 인력도 부족한 상황에서 너무 앞서간 면이 있었습니다. 돌이켜보면 흑자 기조를 최대한 안전하게 지키면서 점진적으로 사업을 넓혀 갔더라면 하는 아쉬움이 남습니다."
"1999년인가요? 주식회사 전환 작업이 실패로 돌아간 것도 노 대표님에게는 큰 타격이었습니다."

그 무렵 〈매노〉는 만성적인 자금난을 해소하고 투자 여력을 높이기 위해 주식회사로의 전환을 논의했다. 창립 사원들은 사원지주제를 중심으로 하는 지분 분배를 원했으나, 노회찬은 〈매노〉가 진보노동운동의 대의를 지켜 가기 위해서는 초창기의 〈매노〉 설립을 지원한 진정추 회원들에게 일정 지분을 배분할 필요가 있다고 보았다. 그래서 진정추 지분 30%를 합쳐 51%의 지분으로 노회찬이 경영권을 대표하는 안을 제안해 구성원들의 동의를 얻었다. 그러나 주식회사 전환을 의결하는 총회장에서 일부 사원이 '노회찬 안'에 문제를 제기하면서 총회 자체가 무산되고 말았다.

"주식회사 전환을 전제로 한 진정추 지분 문제는 〈매노〉 창간 초부터 논의가 있었습니다. 그분들의 도움이 많았기 때문이죠. 그래서 일부 사원들의 의문을 이해하면서도 저는 개인적으로 '51%' 안에 동의했습니다. 경영권이 취약하면 〈매노〉의 정체성이 흔들릴 우려가 있었습니다. 예를 들어, 삼성이 돈 가방을 들고 왔을 때 과연 과거와 같은 의사 결정을 할 수 있느냐? 혹시 이사회나 임원이 다른 결정을 할 수도 있지 않느냐? 그런 우려가 결코 기우만은 아니라고 생각했습니다."

결국 투자 재원을 확보하려는 주식회사 전환 계획은 수포로 돌아갔고, 그 과정에서 불거진 갈등이 불씨가 되어 창립 때부터 핵심적인 역할을 맡아 온 주요 직원들이 하나 둘 회사를 떠나면서 노회찬도 큰 상처를 받았다.

"총회장을 박차고 나간 뒤, 두 달 정도 회사에 나오지 않았습니다. 신뢰 관계에 대한 충격이 컸던 거죠."

"그 이후 회사 경영은 여러 가지 신사업 시도에도 불구하고 나아지지 않았습니다. 그러다가 2002년 노 대표가 민주노동당 사무총장이 되자, 직원들 사이에서 당무와 회사 경영 중 하나만을 선택해 달라는 목소리가 높아졌습니다. 그 즈음에 제가 〈매노〉의 양도를 노 대표에게 건의하게 되었습니다."

노회찬은 결국 당시 한국비정규직노동센터를 운영하던 전교조 해직 교사 출신의 박승흡 대표에게 〈매노〉를 넘기는 결단을 내리기에 이른다.

– 노회찬이 떠나면서 〈매노〉의 한 시대도 끝났다고 어느 분이 말씀하셨는데, 끝으로 그 시절의 노회찬에 대한 인상이나 평가를 들어보고 싶습니다.

"결과론이지만, 노 대표에게 '회사 경영자'는 맞지 않는 옷이었다고 생각합니다. 운동가로서 〈매노〉를 만든 목적에는 충실했으나, 회사를 안정되게 운영해 구성원을 만족시키는 데는 성공하지 못했으니까요."

"저 역시 사업가보다는 운동가였다고 생각합니다. 다만 그에게 경영에만 전념할 수 있는 환경이 주어졌다면, 경영자로서도 성공했을 것 같습니다."

"어려움 속에서도 나름 미래를 생각하는 사업 전망을 가졌던 사람이라고 생각합니다. 다만 시대를 너무 앞서갔어요."

"일부에서는 노 대표가 자신의 정치를 위해 〈매노〉를 이용했다는 식으로 보는데, 저는 그렇게 생각하지 않습니다. 〈매노〉가 그의 정치 이력에 도움이 된 건 사실이지만, 〈매노〉를 자기 정치에 유리하게끔 활용하고 있다는 느낌을 받은 적은 한 번도 없습니다."

"긴 기간은 아니었지만, 제가 본 노회찬은 다른 사람에 비해 바라보는 지평이 매우 높고 넓은 사람이었습니다. 그렇다고 〈매노〉 일을 가볍게 여기거나, 사사롭게 생각한 사람은 아니었다고 봅니다. 그가 같이 일해 보자고 손을 내밀 때 그의 손을 잡은 것은 제게도 좋은 선택이었습니다."

"노 대표님은 당에서보다 〈매노〉에서 더 행복해했습니다. 특히 젊은 기자들과 어울릴 때 보면 더 그랬고요. 공과를 떠나 노 대표는 진심으로, 열정적으로 〈매노〉를 사랑한 사람이었습니다."

"진정추 시절부터 '노회찬 대망론'을 가졌던 저 같은 사람들에게는 '씨 뿌리는 사람'이었습니다. 가슴에 많은 것을 심어 주셨죠. 지금 제가 일하고 있는 회사는 택배 직원까지 합해 5~6만 명의 직원이 있습니다. 그 직원들이 모두 악기 하나쯤은 다룰 줄 알아서 어느 날씨 좋은 날, 광장 같은 곳에 모여 함께 연주할 수 있는 직장을 만들어 보자는 꿈이 있습니다. 노 대표가 제게 심어 준 꿈입니다."

〈매노〉를 떠난 뒤에도 노회찬은 기회가 있을 때면 옛 시절 동지뿐 아니라, 현재의 임직원들과도 교류하며 〈매노〉의 앞날을 성원했다.

"초창기의 어려운 조건 속에서 〈매일노동뉴스〉를 이끈 사람들의 열정과 희생이 없었다면, 지금의 〈매일노동뉴스〉도 없었을

2012년 5월 18일 〈매일노동뉴스〉 창간 20주년을 맞아 전·현직 임직원 회식 자리에서 노회찬.

겁니다. 〈매일노동뉴스〉를 떠난 지 10년이 됐지만, 몸만 떠났을 뿐 마음은 늘 가까이 있었습니다. 〈매일노동뉴스〉가 더 큰 역할을 수행하기를 바라는 마음은 시간이 갈수록 더해집니다. 나도 있는 힘, 없는 힘 다해서 돕겠습니다."*

노회찬이 생전에 그토록 자랑스러워했던 '〈매일노동뉴스〉 발행인' 자격은 2003년 9월 말로 종료됐다. 이후 파란만장의 정치 역정을 거치며 세 차례 국회의원 배지도 달았지만, 〈매노〉와 함

---

* 2012년 5월 18일, 〈매일노동뉴스〉 전·현직 임직원 방담회에서.

께했던 '우리 기쁜 젊은 날'은 다시 돌아오지 않았다. 하지만 무명의 젊은 진보 정치가에게 외투가 되어 주고, 디딤돌이 되어 준 연인이며, 무보수의 직원들과 더불어 뜨거운 열정을 나눈 동지였기에 노회찬도 〈매노〉도 서로를 잊을 수 없는 것 아닐까.

노회찬 영결식이 거행된 2018년 7월 27일 〈매일노동뉴스〉 임직원들은 자사 지면에 추모 광고를 내고 고인을 애도했다.

"'〈매일노동뉴스〉를 만든 것이 인생에서 가장 잘한 일'이라던, '10년간 〈매일노동뉴스〉를 경영하며 마신 소주가 3천 병, 맥주는 1만 병 가까이 되지 않을까 싶다'던 노회찬 〈매일노동뉴스〉 초대 대표. 당신의 노고, 의지, 꿈 잊지 않겠습니다."

〈매일노동뉴스〉 임직원 일동

채워지지 않는 빈 자리

– 마포 중식당 '현래장'에서

현래장 중식당
서울시 마포대로 20 다보빌딩 지하 1층

서울 마포대교 북단 불교방송 건물 지하의 '현래장(賢來莊)'은 마포 일대에서 손꼽히는 중화요리집이다. 감자(요즘은 단호박)가 들어간 옛날식 수타짜장은 수십 년 이상 이 집의 명성을 드높인 메뉴였다. 300석 규모의 대형 음식점으로, 크고 작은 룸이 많아 각종 모임에 최적화 되어 있다. 여의도에서 다리만 건너면 되고, 마포로터리(공덕오거리) 쪽으로는 옛 야당 당사도 줄곧 있어서인지 이런저런 정치인들의 '조용한' 회합 장소로 즐겨 애용됐다.

노회찬은 1990년대 후반 어느 무렵부터 현래장의 주요 식객이 되었다. 음식에 예민한 조직운동가답게 그는 비밀스러운 만남의 장소에도 맛을 중시했다. 현래장의 수타짜장도 아마 그래서 선택되었을 것이다. 지인들에 따르면, 노회찬은 중요한 정치적 결단이나 진로 선택을 할 때면 참모진이나 '자문단'과 함께 현래장에 모여 숙의를 거듭했다고 한다. 2016년 20대 총선에서 노회찬이 출마 지역 선정을 포함해 선거 전략을 고심할 때도 마찬가지였다. 이처럼 현래장은 노회찬의 정치 역정에서 빼놓을 수 없는 장소 중 하나였다.

'음식천국노래장'이 현래장을 찾은 때는 2020년 4월 9일. 4.15총선을 6일 앞둔 저녁이었다. 각자의 일정을 조정하느라 잡은 날짜이지, 특별히 선거를 의식한 택일은 아니었다. 그러나 테이블에 둘러앉은 면면이 노회찬 자문 그룹의 일원이었고, 시점도 총선을 앞둔 때인지라 선거 이야기를 하지 않을 수 없는 자리가 되고 말았다. 총선은 더불어민주당의 압승으로 끝났지만, 그 시점에서도 대체로 집권당의 낙승을 점치는 한편 기묘한 위성 정당의 등장으로 어려운 처지에 몰리고 있던 정의당의 안타까운 상황을 걱정하고 있었다.

이날 현래장에서 노회찬을 추억한 사람들은 민주노동당 시절부터 정치인 노회찬을 여러 방면에서 자문하고 보좌해 온 사람들이다. 대부분 현래장에 자주 왔던 분들이라 식당 분위기나 음식에 모두 익숙했다. 김윤철(경희대 후마니타스칼리지 교수), 박갑주(법무법인 지향 변호사), 박창규(전 노회찬재단 사업기획실장), 이종석(공인회계사, 정책기획위원회 산하 소득주도성장특위 기획협력팀장), 조현연(전 성공회대 교수, 노회찬재단 특임이사) 등 참석자들은 2004년 17대 국회부터 본격적으로 노회찬을 보좌·지원해 왔다. 18대 총선에서 낙선한 뒤 노원구 상계동에 '노회찬마들연구소'를 설립할 때도 함께했고, 2018년 7월 노회찬 타계 뒤 재단 설립준비 실행위원으로 애쓴 사람들이기도 하다.

"2004년 17대 국회, 2008년 민주노동당 분당 때를 비롯해 여러 차례 선거 국면마다 모였던 것 같다. 언젠가부터 장소도 현래장으로 고정됐고. 생각해 보면 그때마다 늘 중대 국면이었고, 전환점이었다."

"논의는 우리가 하고, 결정은 그 양반이 한다는 취지인데도 대부분 그렇게 결론이 나지는 않았다. 우리에게는 실컷 고민시키고, 정작 결론은 자기 생각대로 내리기 일쑤였던 거지. 사실 '자문'이라는 게 현실적인 판단에 기울 가능성이 높다는 점을 잘 알고 있기 때문에, 자문 내용은 자신의 이상과 원칙을 확인하는 반면교사로서 활용했던 게 아닐까 싶다."

"노 의원은 어쩌면 자문 효과 자체는 처음부터 기대하지 않았을지 모른다. 중대 국면이나 기로에 섰을 때, 동지들의 얼굴을 보며 의지를 다지고 자신의 원칙에 힘을 얻는 효과가 더 컸지 않았을까 싶다."

초창기의 현래장은 불교방송 옆 한 빌딩에 있었다. 1950년대에 처음 문을 열었다고 하고, 현재의 주인장이 1980년대에 인수했다. 옥호는 본래 '연(燕)래장'이었다고 한다. 제비가 날아드는 집이니, 강남 갔다가 어김없이 돌아오는 제비 같은 단골손님, 흥부집에 박씨를 물고 온 제비 같은 복덩이 손님을 연상하면 결코 나쁜 이름이 아니다.

그런데 이 연래장을 인수한 새 주인은 글자 한 자를 바꿔 '현(賢)래장'으로 간판을 바꿔 달았다. 제비가 아니라 현자들이 오는 집이 되었다. 이 개명은 어쩌면 강 건너편에 빤히 보이는 국회의 존재가 작용한 것일지도 모르는데, 만약 그렇다면 여의도 선량들이 모두 현자는 아닐지라도 장사를 하는 입장에서는 매우 그럴듯한 착상이 아닐 수 없다. 이 개명이 음식점의 기운을 틔운 것일까? 현래장은 날로 성업하기 시작했고, 10여 년 전 불교방송 지하로 옮겨 300석 규모의 대형 식당을 차린 뒤에도 여전히 성업 중이다. 장사 수완이 남달랐던 창업주가 8년 전에 세상을 떠나고, 지금은 부인 윤승자 씨와 아들 주세웅 씨가 식당을 운영하고 있다. 요즘은 코로나 때문에 예약 노트가 많이 비어 있는 게 안타깝다.

현자들 같은 노회찬과 그의 사람들이 현래장에 남긴 가장 기억에 남는 장면의 하나는 2016년 20대 총선과 관련된 일이었다. 20대 총선을 앞두고 주로 홍대 앞 '토즈'에서 모임을 가졌고, 모임을 마친 뒤 저녁 식사를 하면서 못다 한 이야기를 이어 가는 데는 현래장이 나름 안성맞춤이었다. 노회찬의 당선을 다짐하면서 12월 말 송년회 겸 단합대회를 연 곳도 현래장이었다.

당시 노원병은 노회찬이 '삼성 X파일 사건'으로 의원직을 잃은 뒤 안철수가 들어와 깃발을 꽂고 있었다. 그런데 이상한 바람을 타고 안철수가 대선 출마를 저울질하면서 총선 불출마설이 나돌고 있을 때였다. 창원 성산과 광주 광산 등에서는 '노회찬 대망설'이 나오고 있었고.

"우리 자문 그룹의 생각은 다른 지역 출마보다 노원병 탈환에 무게가 실리고 있었습니다. 안철수와 붙는 것이 리스크가 크지만, 그만큼 정치적 효과도 클 것이라는 기대가 있었습니다. 대형 매치에 대한 국민적 관심이 높을수록 과거의 노무현처럼 당락을 떠나 노회찬의 정치적 몸집을 키울 수 있고, 당의 지지율 향상에도 도움이 된다는 판단이었습니다."

그런 분석이 오가던 중인 2016년 1월 30일, 정의당 전국위원회에서 여영국 경남도당위원장을 중심으로 노회찬 창원 추대론이 강력하게 제기됐다. 그리고 당 지도부가 이를 노회찬에게 공식 제안하면서 노회찬의 창원 출마가 기정사실화 되었다. 연고 없는 지역으로의 방향 전환은 선거로 진퇴를 결정하는 정치인에게는 매우 위험한 판단이었지만, 결과적으로는 잘한 선택이었다. 그의 창원 출마와 당선은 그 자신은 물론 정의당에게 큰 정치적 승리를 안겨 주었기 때문이다.

"사실 노 의원과 우리는 노원 출마로 뜻을 굳히고 있었던 상황이라 창원 출마는 뜻밖의 '사태'였습니다. 당시 제가 정리한 현래장 모임 자료를 나중에 다시 보니, 노원과 창원을 놓고 꽤나 고심한 흔적이 역력했습니다. 둘 다(노원과 창원) 승산이 없을 때와 둘 다 있을 때, 한쪽은 있고 한쪽은 없을 때 등 여러 가지 경우의 수를 모두 따져보고 있었습니다. 결론은 노원과 창원 모두 승산이 있거나, 둘 다 없을 경우에는 노원으로 나간다는 것이었습니다. 창원의 경우는 오직 창원에서만 승산이 있는 경우의 선택지였습니다. 많은 걸 따져본 뒤 노원을 출마지로 정하고 있었는데, 갑자기 당 차원에서 창원으로 가라고 하니까 당혹스러울 수밖에요."

"저는 솔직히 노 의원의 창원행에 대해 그다지 놀라지 않았습니다. 노 의원은 늘 그랬듯이 당 차원에서 들어오는 요구나 제안은 거부하지 못했습니다. 당의 결정을 놓고 자신의 이해를 저

노회찬의 창원 출마는 당과 노동운동 진영의 희망에 따른 선택이었다. 2016년 2월 1일 창원시청에서 열린 노회찬의 창원 성산 선거구 출마 기자회견.

울질하는 스타일이 아니었습니다."

창원으로 내려가 실제로 체감한 선거 현실은 그리 녹록지 않았다. 민주노총 후보 단일화 경선조차 불과 몇 백 표의 근소한 차이로 통과했고, 민주당과의 후보 단일화라는 어려운 고비도 넘어야 했다. 정작 본선이 쉬운 싸움이었을 정도였다.

"당시 창원 선거는 처음부터 끝까지 노회찬 이름 석 자만 가지고 이겨낸 선거였다고 해도 과언이 아닙니다. 과정은 험난했지만, 그만큼 보람도 100배였지요. 노회찬의 이름으로 창원에서 의석을 확보한 결과는 정의당으로서는 대단히 중요한 정치적 승리였습니다."*

2015년 심상정 대표와 겨룬 당대표 경선도 잊을 수 없는 사건이었다. 1차 표결에서 여유 있게 앞서 있었기에 결선 투표 결과를 낙관하고 있었는데, 그만 역전패를 당하고 말았다. 바로 긴급 모임이 소집되었다. 장소는 현래장.

"모인 사람들이 한 시간 가까이 아무 말이 없었을 정도로 큰 충격이었다. 노회찬이 당내 선거에서 졌다는 사실 때문만이 아니었다. '이상한 표 쏠림'으로 예상치 못한 결선 투표 결과를 만들고 말았던 당 내부의 대립 구조가 정말로 심각하게 여겨졌기 때문이다."

뼈아픈 역전패였지만, 노회찬이라는 캐릭터를 생각하면 결코 일어나지 못할 일도 아니었다.

---

* 노회찬이 남긴 창원성산 선거구는 보궐선거에서 같은 정의당 여영국 의원에게 인계되었으나, 2020년 4.15총선에서는 정의당과 민주당의 표가 분산되면서 당시 미래통합당(현, 국민의 힘)으로 의석이 넘어갔다.

"노회찬은 자기 문제로는 남에게 아쉬운 소리를 잘 못 하는 사람입니다. 패인의 이면에는 그의 내향적인 고지식함, 자기 원칙에 대한 결벽주의가 있었습니다. 하지만 그런 그의 '정치인'으로서의 약점은 동시에 '인간 노회찬'을 존경하고 따르게 만드는 요인인 것도 사실이었습니다."

소수 정당의 대표성을 강화하자는 취지의 4.15총선 준연동형 비례대표제는 거대 양당의 꼼수 비례위성정당 탄생으로 빛 좋은 개살구로 전락하면서 정의당의 앞날이 오히려 더 험난해지자, 많은 이들이 '전략가' 노회찬의 부재를 아쉬워했다.

"노회찬이라고 해서 처음부터 위성정당 출현을 예상했을 거라고는 생각하지 않는다. 그러나 그 뒤 심상정 대표 혼자서 고군분투하는 상황보다는 분명히 나았을 것이다. 두 사람이 서로 상의하며 상황을 타개해 나갔으리라는 점에서 노회찬의 빈 자리가 커 보이는 것이다. 선거 국면에서 당 차원의 지도력과 대외적인 영향력이 약화된 게 무엇보다 아쉽다."

"그가 있었다 해도 선거나 조국 사태에 대한 당의 입장이나 스탠스가 크게 달라졌을 거라고는 생각하지 않는다."

2015년 정의당 당대표 경선.

"나는 조금 다른 생각을 해본다. 조국 사태는 사실 정의당에게 핵심 사안이 아니었다. 핵심은 3040 세대의 지지도를 넓혀 정당득표율 15%를 달성한다는 것이 애초 당의 목표였지 않은가? 이 목표가 허무하게 된 것은 조국 사태가 아니라 거대 양당의 비례위성정당 탓이다. 노회찬이 있었다면 미래통합당은 몰라도 더불어민주당이 그렇게 쉽게 위성정당 창당으로 나아갔을까? 노회찬은 위성정당 문제가 정의당의 승부처라고 봤을 게 틀림없고, 위성정당을 아예 막지는 못해도 최소한 정의당을 필요로 하는 어떤 접점을 만들어 내지 않았을까?"

"개인적으로 비례위성정당의 출현은 중앙선관위의 책임이 크다고 본다. 알면서도 거대 정당의 꼼수를 눈감아 준 게 아닌가. 비례대표제는 노회찬의 전문 분야였다. 그러면 이 꼼수를 좀 더 앞선 시점에서 판단할 수 있었을 것이다. 그래서 국민을 상대로 문제점을 강력하게 지적하고, 이로 인한 소수 정당의 피해를 호소했다면 결과가 어떻게 됐을까?"

"정의당 내부로 눈을 돌려 보면 노회찬의 부재는 일상적인 정세 판단 및 전략 분석력의 약화를 가져왔다. 노회찬은 당 안팎으로 넓은 의견 수렴과 정보 수집 역량을 갖추고 있었다. 정세에 대한 안테나도 늘 민감하게 작동했다. 미세한 차이에서 돌파구를 찾아내곤 했던 사람이다. 정의당이 소수 진보 정당으로서 사회경제적 위치를 잘 잡고도 위성정당의 함정에 빠진 것을 생각하면 그의 부재가 더욱 아쉽다."

"사실 4.15총선의 유·불리를 놓고 '노회찬이 있었다면…'을 가정하는 것은 부질없다고 생각한다. 다만 당의 전략적 행보나 정책 방향 등에서 그의 부재가 아쉬운 것은 분명하다. 어떤 면에서는 내용보다 누가 주장하느냐가 중요할 때가 있지 않은가. 이제 정의당은 몇 석이면 실패고, 성공이냐는 양적인 접근보다 당에 대한 지지와 신뢰를 여하히 묶어 내는가에 집중했으면 한다."

정의당의 선거 결과에 대해서는 예상이 대체로 비슷했다.

"10석 이상은 어렵다. 8석 정도가 희망이지만, 5~6석이 현실적인 예상이다."

그러면서 모두들 바라는 바의 공통점은 심상정 대표만큼은 반드시 당선되어야 한다는 것이었다. 거대 양당의 꼼수로 거의 재가 되어 버린 희망의 불씨를 남겨 두려면, 지역구 의원으로서 당 대표의 존재가 더욱 중요할 수밖에 없기 때문이다.

노회찬의 전진이 멈춘 지 꽤 시간이 흘렀지만, 그의 빈 자리는 여전히 메워지지 않는다.

"어느 팟캐스트를 들었더니, 심상정 대표가 꿈에서 노회찬을 봤다면서 '그가 있었으면 어떻게 했을까?'라는 생각을 했다고 하더군요."

"따르는 이에게 자리를 나눠 줄 수 있는 리더십이 있는가 하면, 보상보다는 꿈과 희망을 나누는 리더십이 있다고 합니다. 노회찬은 물론 후자였습니다. 나는 그런 리더십이 좋았고, 그를 따르게 만든 힘이었습니다. 이제 나는 누구와 더불어 꿈과 미래를 함께할 수 있을까에 생각이 미치면, 늘 가슴이 먹먹합니다."

'노회찬 동지'의 추억

− 마포 한정식 '호정(湖亭)'에서

호정 한정식집
서울시 마포구 마포대로14길 12-19

서울 마포구 서울서부지방법원 부근에 '호정(湖亭)'이라는 한 정식집이 있다. 골목 안쪽에 숨은 듯이 자리 잡고 있어서 눈에 잘 안 띄지만, 1997년 문을 연 뒤 20여 년 동안 정관계·금융계 인사들의 사랑방 역할을 해 온 집이다. 정갈하고 신선한 음식으로 단골들의 전폭적인 지지를 얻고 있어 이른 예약 없이는 자리를 구하기 어렵다.

노회찬은 2012년부터 호정에 나타났다. 정의당 원내대표를 맡고 있던 20대 국회 때는 자주 왔다고 한다. 이따금 주인장은 "예약 손님 중 의원님과 마주쳐서는 서로 곤란한 분이 계시다."라며 근처에 있는 별관으로 노회찬을 안내하기도 했다. 노회찬에 대한 배려였다. 이 집의 전통적인 단골 고객들이 노동운동가 출신의 진보정치인과는 잘 매치가 안 되는 탓에 노회찬의 선택을 뜻밖으로 여길 사람도 있을 것 같다. 짐작건대, 노회찬이 정의당 원내대표로 당시 민주평화당과 원내교섭단체(20석) 구성을 추진하는 과정에서 두 당의 회합 장소의 하나로 호정을 고른 게 아닌가 싶다. 사정이야 어떠하든, 호정의 음식은 금세 노회찬의 미각과 통했을 것이다. 노회찬은 맛집을 발견하면 집안의 '어른' 처럼 보좌진들을 데리고 가 맛 경험을 시켜 주곤 했다.

주인은 노회찬을 '신사'로 기억하고 있었다.

"음식 맛이 정겹고 깔끔하다고 칭찬해 주셨는데, 얼마 뒤 안타까운 소식을 들었습니다."

호정을 다시 찾은 때는 노회찬재단이 모처럼 회동하는 고문단 어른들의 점심 식사를 위해서였다. 호정의 위치가 재단사무실에서 비교적 가까워 이동하기 쉬운 데다, 연령대가 높은 분들에게 대접하기 좋은 음식이기에 재단 쪽에서 고른 듯했다.

7월 중순의 노회찬 2주기 추모 행사를 앞두고 한자리에 모인 고문단은 대부분 노회찬과 민주노동당(2000~2008년) 시절을 함께한 동지들이다. 요즘에는 어지간히 큰 행사나 집회가 아니면 한자리에서 보기 쉽지 않은 분들이다. 노회찬재단 고문단은 권영길(79·전 민주노동당 의원), 천영세(77·전 민주노동당 의원), 김혜경(75·전 민주노동당 대표, 빈민운동가) 등 민주노동당 대표를 지낸 원로를 비롯해 박순희(73·천주교정의구현전국연합 지도위원), 단병호(71·전 민주노동당 의원, 민주노총 위원장), 이수호(71·전 민주노총 위원장, 현 전태일재단 이사장), 최순영(67·전 민주노동당 의원) 등 '동지'들과 정의당의 심상정 대표, 이정미 전 대표 등 22인으로 구성되어 있다.

서로서로 동지이자 지인들이기도 한 이들은 허물없는 분위기에서 좋은 음식을 나누며 사전 시나리오가 없는 대화를 나누었다. 때로는 즐겁고, 때로는 무겁게. 재단에서 선물한 '멋쟁이 진

2004년 17대 국회에 당선한 10명의 민주노동당 국회의원들. 신생 진보 정당의 10석은 노회찬의 헌신이 없었으면 불가능했을 기적이었다.

보'를 상징하는 검은 선글라스를 끼고 기념 촬영도 했다.

필자는 가능한 한 기록만 했다. 이하, 호정의 정담(情談) 또는 정담(政談).

우선 기록으로 남겨 둔다는 의미에서 노회찬과의 첫 만남을 떠올려 보기로 한다.

"당에서 먼 순서로 몇 분이 얘기하지."

천영세 전 의원이 가닥을 잡아 주었다.

먼저 단병호 전 의원 이야기.

"1990년 서울구치소에서 처음 만났다. 노태우 정권이 재야 운동단체를 일제히 털 때였다. 나는 전노협(전국노동조합협의회·민주노총 전신)으로, 노회찬 동지는 인민노련(인천지역민주노동자연맹) 주도자로 들어왔다. 나를 찾아와 인사를 하길래 같은 수의 차림이어서인지 연배가 비슷한 줄 알았다. 나도 연식이 좀 들어 보이지만.(웃음) 그렇게 인연을 맺었고, 출소 뒤에는 노회찬이 〈매일노동뉴스〉를 운영하면서 자주 만나게 되었다."

단병호가 노회찬에게 마음의 빚을 졌다고 생각한 일은 2004년 총선 민주노동당 비례대표 후보를 정할 때였다. 성향이나 당내의 지지 기반이 비슷해 흔한 말로 '쫑이 나는' 상황이었다.

"비례대표 후보 선출을 앞두고 노 동지가 찾아와 출마 의사를 묻길래 '나도 결정된 바 없다.'고 했더니, '선배가 나가시면 전 안 나가겠습니다.' 그래요. 서로 양보해야 할 수도 있는 상황이라 내 의사를 먼저 알아보려고 했던 것 같아. 그래서 내가 '그러지 말고 당신도 꼭 나와라. 같이 협력해서 하면 둘이 다 될 수도 있지 않느냐?'고 했다."[*]

"개표 날, 정말 마음이 조마조마했어요. 말은 안 했지만, 노회찬이 떨어지면 평생 죄가 될 것 같았어. 나보다는 노회찬 같은 사람이 국회에 들어가야 한다는 생각이 진작부터 있어서, 내가 길을 가로막은 게 아닌가 하는 마음에 개표 내내 엄청 마음이 불편하고 괴로웠어요. 그런데 다행히 노회찬이 되어서 마음의 큰 짐을 덜 수 있었습니다."

천주교정의구현전국연합 지도위원 박순희는 노회찬의 부인 김지선이 천주교 영세를 받을 때 대모를 섰다.[**] 그래서 그는 노회찬을 '영적인 사위'로 여겼다.

"지선 씨와 나는 1970년대부터 노동운동을 같이한 사이에요. 정의구현사제단이 정의구현전국연합의 요청으로 사회운동가들에게 가톨릭 영세를 받을 수 있는 길을 열어 준 적이 있는데, 그때 그분들이 혜화동 성당에서 영세식을 했습니다."

박순희는 그날 아내의 영세식에 참석한 노회찬에게도 종교를 가져 볼 것을 권했다. '강요하는 건 아니지만 종교가 때로는 버팀목이 되어 줄 때가 있다.'라고. 노회찬은 박순희가 떼를 쓰듯 언제 (영세) 할 거냐고 다그치자, "시간이 나면 공부하겠습니다."라고 답하는 것으로 상황을 모면했던 것 같다. 결국 노회찬은

---

[*] 당원 투표 결과 단병호가 안정권인 2번이 되고, 노회찬은 당선권 밖인 8번을 받았다.

[**] 노회찬의 어머니는 집안이 화합하려면 종교가 같아야 한다며 노회찬의 부친과 누나, 두 며느리에게 가톨릭 세례를 받을 것을 권했다.

시간을 내지 않은 건지, 못 낸 건지 종교적 신앙을 갖지 않고 아내 곁을 떠났다.

"아마 하늘나라에서는 열심히 공부하고 있지 않을까요? 그래야 나중에 지선 씨를 만나지. 아니, 어쩌면 지선 씨한테 혼날까 봐 이미 받아 놨는지 몰라."

김혜경은 1997년 국민승리21 여성위원장을 맡았을 때, 정책기획위원장이던 노회찬을 처음 만났다. 당시 여성위원회 부위원장이 노회찬의 부인 김지선이었다. 김지선과는 1982년 난곡*에서 처음 만났다.

"지선이는 인천 산선에서,** 나는 서울 산선에서 활동하고 있었는데, 고 김동완 목사(전 한국기독교교회협의회KNCC 총무)가 난곡협동조합을 지원해 달라고 해서 갔더니, 단발머리 아가씨가 실무자로 나와요. 그러다가 국민승리21에서 다시 만났는데, 두 사람이 부부인 줄은 그때까지 까맣게 몰랐어요. 2000년 남한 사회단체들이 북한 조선노동당 창당 55주년 행사에 초청을 받아 평양에 가게 되었을 때, 공항으로 노회찬 배웅을 나온 걸 보고서야 알았습니다. 그 덕분에 노회찬과 가까워져서 형님, 아우님 하며 지냈죠."

교사운동(전교조)을 하다가 노동운동에 합류한 이수호 이사

---

* 1970~80년대 서울 관악구 빈민 지역 중 한 곳. 학생 및 종교 단체의 도시빈민운동이 활발했다.

** 도시산업선교회. 급속한 산업화 과정에서 발생한 노동 문제와 도시빈민 문제를 해결하고, 노동자 인권을 보호하기 위해 활동한 개신교 단체.

호정 147

장의 이야기.

"나는 노동운동을 늦게 시작했습니다. 그것도 처음에는 교육운동이었는데, 당시에는 전교협(전국교사협의회. 전교조의 전신) 안에서도 교사가 무슨 노동자이냐는 반발이 많았어요. 노동운동에 참여하면서 정말 많은 노동운동가들에게 감탄했습니다. 어떻게 대학을 포기하고 공장으로, 감옥으로 갈 수 있는지. 참 대단하다고 생각했습니다. 나이는 나보다 적어도 그런 치열한 분들에 대한 존경 같은 마음을 품고 있었는데, 그중 한 분이 노회찬 동지였습니다."

"저도 단병호 위원장님처럼 노회찬 동지에게 마음의 빚을 진적이 있습니다. 어쩌다 민주노총 위원장을 맡고 있었는데, 선거 앞두고 출마하실 분들이 제게 전화를 하며 부탁 같은 것을 할 때였죠. 노회찬 동지에게서도 전화가 왔습니다. 출마 소식을 전하면서 민주노총이 당의 대의를 위해 조합원들이 정파 투표만은 하지 않도록 해 달라는 당부였습니다. 나 역시 당연히 같은 생각이었기에 아무렴, 걱정하지 말라고, 민주노총 차원에서 뭔가를 결정하는 일은 없을 거라고 안심시키는 말을 해줬습니다. 그런데 상황이 그렇게 돌아가질 못했고, (비례대표) 선출 결과도 당선권 밖인 8번으로 나와 무척 미안했습니다."

"내가 남에게 쉽게 곁을 주는 성격이 못 되다 보니, 노회찬 동지와도 개인적으로 가깝게 지내지는 못했어요. 그러나 공식·비공식 자리에서 관찰해 보면, 노회찬 동지는 뭐랄까 '스마트하다. 신사구나!' 하는 느낌이었습니다. 자주는 아니었지만 그와 이야기를 나누어 보면, 왠지 '이 사람은 나를 이해하고 있구나. 상대를 존중할 줄 아는 사람이구나.'라는 느낌을 받곤 했습니다."

"노회찬과 음식에 관한 이야기를 하라고 하니까 생각나는 건데, 그때도 강화도 황복은 노 의원이 바람을 잡았어."

칠순의 노(老)운동가들이 간단한 회고에 이어 기억 속에만 남은 옛 민주노동당 시절을 추억한다. "이제는 말할 수 있다."며 천영세 전 의원이 꺼낸 비화. 민주노동당 국회의원 10명(보좌진을 포함하면 수십 명이었지만)의 점심 회식비로 무려 370만 원을 지출한 '호화판' 회식 사건의 전말.

2007년 여름, '원내 투쟁'이라고 부른 의회 일정을 마치고 2주간 국회가 여름방학에 들어갈 때였다. 보수 여·야당 의원들은 대부분 외유나 가족 여행으로 휴가를 보내지만, 민주노동당 의원들은 사정이 달랐다. 휴가라고 해도 국회를 벗어나면 다시 당원으로 돌아가 전국의 파업 현장으로, 농민들의 농성장으로 지원 활동을 나가던 때였다. '원내 투쟁'에 심신이 지친 상태에서 장외 활동을 하려고 생각하니, 한숨이 절로 나온다는 게 솔직한 심정이었다.

"그때 들고 일어났지. 야, 좀 쉬게 해주면서 부려 먹어라. 사장(당대표) 나와!"

그렇게 해서 '짧게라도 서울 밖으로 나가 콧바람이라도 쐬고 오자'는 쪽으로 중의가 모였는데, 뭘 먹으며 놀아야 할지 제대로 아는 사람이 없었다. 그때 노회찬이 동료 의원실에 제안한 곳이 강화도 황복집이었다. 황복이 뭔지도 모르는 의원이 수두룩했다.

"우리는 그냥 복매운탕에 소주 한 잔 하는 걸로 알았는데, 복어회가 나오더라고."

"복 중에 최고로 친다는 황복인데, 다들 처음 먹어 봤지."

"그런데 노 의원은 거길 어떻게 알았지? 확실히 미식가가 맞긴 맞았나 보네."

"이 자리에 없다고 너무 덮어씌우지는 맙시다."

노동자들의 당이라고 하는 민주노동당 의원들이 어떻게 호화판 회식을 할 수 있느냐고 하는 사람도 있을 것 같다.

2004년부터 2008년까지 17대 국회에 들어온 민주노동당 국회의원은 10명. 권영길, 조승수 두 지역구 의원과 심상정, 단병호, 이영순, 천영세, 최순영, 강기갑, 현애자 그리고 노회찬까지 비례대표 의원 8명의 한 달 월급은 180만 원(임기 마지막 1년은 50만 원이 올라서 230만 원)이었다. 당시 국회의원 월급은 약 840만 원. 그러나 민주노동당에서 소속 의원들의 세비는 모두 당 공동의 재원으로 간주되었다. 보좌진도 마찬가지다. 국회의원 1인에게 붙은 6명의 보좌진(4급~9급 공무원에 해당) 월급은 4급 보좌관 490만 원에서부터 9급 비서 180만 원까지였다. 민주노동당국회의원 봉급 180만 원은 9급 공무원에 준해 책정되었다. "뭘 좀 먹여 가면서 부려 먹어라!"라는 푸념이 결코 엄살만은 아니었다.

아무튼 이날 난데없는 황복 회식비 370만 원 폭탄을 맞은 것은 천영세 의원실. 의원들의 단체 회식비가 따로 있었던 것도 아니어서, 결국 원내대표인 천 의원실에서 카드를 긁었던 것.

"회식을 마치고 나오는 보좌진들의 표정이 밝지 않아서 보좌관에게 누가 싸웠느냐고 물으니 그래요.

"모처럼 좋은 복요리도 드시고 기분도 좋으신 날이니, 더 묻지 마세요."

모시는 의원이야 원내 사령탑으로서 거금 한 번 폼 나게 '쏜' 것이 됐지만, 의원실 보좌진들은 아끼고 아껴 둔 '복지비'가 한 번에 날아간 셈이었다.

민주노동당 국회의원 봉급 이야기가 나오자, 또 한 사람의 '맺힌 한'이 제풀에 이야기보따리를 풀게 했다. 두 차례 지급됐던 민주화운동보상금(지원금)을 못 받은 노동운동가 단병호 식구네 이야기.

"2004년 국회의원이 되고 집사람한테 미안한 게 있었다. 노동운동을 한다고 한참 고생시켰는데, 보상금(또는 생계지원금)을 한 번도 못 받아 줬어요. DJ 시절에 '민주화운동보상법'이 만들어졌을 때 민주노총 위원장을 하고 있었는데, DJ 정부 출범 후 노동운동 관련자들이 보상 대상에서 제외되었습니다. 민주화 이후 사건이라는 거지. 그거 따지느라 싸우는 판에 위원장이 보상 신청을 할 수 있겠나. 그래서 그냥 지나갔고, 나중에 노무현 정부 때 민주화운동 유공자 생계지원법이 생겼어요. 연 수입 3,500만 원 이하를 대상으로. 그런데 마침 억대 연봉의 국회의원이 되었잖아. 자격 상실. (사실 한 달에 180만 원 받는 노동자인데) 1년쯤 지나서 집안 어딘가 굴러다니던 지급 통지서를 집사람이 발견하고 잠깐 좋아라 했었지…."

회식 이야기가 돌고 돌아 노회찬의 술 실력 이야기에 이르자, 화살이 권영길 전 의원에게로 돌아간다. 민주노동당에서 큰 술통으로 권영길을 빼놓을 수 없었다는데, 정작 두 사람의 술 실력을 가늠해 볼 전설은 전해지지 않고 있었기에. 대표 술꾼 권영길과 또 한 명의 대표 술꾼 노회찬이 술로 일합을 겨루어 노선이든, 인물이든 결정을 한다? 웃자고 하는 소리지만 구경하는 재미는 있을 것도 같다.

천영세 : "노회찬은 생전에 당에서 자기가 술이 제일 세다고 생각했다. 권 대표께서는 이런 주장에 조금 불만이 있을 것 같다."
권영길 : "우리 둘이 술로 붙어 본 적이 없어요."
사람들 : "그럼 누가 센지 알 수가 없는 거네."
권영길 : "나는 노회찬 동지가 술을 잘 마시는 사람이라는 이야기를 들은 적이 없어요."
사람들 : "아닌데, 무척 좋아했는데요."
권영길 : "나는 노회찬이 술을 좋아하는 사람이라는 기억도 없어요."

술을 좋아하고, 잘 마신다는 소문조차 들어본 바 없는 사람과 나를 같은 저울에 달지 말라. 아무래도 그런 전략이시다.

사람들 : (수군수군) "아무래도 노회찬 본인이 있어야 되겠는걸…"
천영세 : "노회찬과 대작한 얘기로는 그럼 나밖에 없는 건가?"
천영세와 노회찬은 2016년 총선을 앞두고 반포 고속버스터미

널 옥상 삼겹살타운에서 저녁 6시부터 새벽 2시까지 장장 8시간에 걸쳐 합을 겨룬 적이 있다고 한다. 결과는 무승부. 둘 다 맨 정신으로 택시 타고 잘 헤어졌다나? 2차를 누가 먼저 가자고 했느냐는 추궁에 천 전 의원은 "기억에 없다."고 한다.

"8시간 동안 2차밖에 안 했어. 1차로 삼겹살에 소주, 2차로 호프. 주제는 총선에서 노회찬이 창원으로 가느냐, 노원으로 가느냐. 나는 노원으로 가라고 했고, 노회찬은 창원에서 잡아당기고 있어서 고민이다. 대충 그런 이야기. 결국 창원으로 낙착되었지만."

다시 권영길.

"노회찬이 권영길과 술 실력을 비교당하면 좀 억울할 것 같기는 해. 술자리에서는 늘 내가 유리한 위치니까. 좋은 일이든, 골치 아픈 일이든 권영길은 상좌에 앉아서 호쾌하게 마시기만 하면 되는데, 노회찬은 뒷일까지 신경 써야 하잖아? 그러다 보면 아무래도 실력을 제대로 발휘하기 어렵겠지."

"그런데 이 기자, 노회찬이 정말 미식가가 맞기는 해요?"

"네. 맛을 알고 좋은 맛집을 찾아다니는 걸 즐기는 탐식가(探食家)였던 것 같습니다."[*]

"아무튼 노 의원이 미식가였다니 하는 말인데, 소주 마시는 사람과는 소주를 마시면서, 포도주 마시는 사람과는 포도주 잔을 부딪치면서, 김치찌개 먹을 때는 김치찌개 먹으면서, 칼질해야 할 때는 칼질하면서 진보정치를 이야기한 사람이었다는 생각

---

[*] 기자가 한 말은 노회찬이 모험을 즐기는 탐험가처럼 음식을 탐험한다는 말이었는데, 탐할 탐(貪)의 탐식으로 들었을 수도 있다.

을 해봅니다. '사실 진보라고 언제까지 삼겹살에 소주만 먹는 운동이어야 하는가. 근본주의가 아니라 유연한 진보의 미래를 지향해야 하지 않는가?'라는 이야기를 노회찬은 하고 싶었을 겁니다. 지금 진보정치를 말하는 사람들, 정당 활동하는 사람들에게 노회찬의 참뜻이 잘 전달되었으면 좋겠습니다."

이날, 노회찬재단 쪽은 고문단에게 대구의 한 지지자가 보낸 선글라스를 하나씩 선물했다. 노회찬재단이 추구하는 멋진 진보, 세련된 진보, 친숙한 진보를 상징하는 의미에서 준비했다고 한다. 정의당 이정미 전 대표와 심상정 대표도 선글라스를 썼다. 누군가 농담조로 한 마디 한다.

"노회찬재단과 정의당이 선물을 주고받는 걸 보니, 아주 한통속은 아니구먼."

"한통속이면 또 어때? 일반인들은 정의당과 노회찬재단이 같은 줄 알아."

김형탁 사무총장이 짐짓 걱정 비슷한 걸 한다.

"정의당이 잘 돼서 재단 후원회에 가입한다는 사람이 많으면 좋겠는데, 요즘은….*

"당장은 아니겠지만, 장차 진보 정당과 노회찬재단과의 관계 설정을 고민해 봐야 할 것 같습니다. 예컨대 독일의 사회민주당(SPD)과 에버트재단, 기독교민주당(CDU)과 아데나워재단의 관계처럼….*

---

* 박원순 전 시장의 죽음을 둘러싼 정의당 입장에 대한 비난과 불만이 비등할 때였다.

정의당 분들이 자리를 뜬 뒤, 몇 분들이 조심스레 정의당 걱정을 했다.

"당에 젊은 피가 들어와 새바람을 불러일으키고, 새로운 어젠다를 제기하는 측면은 긍정적인데, 최근 젊은 의원들의 행동이나 발언은 우려스러운 점이 있다. 진보정치, 진보 정당은 지난 수십 년의 역사와 수많은 사람의 희생 위에 이룩된 것인데, 이런 역사와 희생이 부정되거나 무시되는 느낌을 주어서는 안 된다. (젊은 의원들이) 진보정치 운동의 성과로 그 자리에 갔다면, 그 자리를 좀 더 무겁게 받아들여야 하지 않을까."

"요즘 진보 진영 젊은이들조차 우리나라 진보정치의 역사나 토대가 어떻게 이뤄졌는지 제대로 모른다. 알려고도 하지 않고, 당장의 현안만 좇는 것 같아 안타까운 마음이다."

"젊은이들에겐 또 그들의 시대적 과제가 있으니, 너무 우리 생각만 할 것은 아니라고 봅니다."

한자리에 모인 노회찬재단 고문단이 재단에서 선물한 '멋쟁이 진보'를 상징하는 검은 선글라스를 끼고 기념 촬영을 했다.

"시대에 따라 진보적 의제를 어떻게 볼 거냐 하는 시각이 다를 수 있습니다. 그걸 무시할 수 없고, 무시해서는 대화 자체가 안 될 수 있습니다. 이 문제는 그리 단순하게 접근할 문제는 아니라고 생각합니다."

"물론 진보 의제는 당연히 다를 수 있지요. 문제는 그런 개별 의제의 차이가 아니라, 일을 풀어 가는 과정입니다. 윗대 사람들이 참고 걱정하고 따라주는 것만큼, 젊은 세대들도 그런 마음을 가지고 선배 세대를 이해하려고 노력해야 하지 않을까요…."

"여기 노회찬재단 분도 있으니 하는 말인데, 우리 젊은이들에게 진보정치 역사와 진보 정당의 역할에 대한 교육이 꼭 필요합니다. 진보운동에서 정당정치라는 것이 무엇인가요? 혁명이 아니라 선거를 통해서 국가 권력을 잡는 게 핵심이잖아요. 그런 정치 목적을 공유하는 당이라면 개별 당원, 개별 의원이 어떻게 행동하고 대중들과 만나야 할까요? 선거를 통해 권력에 다가가려면 사안마다 즉자적 대응만 할 게 아니라, 당 차원의 장기적인 비전과 행동 강령을 공유하고 있어야 장기적으로 대중의 지지를 유지할 수 있지 않겠습니까?"

노회찬은 호정의 녹두빈대떡을 좋아했다고 한다. 이 집은 빈대떡을 녹두와 숙주나물만으로 빚는다. 덕산막걸리 한 잔에 고소한 녹두빈대떡 한 조각의 앙상블이 그만이다. 마지막 식사로 나오는 칼국수는 어디 내놔도 손색이 없다.

참석자들은 모두 호정이 처음이라고 한다. 노회찬이 정의당 원내대표 시절 주로 온 집이라고 하자, "우리하곤 안 오고 누구하고 온 거야?"라며 시샘하듯 묻고는 "그 사람 이런 집을 좋아했지. 어딜 가도 정감 있는 집을 골랐어."

"오늘 여기 올 때는 사실, 약간 불편한 마음도 있었다. 우리가 다 7학년 이상인데, 비까지 오는데 굳이 이렇게 걸어서 먼 식당을 잡았을까 싶었다. 그런데 막상 와서 음식을 먹고 보니 '식당으로부터 존중을 받는다'는 느낌이 들었다. 음식들이 한결같이 노회찬 동지의 마음 같다는 생각이 들 정도였다. 좋은 식당에 초대해 줘서 고맙다."

호정의 주인 박귀임(61) 씨는 전주 태생으로, 어려서부터 전북 고창의 삼양사 사택에서 성장하고 결혼 생활도 했다. 박 씨는 부모님과 남편은 물론 50여 가구에 이르는 다양한 사택 구성원들이 벌이는 생일, 승진, 회갑 등 각종 잔치에서 음식을 배웠다. 이후 서울에 올라와 전통찻집을 하다가 시간이 비어 어느 유명 한식당 주방을 1년쯤 책임지다시피 하면서 지금의 주요 단골손님들과 인연을 맺었다고 한다. 한 단골손님이 "왜 이런 좋은 솜씨를 가지고 자기 식당을 하지 않느냐?"는 말에 호정을 차리게 되었다고 한다. 호정이 단골손님의 사랑을 받게 된 것은 신선로니, 구절판이니 하는 판박이 음식을 사절하고 집에서 먹는 정갈한 음식을 추구한 것.

"생각해 보니, 어렸을 때 내가 제일 싫어한 음식(뒤집어 말하면 나이 들어야 맛을 아는 음식)에 비밀이 있었어요. 그걸 연구해서 내놓으니, 비로소 손님들이 '이 맛이야!'라고 했습니다."

박 씨는 지금도 주방에서 밑반찬부터 주요 요리를 모두 직접

한다. 음식을 미리 해두거나 묵히지 않고 예약 시간에 맞춰 바로 만든다.

박 씨는 성공 비결로 단골손님들의 한결같은 사랑을 꼽는다. 시간이나 주머니 사정이 여유 있는 계층들이 애용하다 보니, 높은 가격대임에도 호정은 불경기를 모른다. 성공 비결을 캐기보다는 이 집의 단골 명단을 살펴보는 게 빠를 것 같아 몇 분 거명을 청했다. 김황식, 이낙연, 이현재, 윤증현, 이계안 등등. 대부분이 정관계, 경제계 인사들이다. 어떤 모임으로부터는 현금 500만 원이 든 봉투와 함께 '앞으로도 잘 부탁드린다'는 청탁(?)을 받기도 했다.

음식으로 '귀인'을 대접한 결과는 어땠을까? 박 씨는 남편 없이 삼남매 시집 장가를 보내면서 아파트를 한 채씩 사 주었다. 호정 근처에 건물을 짓고 중간 가격대의 식당을 따로 내어 큰아들에게 맡겼다. 비싼 가격 때문에 호정의 음식을 즐기기 어려운 손님들을 위해 매출에 크게 신경을 쓰지 않고 운영 중이라고 한다. 식재료를 직접 조달하는 농장이 경기도 양수리와 강원도 홍천 두 곳에 있다. 4인용 테이블 아홉 개를 운영해 이런 성공 스토리를 썼다.

노회찬이 있었다면 한 마디 하지 않았을까?

"정치가 따로 있나? 정직하고 근면한 사람이 성공해서 자기 가족을 건사하고 이웃에게 베풀고, 그러고도 여력이 있으면 공동체의 미래를 위해 기부하는 것, 그게 정치가 아닌가?"라고.

덧붙임. 노회찬 2주기 추모제가 7월 18일 마석 모란공원 묘지에서 있었다. 추모식에서 노회찬은 여러 형태로 호출되었다. 부인 김지선 여사는 "나는 노회찬을 추모하는 이런 자리에 오는 게 솔직히 싫다."라고 했다. 2년이 지났어도 여전히 노회찬의 부재를 받아들일 수 없는 그 참담한 마음을 누가 모르랴. 권영길은 추도사에서 노회찬의 이름을 세 번씩 모두 아홉 번을 외쳤다. 하늘을 향해, 땅을 향해, 사람들을 향해.

"노회찬! 노회찬! 노회찬!…"

추모제의 마지막은 노회찬이 생전에 좋아했던 노래 〈그날이 오면〉을 제창하는 것이었다. 작렬하는 태양 아래 굵은 땀방울을 흘리며 사람들의 헌화가 길게 이어지는 동안, 노래도 마음에서 마음으로 오래 이어졌다. 이날의 노래, 더 나은 세상을 꿈꾸는 모든 이에게 흘러가 닿기를….

한밤의 꿈은 아니리 / 오랜 고통 다한 후에 / 내 형제 빛나는 두 눈에 / 뜨거운 눈물들
한 줄기 강으로 흘러 / 고된 땀방울 함께 흘러 / 드넓은 평화의 바다에 / 정의의 물결 넘치는 꿈
그날이 오면 / 그날이 오면 / 내 형제 그리운 얼굴들 / 그 아픈 추억도 / 아, 짧았던 내 젊음도 / 헛된 꿈이 아니었으리 / 그날이 오면 / 그날이 오면
그날이 오면 / 그날이 오면 / 내 형제 그리운 얼굴들 / 그 아픈 추억도 / 아, 쓰맺힌 그 기다림도 / 헛된 꿈이 아니었으리 / 그날이 오면 / 그날이 오면

'사회주의 미식가' 영화가 되다

– 동소문동 막걸리집 '성북동 막걸리'에서

성북동막걸리 막걸리 주점
서울시 성북구 동소문로2길 25

"정치인에게 낙선은 유배를 가는 것과 같다."

노회찬은 현실 정치인의 숙명을 잘 통찰하고 있었다. 선거를 통해 부름을 획득하는 정치인의 길로 들어선 2008년부터 노동 진영의 부름을 받아 창원으로 내려간 2016년 총선 이전까지 8년 동안, 노회찬은 서울에서 다섯 번의 선거(정의당 당대표 선거 포함)를 치러 네 번 '유배형'에 처해졌다. 한 번의 '입조'(2012년 19대 총선 노원병)마저 불과 8개월여에 그치고 말았으니, 그가 유배지를 떠돈 기간은 7년 4개월이다. 품은 뜻이 클수록 유배지의 시간은 더디 간다. 노회찬은 그 시간의 태형을 어떻게 견뎌냈을까? 지인들의 따뜻한 격려, 동지들의 굳센 믿음, 스스로에게 건네는 위안의 술잔이 낙백(落魄)의 시간을 떠받친 숨은 버팀목이었으리라.

'음식천국노회찬' 리스트에 올라 있는 그 많은 주점과 밥집들의 주소는 유배지에서 보내 온 편지처럼 노회찬의 '유형 시절'을 떠올려 준다. 지역구 노원에서 중앙 정치의 사대문 안으로 들어가는 도성 북쪽 길목에도 그런 주소지가 하나 있다. 서울 성북구 동소문동 생선구이 막걸리 집 '성북동막걸리'.

전철 4호선을 타고 대학로를 지나면 '한성대입구역'이다. 혜화동, 성북동, 삼선교, 동소문동 등 한양 도성 북쪽의 유서 깊은 동네들이 주변을 이루고 있다. 5번 출구 쪽이 도성 방향이고, 반대편 2번 출구 쪽은 성북천이 청계천으로 흘러가는 방향이다. 이 성북천변에 언제부터인가 젊은이들이 모여드는 선술집과 밥집들이 아기자기하게 먹자골목을 이루고 있다. 근래에는 젠트

리피케이션(gentrification)[*]에 밀려 월세나 전세가 싼 원룸을 찾아 낙산을 넘어온 대학로 연극 연습실, 배우 지망생들이 모여들면서 예술적인 분위기도 짙어져 가는 곳이다.

'성북동막걸리'는 이 천변에서 특히 '배우들의 아지트'로 꼽힌다. 독립영화 감독이기도 한 주인장 부부가 11년 전에 문을 연 뒤, 동료 선후배 '쟁이'들의 사랑을 받으며 명소로 자리 잡아 가고 있다. 노회찬도 노원과 여의도를 오가는 동안 가끔 지인들과 성북동막걸리에 들러 막걸리 잔을 기울이며 재기의 기운을 충전하곤 했다.

기백만큼은 충천한 젊은 예술가들 틈에서도 그리 낯설지 않은 풍경을 이루어 주었을 노회찬을 그리며 몇몇 사람들과 성북동막걸리집 테이블에 둘러앉았다. 면면을 소개한다.

2007년 말, 비례대표 임기를 마치고 진보정치의 서울 지역구 의원 배출 교두보 마련을 위해 노원에 정착할 때 노회찬 사람들에게 많은 도움을 준 당시 지역 시민활동가 두 분(이지현 당시 마들주민회 대표, 박윤경 당시 마들여성학교 교장)과 성북구청장을 재선하고 21대 국회의원(더불어민주당 성북갑)이 된 김영배 의원이 아내 이지현 씨의 '부군 자격' 겸 노회찬의 정치 후배 자격으로 자리를 함께했다. 김 의원은 "정치 지망생이던 청와대 근무 시절 '노무현 키즈'로서 노회찬의 정치를 존경하며 배우려 했다."고 한다. 2010년 7월, 김 의원이 성북구청장에 당선된 직후 노회찬이

---

* 낙후된 구도심 지역이 활성화 되어 중산층 이상의 계층이 유입됨으로써 기존의 저소득층 원주민을 대체하는 현상.(두산백과)

164 음식천국 노회찬

마련해 준 따뜻했던 축하 자리를 지금도 잊지 못한다고 한다.

멀리 영국 런던에서 오신 강한록 박사(영국 의회 산하 싱크탱크인 '빅 이노베이션 센터'의 펠로)는 2014년 동작을 보궐선거에서 나경원 후보에게 석패한 노회찬을 영국에 초청해 강연 기회를 마련해 준 뒤, 노회찬 사람의 일원이 된 분이다. 민환기 다큐멘터리영화 감독(중앙대 연극영화과 교수)과 최우근 작가도 자리를 함께했다. 노회찬과 생전에는 면식이 없었으나, 2021년 전주국제영화제에 출품 예정인 첫 노회찬 다큐영화의 감독과 시나리오를 맡은 분들이다.

참석자들 모두가 성북동막걸리집 분위기와 잘 맞아떨어진 '캐스팅'이 아닐 수 없다. 모인 분들이 다양하다 보니 이야기는 산으로 가고, 바다로 가다가 때론 공중에 흩어져 버리기도 하였지만, 노회찬을 추억하기에는 부족함이 없었다.

우선 기쁜 소식인 노회찬 다큐영화 제작 이야기부터. 영화사 명필름(대표 이은), 시네마6411과 노회찬재단이 공동으로 제작하는 다큐멘터리 〈노회찬, 6411(가제)〉이 전주국제영화제 '전주시네마프로젝트2021' 지원 작품으로 선정되어 제작에 들어간다고 한다. 메가폰을 잡게 될 민환기 감독은 〈소규모 아카시아 밴드 이야기〉(2009), 〈제주노트〉(2018) 등 다수의 작품을 통해 진보적인 메시지를 전달해 온 다큐 디렉터. 주인장이 오늘의 막걸리 1번으로 추천한 '송명섭막걸리'로 참석자 일동이 축하의 건배를 했다.

- 기대된다. 어떤 영화가 나올지.

노회찬재단·영화사 룸·명필름 공동제작
2021년 하반기 개봉 예정
전주국제영화제 《전주시네마프로젝트 2020》 선정

노회찬의 옆자리,
함께 해주세요

다큐멘터리 영화 《노회찬,6411》 시민 제작후원
후원자 분들의 성함은 영화 엔딩크레딧에 영원히 기록됩니다

노회찬, 그가 6411번 버스를 타고 다시 온다
농협 301-0275-1419-01
예금주 (재)평등하고공정한나라노회찬재단   문의 02-713-0831

후원 바로가기

2021년 전주국제영화제 상영 예정인 다큐멘터리 '노회찬, 6411'
스틸.

"심사를 받을 때 물어보시더라. '노회찬 유명세를 업고 거저먹으려는 거지?' 나 역시 그럴 생각은 없었다. '사회주의자 노회찬'을 그려 보고 싶다고 했다. 그에 관한 책과 자료들을 읽다 보니, 노회찬은 일관되게 사회주의의 가치를 우리 사회에 실현해 보려고 자기 나름의 방법을 찾던 사람이었다. 그런데 우리가 알고 있듯이 한국에서 진정한 사회주의자가 되기가 얼마나 어려운가. 그런 사람이 동시대 우리와 함께 살고 있었다는 걸 그려 보고 싶다고 했다. 그랬더니 1억 원을 주겠다고 하시더라. 얼른 받았죠."(일동 박수)

― 우문이지만 영화가 된다니까 물어보는데, 사회주의자가 미식가여도 되는 건가?

"왜요? 안 되나요? 제가 영국에 유학 갔던 해에 영국 노동당이 이런 말을 하고 있더군요. '크리스마스에는 빵보다 포도주를!' 마르크스가 천착한 이론 가운데 3분의 1이 미학 이론입니다. 사회주의와 음식이야말로 오히려 분리될 수 없어요."

"이런 점도 영화에서 다뤄졌으면 합니다. 우파 성향의 사람들까지도 노회찬을 좋아하는데, 저는 그 이유가 궁금해요."

"과거 언젠가 자신이 가졌던 모습, 또는 한 번쯤 품어 봤던 이상형, 그런 걸 노회찬에게서 보는 게 아닐까요?"

"연극을 보다 보면 잘 못 만들었거나 재미없거나 나쁘거나 한데도 별로 욕을 안 하는 연극이 있어요. 뭔가 근본적인 부분을 건드리고 있기 때문이죠. 이걸 나쁘게 얘기하는 순간, 자기 스스로를 욕하는 게 되는 상황 같은 거. 노회찬은 많은 사람들에게 그런 연극 같은 게 아닐까 싶기도 합니다."

"저도 이 영화에 '고용'된 뒤 그에 관한 기록들을 읽기 시작했는데, 노회찬이라는 사람은 남을 원망하기보다는 '내가 어떻게 해야 나의 비전을 좀 더 사람들에게 설득할 수 있을까?'를 계속 고민하고 있어요. 자기가 세상을 걱정하는 것만큼 세상이 자기를 알아주지 않는 것에 대한 원망도 클 법한데, 그런 게 보이지 않아요. 그런 면이 참 멋있게 느껴졌습니다. 저도 예술을 한답시고 하지만, 자신과 타협하지 않으면서 동시에 세상을 원망하지 않는다는 게 그렇게 쉬운 경지가 아니거든요."

"한 인터뷰에서 고 정운영 선생이 국회의원이 된 노회찬에게 배지를 단 뒤 달라진 것은 무엇이고, 달라지지 않은 것은 무엇이냐고 물었을 때, '변하지 않은 것은 목표이고, 변한 것은 외모'라는 답변을 하고 있어요. 저는 노회찬이 견결한 이념을 지닌 사람이면서 동시에 어떤 상황에서도 품위와 위트를 잃지 않는 지성인이었다는 점이 특히 좋았어요."

— 어떤 영화가 나올지 참 기대가 됩니다.

"내년 전주영화제 때 '가맥집'에서 다시 모이죠."

"제가 전주시장님과 좀 친해요. 저녁 자리에 꼭 모셔 오겠습니다."

"이렇게 짐이 무거운 줄 알았으면 감독 안 한다고 했을 거예요."

노회찬이 선망한 정치 가운데 하나는 노동당과 보수당이 양립하는 영국의 의회정치다. 특히 노동당의 역사를 깊이 공부했다. 그래서일까? 그의 첫 해외 강연(1996)이 옥스퍼드대 코리아 포럼 초청 강연이었고, 강한록 박사 주도로 이뤄진 2014년 9월 영국 교민회 초청 옥스퍼드대, 케임브리지대, 런던대 등의 강연도 노회찬에게는 잊을 수 없는 영국 방문이었다.

당시는 해외 교민들에게 투표권이 주어지고, 18대 대선 경합(문재인-박근혜)으로 한국 정치에 대한 문제의식이 교민사회에서도 충만하던 때였다. 강 박사는 1999년 영국 옥스퍼드대에 유학해 정치학을 공부했다. 노회찬은 동작을 보궐선거에서 3파전 끝에 새누리당 나경원 후보에게 929표 차로 아쉽게 패한 상태였다. 선거에 졌음에도 초청 강연이 예정대로 이뤄진 것은 그만큼 노회찬과 진보정치에 대한 영국 교민사회의 기대와 관심이 컸음을 의미한다. 강 박사 부부의 주도로 교민회에서는 노회찬을 위한 정치후원금 모금도 이뤄졌는데, 노회찬은 이 돈을 고스란히 당에 맡겼다. 강연 주제는 '한국 민주주의 위기와 진보정치의 역할'. 박근혜 정부의 등장에 실망한 교민사회 내 진보 지지자들의 반응은 뜨거웠다.

강 박사의 부인으로, 초청 강연을 준비했던 김미희 씨는 당시 교민사회의 분위기를 이렇게 전하고 있다.

2010년 9월 영국 런던에서 열린 교민 초청 노회찬 강연회. '한국 민주주의 위기와 진보정치의 역할'을 주제로 강연했다.

"심각하게 훼손되고 있는 한국 민주주의의 현실을 진보정치와 정의의 상징인 노회찬 의원을 초청하여 직접 듣고 이야기를 나눌 수 있게 되어 무엇보다 감사하다. 영국에서도 관심이 높았던 동작 보궐선거 이후, 노 의원의 근황을 많은 교민들이 정말 궁금해 해서 초청하게 되었다. 노 의원을 존경하는 팬들이 교민사회에도 많다."

런던 근교 뉴몰든 지역에는 2만여 명의 교포와 유학생 등이 한인타운을 형성하고 있다. 교민 가운데는 6.25 한국전쟁 언저리에 시간이 멈춘 듯한 사고방식의 교민이 있는가 하면, 드러내지는 않지만 민주 진영 지지자들도 그에 못지않게 많았다. 노무현 대통령 타계 때 분향소를 차리자 2만여 한인 교포 중 조문객이 1만여 명에 이르렀다. 강 박사도 이때 일을 계기로 교민사회에서 정치활동 아닌 정치활동을 시작했다고 한다.

"18대 대선에서 문재인 후보 지지를 위해 '나꼼수'를 초청했을 때, 초청 강연 헌금을 거절한 식당 주인이 2년 뒤 노회찬 초청 강연 때는 1천만 원이란 큰돈을 선뜻 내놓았습니다. '아니, 사장님. 노회찬은 빨갱이가 아닌가요?'라고 짐짓 놀라는 모습을 보여드렸더니 '노회찬 같은 빨갱이는 필요해.' 그러시더군요. 옥스퍼드대에는 20여 분의 한국 포스트닥이 계셨는데, 이분들도 노 의원님과 두 시간 동안 간담회를 한 뒤 놀라워했어요. 생각 밖으로 대단히 합리적인데다 인문사회적인 소양이 풍부한 게 웬만한 영국 정치인 못지않았다는 거죠. 케임브리지대 강연 때는 보수 성향의 포닥 한 분이 강연 반대 여론을 주도하고, 강연 당일 날에는 피켓 시위까지 했습니다. 강연이 무사히 끝난 뒤 유학생 대표가 제게 문자 메시지를 보내왔어요.

'노회찬이 맞고 포닥이 틀렸다.'"

영국 정치에 대한 노회찬의 관심과 존경은 남달랐다. 노회찬은 '놀고 있던 시절', 고 박원순 시장으로부터 억대 지원의 유명 미국 연수 펠로십을 받아 주겠다는 제안을 받은 적이 있었다고 한다. 노회찬을 도와주려는 선의가 명백했지만, '민주당 입당, 아니면 적어도 민주당 친화적'이 되어야 하는 조건이 내키지 않았던 노회찬은 완곡한 거절의 핑계로 영국을 댔다.

"영국 펠로십이라면 고려해 보겠다."

가능하다면 영국에 오래 머물며 노동당을 비롯한 영국 정당들을 좀 더 가까이서 관찰하고 배우고 싶었던 마음도 전혀 없지는 않았을 것이다.

"영국의 역사와 정치를 잘 알고 계셨다. 초청 강연을 오셨을 때, 마침 '올리버'라는 총리 보좌관의 부인이 한국인이라 이 부부를 가이드로 붙여드렸더니 혀를 내둘렀다. 다른 의원들을 가이드할 때는 인증샷 찍어 주기 바쁜데, 노회찬은 방문지마다 자기가 직접 설명하기 바빴다는 것이다. 올리버는 대학에서 영국 역사를 전공한 사람인데도 자신이 모르는 역사를 노 의원이 알고 있는 것에 놀랐다고 한다. 10년간 영국 총리를 지낸 노동당의 토니 블레어가 사실은 스코틀랜드 출신이라는 걸 모르는 영국인들이 많은데, 노 의원이 그걸 알고 있더라고 하면서."

─ 이 자리에서는 김영배 의원님이 유일한 현역 정치인이신데….

"초선 의원으로 막상 정치를 직접 해보니 두려울 때가 많습니다. 내게 주어진 이런 큰 권력과 힘을 내가 제대로 쓰고 있는지, 어떻게 하는 것이 옳은 수단인지…. 어떨 때는 겁이 나서 그만 손을 빼고 싶은 유혹에 휩싸이기도 하고요. 고백하건대 '나는 왜 정치를 하는가?'라는 근본적인 질문이 송곳처럼 가슴을 찌를 때가 많습니다."

"말씀대로 이제 초선이니 열심히 일하시고 공부하시면 됩니다. 두려워 마세요."

"그래서 정치가 '여럿이 함께'하는 게 아닌가요? 생전의 노 의원님에게 제가 딱 한 가지 아쉬웠던 게 있어요. 너무 많은 걸 혼자 감당하려 하신 거예요. 혼자서 지고 가려니 얼마나 힘들었겠어요…."

"진보정치 안에 노회찬과 짐을 나누어질 만한 '한편'이 너무 없었다는 게 안타깝지요."

막걸리의 명주라고 해야 할 남원의 '송명섭막걸리'에서 해남의 유명한 '해창막걸리'를 거쳐 김포 '선호막걸리'에 이르러 대화는 취중 토크 수준에 이르렀다. 여러 화제 가운데 또 하나의 흥미로운 이야기는 '홍정욱'이라는 인물이었다. 부유한 영화계 인사의 아들, 하버드와 스탠퍼드 로스쿨 출신의 '엄친아', 18대 새누리당 국회의원 당선과 4년 만의 정계 은퇴, 2008년 진보 정당의 서울 지역구 의원 배출 작전을 좌절시킨 바로 그 홍정욱. 노회찬의 영국 초청 강연을 주도한 뒤 노회찬과 인연을 맺은 강 박사는 홍정욱의 '절친'으로, 선거 당시 홍정욱 캠프에 있었다고 한다. 묘한 인연이다.

성북동막걸리집에서 '유배지의 노회찬'을 추억하며. 오른쪽 줄 첫째가 김영배 더불어민주당 의원, 세번째가 노회찬다큐영화 감독인 민환기 중앙대 교수.

"당시 새누리당의 실세였던 이상득 의원 쪽이 정욱이에게 붙여 준 것이 새누리당 여의도연구소의 한 팀이었습니다. 정욱이가 부잣집 아들에 하버드 출신이니 교육과 부동산 등 '강남형이슈'를 일으켜 아파트 주부 표심을 공략한다는 것이었고, 그게 결국 먹혀들어 앞서가던 노 의원이 역전패를 당하게 된 거죠. 이 팀은 정욱이의 당선 표수까지 거의 정확히 맞췄습니다. 정치공학의 승리 같은 느낌이었습니다. 선거 끝나고 친구들끼리 술을 마시는데, 누가 그랬어요. '이거, 괜히 끼어들어 역사의 죄인이 된 거 아냐?' 제가 나중에 노 의원 영국 초청에 발 벗고 나선 것도 이 선거의 부채의식이 조금은 작용했던 것 같습니다."

– 홍정욱 씨는 노회찬 의원과 붙은 것에 대해 뭐라고 하던가요?

"정욱이는 착하고 생각이 많은 친구입니다. 선거운동할 때 전철역에서 양쪽이 마주쳤을 때였다고 합니다. 정욱이 아버지가 배우라서 충무로 배우들이 잔뜩 나와 선거운동을 벌이는데, 노회찬 쪽은 문소리 씨하고 몇 분 정도여서 너무 비교가 돼 자신조차 측은한 마음이 들었다고 합니다. 둘이서 악수하고 이야기도 좀 나눴는데, 굉장히 따뜻한 느낌을 받았다고 하더군요. 정욱이는 노원구에 가서 생전 처음 달동네를 가보고는 '내가 여기에서 국회의원을 해도 되는 건가?' 싶은 생각이 들었다고 합니다. 정욱이는 국회의원이 되고 6개월쯤 지나서 처음 정치라는 것에 회의를 품었고, 두 번인가 이상득 씨에게 불려 다니는 과정에서 정치를 그만둘 결심을 굳혔다고 하데요."

"그러고 보니, 저도 생각나는 게 있습니다. 당시 선거 때 우리(노회찬) 캠프에 제보라며 어떤 정보가 들어온 게 있었어요. 홍 후보의 미국 유학 중 사생활 관련이었어요. 내용도 꽤 구체적이었고. 그런데 노 의원님이 그걸 거들떠보지도 않았어요. 그런 걸로 선거 운동해서는 안 된다시며. 역시 노회찬이었어요."

〈성북동막걸리〉라는 동명의 단편(29분) 뮤지컬 영화가 있다. 소개 글을 보면.

"대학로 변두리의 조그만 막걸리집 '성북동막걸리'에 여러 부류의 사람들이 모여 웃고 울고 떠드는 얘기다. 1년 만에 재회한 옛 연인, 알바생 '막걸리의 여신'에게 구애하는 죽돌이들, 연습 중인 연극에 대해 토론하는 배우들, 혼술 하는 아저씨, 그리고 주인장과 주방 이모 등이 제각각 살아가는 지금 이 순간을 노래한다. 소망과 회한을 담은 이들의 노래는 흥겹게 오늘을 살게 하고, 내일을 기대하게 한다. 막걸리에는 그런 힘이 있나 보다."

2016년 제1회 충무로뮤지컬영화제 'Talent M&M' 뮤지컬영화 제작지원작인 이 영화의 박상준 감독이 성북동막걸리 주인장이시다. 11년 전 '예술만으로는 먹고 살기 힘들어' 막걸리집을 차렸다. 애초에는 배우인 부인이 샌드위치 가게를 생각했으나, 박 감독은 '아내를 사랑하지만 샌드위치는 별로여서' 자신이 좋아하는 막걸리집을 택했다고 한다.

박 감독은 '막걸리학교'까지 다닌 나름 자부하는 막걸리 소믈리에. '성북동막걸리'는 감독이 자기 가게를 무대로 삼아 비용을 절약하며 만든 따뜻하고 순정한 영화였다. 이 집의 대표 안주는 임연수 구이. 영화에서도 오프닝 장면을 장식한다. 영화는 다음이나 카카오TV에서 볼 수 있다. 앞으로는 가게 벽에 화면을 설치하고 손님들에게도 종종 영화를 틀어 주었으면 좋겠다.

(……) 그래도 저기 어디쯤 사람들이 있잖아 / 그래도 저기 어디쯤 사람들이 웃잖아 / 사람들이 노래하네 / 제각기 다른 운명 속에서 / 사람들이 춤을 추네 / 서로의 눈동자를 바라보며 / 그래도 저기 어디쯤 사람들이 살잖아 / 모두 말할 순 없어도 / 그저 온기를 나누고 싶어 / 사람들이 노래하네 / 사람들이 춤을 추네 (……)

취중 토크는 영화의 따뜻한 엔딩처럼 밤이 깊도록 흥겹게 이어졌다. 구수한 입담의 주인공 노회찬도 있었으면 더없이 행복했을 가을밤이었다.

아, 참 좋은 분이셨는데…

– 서촌 효자동 포차 주점 '쉼,'에서

쉼, 포차 주점
서울시 종로구 자하문로64

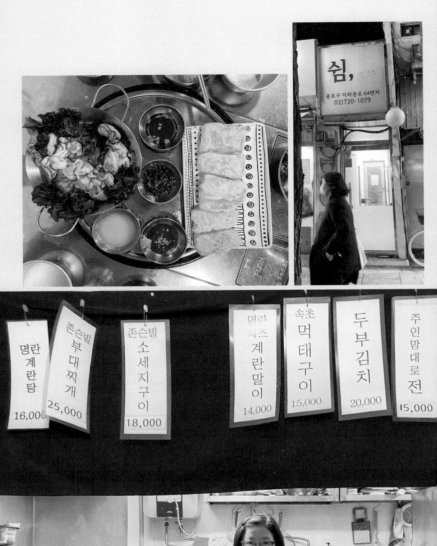

쉼,
종로구 자하문로 64번지
02)720-1079

참치
고기
김치
전
골
000

명란
계란
탕
16,000

존슨빌
부대
찌개
25,000

존슨빌
소세지
구이
18,000

명란
치즈
계란말
이
14,000

속초
먹태
구이
15,000

두부
김치
20,000

주인맘
대로
전
15,000

7년 전인 2014년 노회찬의 화두는 '진보의 세속화'였다.

"늘 그렇지만 문제는 세상이 아니라 진보 자신이다. 지금 진보 정당에게 가장 부족한 점은 '진보'다. 부족한 진보를 훈장과 족보로 가릴 수는 없다. 세상을 진보시키기 위해 자신이 먼저 진보하지 않으면 안 되는 시점이다."

노회찬은 이렇게 당시의 '진보'를 진단하면서 진보에게 '세상 속으로 들어가' 세상의 소리를 들으라고 촉구한다.

"'세상을 무시하고 세상을 안중에 두지 않고 자기 세계에만 갇혀 있는 것이, 사실 이제까지 우리의 진보나 운동권 출신들의 어떤 약점이 아니었는가?'라는 거다. '나는 민주화를 위해서 고생했다. 헌신했다. 희생했다. 나는 진보 진영에 속해 있으니까 나는 무조건 옳다. 아니면 우리 진영은 무결점·무오류다. 진영이 다르면 저쪽은 다 나쁘고, 우리는 다 좋다', 이건 설득력이 없다는 거다. 오히려 자기가 옳다고 생각한다면 왜, 무엇이 옳은지를 국민들이 납득하고 인정할 수 있어야 거기에서 드디어 옳다는 판정이 내려지게 되는 것 아닌가? 그런 점에서 저는 세상 바깥에서는 세상의 인심을 얻을 수가 없다. 세상 속에 들어가서 세상에서 어떤 얘기가 오가고 있고, 어떤 판단들을 하고 있고, 무엇을 요구하는지를, 그걸 정면으로 부딪치면서 그 속에서 우리가 버릴 것은 버리고, 또 인정받을 것은 인정받는 그런 세상 속으로 돌진한다는 점에서는 '세속화'야말로 가장 요구되고 있는 것이 아닌가. 또 우리가 가장 부족한 게 아닌가. 그렇게 생각하고 있다."

서울 서촌 효자동에 지번으로 검색되지 않는 작은 포장마차 식 주점이 하나 있다. 자하문로16길 사거리 연탄삼겹살집과 김밥집 사이에 하얀 간판이 둥근 달처럼 떠 있는 집이다. '쉼,'. 휴식을 뜻하는 우리말 '쉼'에 콤마가 찍혀 있는 게 예사롭지 않다. 간판을 자세히 들여다보면 콤마 뒤에 사인펜으로 '포차'라고 썼다가 지운 듯한 글씨가 희미하게 보인다. 처음 온 사람들은 그것으로 주점임을 짐작하기도 한다. '쉼,'은 노회찬이 타계하기 8일 전에 들른 집이다. 미국 다녀와서 다시 오마던, 지키지 못할 약속을 하고 간 게 마지막이었다.

"그날 술을 많이 드셨습니다. 새벽까지 6~7시간 동안 계셨어요. 초췌해 보여서 안쓰럽게 바라봤는데, 그 모습이 마지막일 줄은 생각도 못했습니다."

작고한 남편이 노회찬의 열렬한 지지자였다는 주인 최영애 씨는 노회찬의 부음을 듣고 2주일 동안 가게 문을 열지 못했다. 요즘은 노회찬의 절친이었던 장석 시인이 친구들과 종종 들른다. 통영에서 굴 농장을 하는 장 시인은 '쉼,'에 싱싱한 생굴을 공급해 주기도 한다. 예약 손님 위주로 장사를 한다는 '쉼,'의 단골손님에는 정의당과 기본소득당 등 진보 계열 사람들이 많다. 다섯 개의 둥근 테이블 중 두 개를 예약하고 약속을 잡은 날의 주요 메뉴는 생굴, 꼬막, 가자미구이 등이었고, 술은 셀프. 손님이 각자 취향껏 알아서 냉장고에서 꺼내 먹는 시스템이다. 우리는 노회찬이 좋아했던 막걸리를 선택했다.

술을 마시며 정치인 노회찬을 이야기하는 자리에 '기자'라는 직업을 빼놓을 수 없다. 정치인과 기자는 불가근불가원의 관계. 적당한 거리를 유지하면서 한통속(?)으로 굴러가야 생산적일 때가 많다. 노회찬이라는 정치인과 불가근불가원의 거리를 유지하면서 그를 정확히 이해하려고 애썼던 기자들이 적지 않다. '*식친중노회찬*'이 함께 이야기해 보고 싶은 분들이었다. 그들 가운데 몇 분을 한자리에 모셨다. 언론을 상대하는 홍보업계에 오랜 속설이 하나 있다.

"돼지 떼 모는 것보다 기자들 몰고 다니는 게 더 어렵다."

우리는 늦가을 저녁, 작은 포차 주점에 그런 기자님들 몇 분을 모아 놓는 데 성공했다. 소속사의 지향성도 비교적 뚜렷하게 멤버도 짰다. 기자들이 모여 술 마시며 이야기를 하다 보니 자연스레 '취중방담' 같이 횡설수설, 주설취설이 난무했으나, 한마디 한마디에 기자다운 냉철함과 노회찬에 대한 진심 어린 이해가 담겨 있었다.

참석해 주신 분들을 연장자순으로 소개한다.

우리나라 미디어계에서 가장 진보적인 색깔을 띤 〈레디앙〉의 이광호 공동대표, 〈한겨레〉 편집국장과 논설위원실장을 역임한 박찬수 논설위원, 2014년 노회찬 인터뷰집 〈대한민국 진보, 어디로 가는가?〉를 펴낸 〈오마이뉴스〉 구영식 정치팀장, 2004년 국회의원이 된 노회찬으로부터 '우리 집을 찾아온 최초의 정치부 기자'라는 환대를 받은 〈조선일보〉 정치부 정우상 차장 등 네 분이 박규님 노회찬재단 운영실장, 이강준 사업기획실장과 자리를 함께해 주었다.

이광호 대표는 민주노동당 기관지인 〈진보정치〉 편집위원장을 지낸 노회찬의 오랜 진보 정당 운동 동지다.

박찬수 위원은 1980~90년대 학생운동의 양대 계파 중 하나인 엔엘(NL)의 역사를 다룬 〈엔엘현대사—강철서신에서 뉴라이트까지〉(2017)를 펴냈고, 최근에는 〈한겨레〉 지면에 '진보를 찾아서'를 연재하고 있는 정치 전문기자다.

구영식 기자는 1990년대 초 학번으로 노회찬이 이끈 진정추의 학생 조직과도 같은 진학련(진보학생연합)에서 활동한 '운동권' 출신이다.

정우상 기자는 〈조선일보〉 노동조합이 노회찬을 초청해 강연회를 가졌을 때, 이 강연회를 주선한 인연을 가지고 있다.

– 먼저 노회찬에 대한 개인적인 평가를 들어보고 싶다.

박찬수 : "노회찬 의원 타계 소식을 듣고 추모 사설 집필을 자청했었다. 노회찬은 '레드 컴플렉스'가 심한 한국 사회에서 진보 정당이 대중과 가까워지는 데 지대한 공헌을 했다. 그것은 그대로 한국 정치의 지평을 넓히는 일이기도 했다. 그가 한국 사회에 기여한 공로를 꼭 평가해 주고 싶었다."

구영식 : "여야 정치권에 여러 유형의 정치인이 있지만, '학생운동–노동운동–진보 정당운동'을 하나의 궤도로 연결 지어 이끈 드문 정치인이었다."

이광호 : "노회찬은 내면적으로는 도저(到底)한 사회주의자, 외면적으로는 대중적인 현실주의 정치인이었다. 그는 이론이나 관념에 고착되지 않고 대중 속에서 자신이 지향한 사회주의적 가치를 실현하려 했고, 그것의 수단으로 진보 정당의 필요성을

일찍이 간파한 사람이었다. 이 점이 다른 진보운동가들과 달랐다."

정우상 : "진보정치가 제대로 평가되기 어려운 정치 현실 속에서 그가 발휘한 사고의 유연성을 높이 평가하고 싶다. 그는 진보 진영의 선두에 있으면서도 항상 세상인심, 특히 주류의 흐름을 놓치지 않았다고 본다. 추모 칼럼에서도 '그의 심장은 왼쪽에 있었지만, 두 눈은 세상 전체를 바라보고 있었다.'고 썼다. 그를 어느 한 진영에 가둬서 평가하는 것은 그의 절반만을 보는 것이라고 생각한다."

– 노회찬의 타계는 '정치자금법'과 직접적인 관계가 있다. 돈이 없는 노회찬은 정치를 하면서 가까운 지인들의 조건 없는 도움을 많이 받았다. 문제가 된 돈도 변호사를 하는 고교 동창이 건네준 돈이었다. 지금의 정치자금법은 돈없는 정치 신인, 원외 정치인에게 너무 불리하다는 지적이 있어 왔다. 더불어민주당 우원식 의원은 노회찬 의원 타계 후 정치자금 모금을 합법화하는 정치자금법 개정안을 발의했고, 지난 7월 민주당 최고위원 경선에서도 이의 추진을 주장했다.

"사실 정치인이 정치자금을 받는 것 자체는 죄가 될 수 없다. 돈을 받아서 사적으로 쓰지만 않으면 문제가 없다. 그렇기 때문에 정치자금법 위반에 걸려도 그 사유만으로 공천에서 배제당하거나 불이익을 받지 않는 게 현실이다. 그런데 노회찬 의원은 4천만 원 때문에 그런 선택을 했다. 오랫동안 한국 정치를 취재하고 비평해 온 기자로서는 참으로 안타까운 선택이었다."

"정치자금 모금 범위를 넓혀 주되, 사용처 검증을 철저히 하는 쪽으로 가는 게 맞는 방향이라고 생각한다."

"그러나 우리 유권자의 정치 부패에 대한 우려나 후진적인 정치 풍토를 생각하면, 시기상조라는 생각도 든다. 노회찬 의원의 비극이 있었다고 법을 고치자고 하는 게 얼마나 설득력을 얻을 수 있을까?"

"비슷한 생각이다. 노회찬 의원의 비극은 그 자신의 가치관이나 철학의 문제로 평가해 주고, 정치자금법 문제는 향후 국민 의식의 변화나 정치 현장의 변화를 봐 가면서 다루는 게 바람직하다고 본다."

— 당시 노회찬의 선택에 많은 사람들이 놀랐다. 사안에 비해 너무나 엄청났기 때문이다

"'진보의 세속화'를 말한 분이 정작 자신의 세속화는 한 점의 얼룩도 용납하지 않았다는 것에 정말 아이러니를 느꼈다."

"진보의 자의식을 극명하게 보여준 행동이었다. 노무현 대통령의 선택과 같은 맥락으로 이해한다."

"사안 자체는 다소 구차스럽더라도 정치 현실 속에서 충분히 설명하고 풀어 갈 수 있는 문제였는데, 스스로가 그것을 중대한 과오로 심판했다. 자기 자신을 당과 일체화해서 사고했던 사람이었기에 그 책임감과 부채감이 막중했던 것이다."

"진보 정당이 잇따라 분열(2008년 민주노동당 분당, 2011년 진보신당 내분)을 맛보고 정의당으로 합친 뒤인 2014년 시점에서 노회찬이 '진보의 세속화' 노선을 들고 나왔는데, 당시 나도 옳은

방향이라고 했다. 때를 묻히더라도 권력을 쟁취해 그 힘을 가지고 사회를 바꿔 나가는 진보가 되자, 그것이었는데 그 전략이 자신의 과오로 인해 불가능해질 수 있다면? 그로서는 용납이 되지 않았을 것이다."

"개인적인 측면만 보려고 하면 노회찬 의원의 선택은 정말 이해하기 힘든 행동이 된다. 그러나 '진보의 세속화'라는 노회찬 노선의 진정한 의미를 생각해 보면, 노회찬 의원은 결코 개인적일 수 없는 선택을 한 것이다. 그는 그 순간 오직 당의 미래를 생각했다. 그것이 노회찬 죽음의 진상이라고 생각한다."

"노회찬 의원 타계 소식을 듣고 윤동주의 〈서시〉를 떠올렸던 기억이 있다. '하늘을 우러러 한 점 부끄러움이 없기를 잎새에 이는 바람에도 나는 괴로워했다.' 정치인의 내면에 이런 세계가 가능할까? 노회찬이라는 한 인간의 순결성과 그것이 현실 속에서 지닐 수밖에 없는 한계 같은 것을 생각하니까 가슴이 너무 아팠다."

— 과거 서울시장 선거(2010)나 동작 보궐선거(2014) 등에 나설 때도 노회찬에 대한 비난이 있었다. 그러나 시간이 지나고 나니까, 당시 선택의 의미가 분명하게 드러났다

"얼마 전 심상정 의원이 TV 다큐멘터리 프로그램에서 회고한 게 있다. 진보 정당이 그 상황에서 독자적인 목소리를 내지 않으면 존재 의미가 없다는 게 노회찬 의원의 확고한 판단이었다고. 한명숙(민주당)이냐, 오세훈(새누리당)이냐의 문제는 진보 정당과는 아무 관계가 없는 자기들끼리의 싸움이었다."

"당시 노회찬 의원이 3% 정도 밖에 득표하지 못했지만, 그때 진보신당이 후보를 내지 않았다면 그 이후의 정의당도, 오늘날의 류호정이나 장혜영도 없을 것이다. 진보 정당이 자기 목소리를 내지 못하고 보수정당의 2중대에 머문다면, 더 이상의 확장이나 성장 가능성은 없다고 봐야 한다."

"이제는 노회찬의 트레이드마크가 된 '6411 정신'* 도 서울시장 선거가 시작이었다. 우스갯소리로 선거본부에 박카스 한 병 들어오지 않았지만, '진보의 세속화' 노선도 그때 현장을 얻기 시작했다."

"그때 나온 공약집이 〈노회찬의 약속〉이다. 선거 캠페인 책자로는 2004년 런던시장선거 캠페인 북(《런던플랜》) 이후 최고의 걸작이지요.(웃음) 〈노회찬의 약속〉에는 노회찬의 정치적 꿈과 정책이 고스란히 담겨 있다."

권영신이 총괄 기획하고, 유성재 등이 편집자로 참여해 이광호의 레디앙 출판사가 펴낸 〈노회찬의 약속〉은 선거가 끝난 뒤 사람들의 뇌리에서 멀어졌다가 2018년 노회찬의 타계로 다시 주목을 받았다. 이광호는 당시에 있었던 작은 일화를 잊지 못하고 있다.

"노 의원이 돌아가신 뒤, 여러 매체에서 책을 재조명하면서 주문이 꽤 들어왔어요. 책을 다시 찍기로 하고 재편집한 자료를 인쇄소에 보내기 위해 퀵서비스를 불렀습니다. 사무실에 온 퀵 아저씨에게 원래 책 한 권과 재편집 자료를 건네줬는데, 이분이

---

* 청소 노동자의 새벽 출근 버스. '함께 맞는 비'로 집약되는 노회찬의 서민정치를 상징한다.

서울. 2010년 6월

노회찬의 약속

그리고 개인의 행복은 희생시키고 앞만 보고 달려온 물질과 성장의 역사였습니다

노회찬의 약속은 우리에게 전자연적이고 연대적이며

인간적이고 약자를 배려해주는

새로운 상식의 사회를 만들자는 제안입니다

우리가 이 공약집에 제시된 길로 가게 되면

산업화나 민주화와 맞물리는 복지화라는 새로운 전환을 이룰 수 있을 것입니다.

우리에게 행복해질 용기가 있을까요?

결국 미래의 선택은 우리 몫입니다.

2010년 서울시장선거에 출마한 노회찬의 선거공약집 〈노회찬의 약속〉. 노회찬의 정치적 꿈과 비전이 고스란히 담겨 있다.

그걸 받아들고 사무실 문을 나서면서 탄식하듯 한 마디 하시는 거예요. '아, 참 좋은 분이셨는데….' 눈물이 핑 돌더군요. 그날 '노회찬'이라는 사람이 이렇게 우리 안에 퍼져 있다는 것을 새삼 느꼈습니다."

— 노무현 대통령처럼 노회찬 의원도 죽음을 통해 국민의 가슴 속에 살아 있게 되었다고 봐야 하지 않을까요?

"노회찬 사후 어느 시사 프로에서 도올 선생(김용옥)이 '인간 예수'라는 표현을 쓴 적이 있다. 노회찬이 '예수'라는 말이 아니라, 예수가 걸어간 과정과 닮은 데가 있다는 의미였다."

"일방적인 우상화는 경계할 필요가 있을 것 같다. 좋은 뜻이라고 해도 노회찬 정신을 오히려 해치는 일이 될 수 있다."

"무슨 말을 해도 저는 노 대통령이나 노회찬 의원과 같은 삶의 정리 방식에 동의할 수 없다. 그 정도의 위치라면 잘잘못을 떠나 스스로 문제를 넘어서려는 모습을 보여줘야 했다. 아무리 힘들고 괴로워도 사람들을 설득하고, 이해와 동의를 구하려는 과정을 가졌어야 했다. 그런데 그런 선택을 함으로써 일부 지지자들에게마저도 돈 때문에 죽은 사람으로 이미지가 굳어지게 된 게 아닐까 싶어 안타깝다."

"노회찬 의원이 살아서 아무리 진정을 다 해도 비난하는 사람들을 이해시키는 건 불가능했을 것이다. 그렇더라도 그런 식의 정리는 반대다."

"노회찬은 한국 사회를 위해 할 일이 너무 많았던 사람이었다. 그 정도의 사안으로 멈춰 섰다는 게 너무 아쉽다."

'쉼,'은 2016년 여름에 문을 열었다. 4년밖에 안 되었지만, 단골손님들이 줄을 잇는다. 제철 해산물이 주요 안줏거리다. 기자가 간 날에는 주 메뉴를 적어 놓는 판에 생굴, 꼬막, 딱새우, 조기구이 등이 올라 있었다. 주인 최 씨는 '라희'라는 예쁜 이름의 애견과 매일 가까운 인왕산을 다녀온 뒤에 주점 문을 연다. 전주가 고향인 최 씨는 전북 진안이 고향인 어머니와 위로 세 명의 언니들이 한결같이 음식 솜씨가 뛰어났다고 한다. 본인은 막내라 주로 먹기만 했지만 그런 과정을 통해 발달된 미각을 갖게 되었고, 음식 만드는 일까지 좋아하게 되었다고 말한다.

"시어머니가 지병으로 오래 앓으셨는데, 그러다 보니 저도 모르게 많이 지쳤나 봐요. 뭔가 내 일을 갖고 심신을 회복하고 싶어 가게를 열었습니다."

개업은 남편의 전폭적인 지원 아래 이뤄졌다. '쉼,'이라는 가게 이름도 남편의 솜씨. 안타깝게도 어머니 타계 1년 반 뒤에 뒤를 따랐다고 한다.

"남편은 가구 수입업을 했는데, 거의 예술가나 다름없는 정말 뛰어난 사람이었습니다."

주점 벽에는 시어머니가 좋아한 화가 일랑 이종상(5만 원권과 5천 원권 화폐 속 신사임당과 이이 초상을 그린 화가)의 그림도 두 점 걸려 있다. 남편이 가져와 인테리어 삼아 걸어 놓았다고 한다.

"'쉼,'이라는 이름은 남편이 지어 주었는데, 저는 사람들이 주점인 줄 모르면 어쩌나 싶은 노파심이 일어 '쉼,' 뒤에 조그맣게 '포차'라고 써 넣기도 했어요. 지나고 보니 괜한 걱정이었더라고요."

주인 최 씨의 무전을 좋아하는 단골손님들이 많다. 흔히 먹어 보기 힘든 별식이다.

"무전은 어머니에게 배웠어요. 전주에서도 무전을 해 먹는 집을 잘 못 봤는데, 어머니는 잘하셨어요. 아마 진안 고향에서 해 드시던 건가 봐요."

최 씨의 무전은 나름의 비법이 있다. 밀가루와 부침가루를 섞어서 반죽할 때 울금가루를 더한다. 무는 가을·겨울 생무를 쓰는데, 무를 썰 때 수분이 빠져나가지 않도록 잡아 주는 것이 포인트. 무를 반죽에 적시기 전에 밀가루나 부침가루로 먼저 옷을 한 번 입히는 것도 알아 둘 만하다. 불은 약불에 가까운 중불. 아삭하게 씹히는 식감과 달고 고소한 맛이 별미. 찬바람 솔솔 부는 요즘이 제철이다.

계란장조림, 무장아찌 등 밑반찬도 하나같이 짜지 않다.

"밥반찬이 아닌 안주로 만들 때는 짜지 않게 해야 손님들이 잘 드실 수 있지요."

생굴은 초장이나 와사비보다 레몬즙에 찍어 먹는 게 취향이라고 하니, 금세 착즙기로 레몬을 통째로 갈아 내어 오신다. 맛과 서비스가 소문이 났는지 가까운 청와대 사람들도 늦은 밤에 일을 끝내고 종종 온다고.

"대통령님도 한 번 오셨으면 좋겠네요. 단, 대통령님이라도 '술은 셀프' 룰을 따라 주셔야 하구요."

— 마지막 주제입니다. 노회찬은 사회주의자였습니까?

"당명이 민주노동당이든 진보신당이든 정의당이든, 그 자신이 뭐라고 말하든 노회찬은 본질적으로 사회주의자였고, 겉으로 드러내지 않았지만 사회주의자임을 자부했다고 생각한다. 사회주의 건설 전 단계에서 거쳐 가야 할 노선이 무엇인지를 알기에 정의당 같은 당명도 수용할 수 있었다고 본다."

"사회주의자인지 아닌지는 중요하지 않은 게 아닌가? 현실사회주의는 소련 해체로 종식되었지만, 사회주의 가치는 여전히 존재한다. 그걸 굳이 간판으로 내걸 필요가 있을까? 노회찬은 공정한 운동장을 만들려고 했지, '무슨 무슨 주의자'의 명찰을 달려고 한 게 아니었다고 생각한다."

"노회찬은 사회주의자였지만, 대중들이 비교적 덜 거부감을 갖는 사회민주주의를 의도적으로 사회주의의 대용어로 사용했다. 유럽의 사회당들도 대부분 사회민주주의 정당이기도 하니까. '사회주의'라는 자신의 정체성과 현실적인 개혁 방법 사이에서 늘 고민했던 사람이다."

"나는 노회찬의 정체성, 또는 가치 지향을 논하려면 반드시 돌아가야 할 지점이 있다고 본다. 진보 정당 당명이 '정의당'으로 결정되었을 때."

이 이야기를 하려면 먼저 2000년 민주노동당 창당 때로 거슬러 올라갈 필요가 있다. 당시 '민주노동당'이라는 당명이 결정될 때, 후보 이름이 무려 77개였다. 그만큼 많은 정파와 지향성이 혼재해 있었다는 반증이다. 노회찬이 희망한 당명은 '민주진보당'이었다. '진보'라는 용어의 스펙트럼이 '노동'보다는 넓고 유연하다고 봤기 때문이었다. 그러나 최종 결선 투표에 오른 두 개의 당명은 '민주노동당'과 '통일민주진보당'이었다. '민주진보당'이 이미 탈락한 상황에서 노회찬은 통일민주진보당 대신 민주노동당에 표를 던졌다. 두 후보 당명의 표 차이는 그리 크지 않았다. 당시 당명 선택은 '이념적 선택'이라기보다는 당원들의 주류가 노동운동 또는 노조활동가들이었다는 점과 관계가 있을 것이다. 그럼에도 진보나 노동 같은 계급 지향보다는 '통일' 같은 민족주의적 가치에 더 익숙했던 사람들도 많았던 것이다.

민주노동당 창당 후 12년이 경과한 시기에 창당한 진보 정당이 '정의당'이라는 다소 생뚱맞은* 당명을 갖게 된 것에 노회찬이 동의한 사실에 고개를 갸우뚱한 사람들이 많았다.**

"정확하게 할 필요가 있습니다. 동의한 게 아니라, 세 대결에서 밀린 결과입니다."

"2000년 노회찬은 대중성을 기준으로 '민주진보당'이라는 당명을 생각했고, 2013년에는 '사민당', 즉 사회민주(주의)노동(자)당(약칭 사회민주당)을 당명으로 제안했습니다. 12년 전보다 더 이념 지향적 성격의 당명을 당의 간판으로 내세우려고 했습니다. 왜일까요? 2000년대 초와 달리 보수 여야 정당이 경제민주화, 노동민주화 정책 등에서 진보 정당과의 거리를 좁히고 있었습니다. 공장에 비유하면 민주노동당은 소공장이고, 보수정

---

* 많은 사람들에게 전두환의 '민주정의당'을 연상시킨 것은 사실이었다.

** 정의당은 2012년 10월 21일 '진보정의당'으로 창당되었다가 2013년 7월 21일 '정의당'으로 변경되었다.

2015년 정의당 당대표선거에서의 노회찬. 노회찬은 2013년 당명에 '사회(민주)주의'를 내세울 것을 정식으로 제안한다.

당은 대공장입니다. 작은 공장이 아무리 좋은 신제품을 내놔도 큰 공장이 베껴서 대량 생산을 해 버리면 사람들은 대공장의 신제품으로 착각합니다. 이런 상황에서 소공장은 어떻게 자신의 존재를 알릴 수 있을까요? 노회찬의 선택은 브랜드 전략이었습니다. 제품으로 차별화하기 어렵다면 처음부터 공장의 차별성을 분명히 하자는 것이죠. 그래서 당명에 '사회민주주의'를 내세우려고 했던 것이죠. 하지만 다수파들은 이런 노회찬의 전략을 이해하지 못했고, 당명은 '사민당' 대신 '정의당'으로 낙착되었다고 생각합니다."

"당원의 상대적 다수가 당명에 '노동'이나 '사회' 자가 들어가는 것을 원치 않았던 결과였습니다. 정의당도 본래는 '진보정의당'이었는데 나중에 진보를 떼 버렸잖아요."

"'진보'라는 용어에 '혐오'가 존재했다는 점을 부인할 수는 없을 것 같습니다. 노 의원이 당시 참 설득을 많이 하고 다니셨는데, 끝내 그 벽을 넘지 못했습니다. 한 마디로 노회찬의 사민주의론은 노회찬 중심의 개량주의 노선이기 때문에 수용할 수 없다는 정파의 벽이었습니다."

노회찬이 타계한 지 2년여가 지났다. '노무현이 타계한 뒤 민주당은 DJ 중심의 지역당에서 노무현 중심의 수도권 대중 정당으로 발돋움'했다. 문재인 정권도 그 결과물이다. 정의당은 어떤가? 지난 총선에서 6석을 얻고 새로운 얼굴들도 선보였지만, 노회찬의 유지가 계승되고 있다는 느낌은 찾기 어렵다. 문재인, 유시민 같은 노무현 계승자도 노회찬에게는 아직 보이지 않는다.

"노회찬 정신이랄 수 있는, 노회찬의 사회주의 또는 사회민주주의적 가치, 정책, 비전 등을 이어받겠다고 나선 사람도 없었고, 당도 그런 목소리를 내지 않았다."

노회찬은 '진보의 세속화'라는 화두를 남기고 갔다. 진보 정당이 대중 속에 튼튼히 뿌리를 내리기 위한 방법론으로서 '세속화'를 어떻게 정의해 낼 것인가는 남은 자들의 몫이다. 노회찬은 이런 말도 즐겨 썼다. '무감어수감어인(無鑒於水鑒於人)'. 물에 자신을 비추지 말고, 사람들 안에 자신을 비춰 보라.

– '김종철 체제'의 정의당에 기대를 걸어 볼까요?

민주노동당 기관지 〈진보정치〉의 편집위원장이었던 이광호는 2004년 민주노동당이 김종필을 퇴장시키며 10석을 얻는 '기적'을 만들었을 때, 신문 1면 헤드라인을 '거대한 소수'라고 달았다. 2000년 민주노동당의 창당이 노회찬에게 '인생의 목표 절반을 이룬 날'이었다면, 이광호에게 2004년의 이날은 '생애 가장 아름다운 날'이었다. 〈노회찬 평전〉을 집필 중인 그는 김종철 대표체제의 정의당에 기대를 걸어 본다며 이렇게 말했다.

"김종철, 소심한 사람 아녜요. 조심스럽게 폭탄을 던집니다."

길동무들에게 남겨진 숙제

– 연희동 일식집 '카덴'에서

카덴 일식집
서울시 서대문구 연희로 173 거화빌딩

2020년 마지막 '음식천국노회찬'은 노회찬재단 설립 2주년을 앞두고 노회찬재단 식구들이 송년평가회를 겸해 '길동무 노회찬'에 대해 이야기하는 자리에 끼여 앉았다. 장소는 연희동 일식당 '카덴'.

카덴(花傳·화전)은 인기 스타 쉐프 정호영이 운영하는 우동 가게와 일본식 선술집(이자카야)으로 유명하다. 정호영 쉐프는 2015년 '냉장고를 부탁해'라는 요리 프로그램으로 대중들에게 이름을 알린 뒤, 여러 방송 프로그램에 출연하며 방송계 인기 쉐프로 자리 잡은 명사다.

생선 요리를 특히 좋아한 노회찬은 정호영 쉐프가 방송스타가 되기 전부터 일식당 카덴의 맛을 알고 있었다. 노회찬이 개인적으로 가까운 당 후배들과 보좌진을 초대해 자신의 60회 생일(1956년 8월 31일)을 축하한 곳도 이 집이다. 정호영 쉐프는 이 환갑잔치를 인상 깊게 기억하고 있었다.

"여러분들과 같이 오셔서 회갑기념 식사를 매우 유쾌하게 하셨어요. 저도 1층까지 내려가 배웅하고 기념사진도 함께 찍었습니다…"

즐거웠던 그 60회 생일잔치를 소중한 추억으로 간직한 분들이 카덴을 노회찬재단의 한 해 마무리 장소로 선택했다. 재단 식구들은 조돈문 재단 이사장을 비롯해 조현연 특임이사, 김형탁 사무총장, 박규님 운영실장, 이강준 사업기획실장, 주현미 기록연구실 국장, 이성재 홍보기획국장, 김우림 운영실 차장 등이시다.

노회찬재단의 핵심 사업은 세 가지. 노회찬 추모와 기록 사업, '노회찬 정치학교' 등 제2, 제3의 노회찬을 양성하는 정치교육 사업, 그리고 '6411 정신'으로 대표되는 노회찬 정신의 계승·발전이다. '6411 정신'이란 2012년 노회찬이 진보정의당 공동대표를 수락하면서 한 연설의 요지. 노회찬은 이 연설에서 진보정치의 사명을 '비정규직 노동자들, 기층 무명 노동자들, 극빈층, 장애인, 소수자 등 우리 사회의 힘없고 가난한 사회적 약자들과 함께하는 것'이라고 말한다. 이정미 전 정의당 대표는 2019년 노회찬 1주기를 맞아 이 연설의 정신을 '6411 버스 정신'이라고 명명하며 노회찬의 호소에 화답했다.

"노회찬 정신은 무엇일까요? 정의당은 간명하게 그것을 '6411 버스 정신'이라고 부르기로 했습니다. '6411 버스 정신'은 우리 정치가 한 번도 제대로 그 이름을 불러 주지 않았던 사람들을 거명하는 것이고, 권력 밖으로 밀려난 시민들을 정치의 한복판으로 데려오는 것입니다. '6411 버스 정신'은 사회 경제적 약자에 대한 막연한 연민이나 동정심이 아닙니다. '6411 버스 정신'은 사회경제적 약자들이 배제된 한국 민주주의를 바꾸겠다는 정치적 소명입니다. 그래서 노회찬 정신의 또 다른 한 쪽 날개는 '진보 정당'입니다."

6411번 버스라고 있습니다. 서울시 구로구 가로수 공원에서 출발해서 강남을 거쳐서 개포동 주공 2단지까지 대략 두 시간 정도 걸리는 노선버스입니다. 내일 아침에도 이 버스는 새벽 네 시 정각에 출발합니다. 새벽 네 시에 출발하는 그 버스와 네 시 오 분 경에 출발하는 그 두 번째 버스는 출발한 지 십오 분 만에 신도림과 구로시장을 거칠 때쯤이면 좌석은 만석이 되고 없니다. 그러면 버스 좌석과

좌석 사이의 통로 바닥까지 한 명 한 명 다 앉는 진풍경이 매일 벌어집니다.

새로운 사람이 타는 일은 거의 없습니다. 매일 같은 사람이 탑니다. 그래서 시내버스인데도 마치 고정석이 있는 것처럼 어느 정류소에서 누가 타고, 강남 어느 정류소에서 누가 내리는지, 모두가 알고 있는 매우 특이한 버스입니다. 이 버스에 타시는 분들은 새벽 네 시에 일어나서 새벽 다섯 시 반이면 직장인 강남의 빌딩에 출근해야 하는 분들입니다. 지하철이 다니지 않는 시간이기 때문에 매일 이 버스를 이용하고 있습니다.

한 분이 어쩌다가 결근을 하면 누가 어디서 안 탔는지 모두가 다 알고 있습니다. 그리고 시간이 조금 흘러서 아침 출근시간이 되고, 낮에도 이 버스를 이용하는 사람이 있고, 퇴근길에도 이 버스를 이용하는 사람이 있습니다. 하지만 그 누구도 새벽 네 시와 새벽 네 시 오분에 출발하는 6411번 버스가 출발전부터 거의 만석이 되어서 강남의 여러 정류장에서 50, 60대 아주머니들을 다 내려 준 후에 종점으로 향하는지를 아는 사람은 없습니다.

재단의 한 해 활동을 평가하고, 다음 할 일을 생각해 봅시다.

"올해 저희들은 노회찬의 '6411 버스 정신'을 좀 더 구체화하는 일에 노력을 기울였습니다. 그 과정에서 노회찬재단이 무엇을 해야 하는지를 새삼 확인했습니다. 노회찬은 6411 연설을 통해 비단 진보 정당뿐만 아니라, 우리 사회 진보진영 전체의 과제를 분명하게 제시하고 있습니다. 바로 사회적 약자와 함께하는 '6411 버스 정신'의 실천입니다. 노회찬재단은 앞으로 최대한 많은 분야에서 우리 사회의 약자들을 만나 그 목소리를 듣고자 합니다. 그 목소리에 실린 바람들이 노회찬재단의 활동을 통해 당당히 정당과 의회에 전달되고, 제도화 되는 일에 앞장서고자 합니다."

"당신 자신은 멈추지만 당은 당당하게 나아가라고 한 유언의 의미를 재단과 정의당 모두 깊이 되새기고 살려 나가야 합니다."

이분들이 새벽에 출근하는 직장도 마찬가지입니다. 아들딸과 같은 수많은 직장인들이 그 빌딩을 드나들지만, 그 빌딩이 새벽 다섯 시 반에 출근하는 아주머니들에 의해서 청소와 정비가 이루어지고 있다는 걸 의식하는 사람은 없습니다. 이분들은 태어날 때부터 이름이 있었지만, 그 이름으로 불리지 않습니다. 그냥 '아주머니'입니다. 그냥 청소하는 미화원일 뿐입니다. 한 달에 85만 원을 받는 이분들이야말로 투명인간입니다. 존재하되, 그 존재를 우리가 느끼지 못하고 함께 살아가는 분들입니다. 지금 현대자동차, 그 고압선 철탑 위에 올라가 있는 비정규직 노동자들도 마찬가지입니다. 스물에 명씩 죽어 나간 쌍용자동차 노동자들도 마찬가지입니다. 저 용산에서, 지금은 몇 년째 허허벌판으로 방치되고 있는 저 남일당 그 긴 불에서 사라져 간 그 다섯 분도 역시 마찬가지 투명인간입니다.

저는 스스로에게 묻습니다. 이분들은 아침 시 뉴스도 보지 못하고 일찍 잠자리에 들어야 하는 분들입니다. 그래서 이분들이 유시민을 모르고, 심상정을 모르고, 이 노회찬을 모를 수도 있습니다. 그러나 그렇다고 해서 이분들의 삶이 고단하지 않았던 순간이 있었겠습니까? 이분들이 그 어려움 속에서 우리 같은 사람을 찾을 때 우리는 어디에 있

있습니까? 그들 눈앞에 있었습니까? 그들의 손이 닿는 곳에 있었습니까? 그들의 소리가 들리는 곳에 과연 있었습니까?

"사람들은 당시 노회찬의 6411 연설을 무명의 노동자들을 위한 진보 정당의 역할을 강조하는 의미로 들었을 것입니다. 그러나 그가 없는 지금 많은 사람들이 그의 연설을 떠올리며 다시 생각하고 있습니다. 그들이 우리를 부를 때 나는 어디에 있었는지, 어디에 있어야 하는지를, 그리고 나는, 우리는 무엇을 해야 하는가를 되묻기 시작했습니다. 이러한 자각이 진보진영 곳곳에서 생겨나고 있다고 생각합니다. 노회찬이 뿌린 씨앗입니다. 노회찬재단은 더욱더 믿음과 기대를 쌓아서 보다 많은 분들이 재단과 함께할 수 있도록 하겠습니다. 노회찬재단은 '6411 버스 정신'을 실천하고, 6411 노동자를 위한 재단이라는 메시지를 계속 던지겠습니다."

그 누구 탓도 하지 않겠습니다. 오늘 우리가 함께 만들어 나가는 이 진보 정당, 대한민국을 실제로 움직여 온 수많은 투명인간들을 위해 존재할 때, 그 일말의 의의를 우리는 확인할 수 있을 것입니다. 사실상 그동안 이런 분들에게 우리는 투명정당이나 다름없었습니다. 정치한다고 목소리 높여 외치지만 이분들이 답답로 할 때, 이분들의 손에 닿는 거리에 우리는 없었습니다. 존재했지만 보이지 않는 정당, 투명정당, 그것이 이제까지 대한민국 진보 정당의 모습이었습니다. 저는 이제 이분들이 볼 수 있고, 손에 잡을 수 있는 곳으로, 이 당을 여러분과 함께 가져가고자 합니다. 여러분! 준비되었

새벽 네 시에 구로구 가로수공원에서 출발하는 6411번 버스 첫 차에 오른 노회찬.(2010. 4. 13.)

습니까?

노회찬재단과 정의당 간의 바람직한 관계는?

"정의당과의 관계 설정은 재단 창립 당시부터 중요하게 논의되었습니다. 결론은 재단과 당은 서로 일정한 거리를 유지하며 독자적으로 활동하면서 상호 긴밀하게 협력하는 관계가 바람직하다는 것이었습니다. 당과 재단은 불가분의 관계여야 하지만, 노회찬 정신은 정당이라는 울타리에 갇히지 않을 때 더 큰 전파력을 가질 수 있다고 봅니다."

"노회찬은 진보 정당 밖에도 그를 좋아하는 사람이 워낙 많은 정치인이었습니다. 그와 함께 진보정치 활동을 못한 것에 마음의 빚이 있는 사람, 노회찬을 좋아하고 지지하지만 정당 활동이 부담되는 여러 분야의 사람들, 노회찬을 개인적으로 지지하면서도 아직은 중도개혁 자유주의 세력의 집권이 필요하다고 보는 사람들, 예컨대 노무현-문재인 정권을 지지한 분들 등등. 이런 분들이 정당을 의식하지 않고 노회찬재단을 지지하고 후원할 수 있도록 하는 것이 장기적으로 노회찬 정신의 확산에 밑거름이 될 것입니다."

노회찬재단은 국가 보조나 정당의 지원으로 운영되지 않는 독립적인 재단법인이다. 현재 후원회원 중 70%가 일반 시민 회원이고, 약 30%가 정의당 당원들이다.

'카덴' 오너 정호영 쉐프는 일본 오사카의 츠지조리전문학교에서 유학한 뒤, 유학 동기들과 이자카야 카덴을 창업해 현재

우동을 비롯한 여러 개의 일식당을 운영하고 있다. '카덴'이라는 이름은 요리학교 실습실 이름에서 따왔다고 한다. 학교에서 배운 것들과 처음 배울 때의 마음가짐을 잊지 않겠다는 다짐의 뜻이 담겨 있을 것이다. 요리는 식당일을 하는 어머니를 도우면서 배우기 시작했다.

카덴은 연희동 한성화교학교 건너편에 세 종류의 식당으로 자리 잡고 있다. 큰길가의 빌딩(거화빌딩) 1층에는 다양한 일본 우동을 맛볼 수 있는 '우동 카덴'이 있고, 2층은 넓은 공간의 일본식 주점 '이자카야 로바다야 카덴'이다. 이 건물 뒷골목에는 최근 파스타와 와인 등을 즐길 수 있는 '비스트로 카덴'이 문을 열었는데, 세 식당이 이름 하여 '카덴 시리즈'를 이룬다.

2층 이자카야는 정호영 쉐프의 솜씨가 한껏 발휘된 일식 주점. 점심시간 전후로는 일본식 정식을 먹을 수 있어 가족 단위 예약 손님이 많은 곳이다. 저녁에는 회와 구이, 조림 등 주로 생선을 베이스로 하는 안주에 술을 즐길 수 있다.

1층 우동 카덴은 연희동에 앞서 합정동 카덴이 먼저 유명세를 얻어 점심 때는 대기자 명단이 길게 이어질 정도다. 음식 프로그램에 붓가케 우동과 튀김우동 잘하는 집으로 소개되었지만, 정말 많은 종류의 우동에 깜짝 놀랄 만하다. 대야만한 큰 그릇에 면은 세 번까지 무료 추가. 우동집에서 이자카야, 비스트로까지 카덴은 많은 설명이 필요 없을 정도로 각종 매체와 유튜브, SNS 등에 소개 글과 품평이 넘쳐나는 집이다.

정호영이 기억하는 노회찬은 어떤 모습이었을까.

"언제나 격의 없이 대해 주셨어요. 주문은 주로 같이 오시는 분들이 했는데, 어쩌다 본인이 직접 주문하는 경우에는 비싼 메뉴는 거의 주문하지 않으셨어요. 그래도 반가워서 제가 서비스를 드리면 굉장히 미안해 하셨지요."

2016년 8월 31일, 카덴에서 열렸던 노회찬의 60회 생일에 초대받은 동지들은 노회찬에게 답례로 피부마사지 10회 사용권을 선물했다. 노회찬은 그 피부마사지 사용권을 2년 동안 여섯 번 사용했고, 네 장은 이 세상에 남기고 갔다.

야심성유휘(夜深星愈輝). 밤이 깊을수록 별은 더욱 빛난다는 뜻이다. 노회찬이 존경했던 고 신영복 선생의 글귀로, 노회찬도 생전에 즐겨 인용했던 말이다.

"밤이 깊을수록 별이 더욱 빛난다는 사실은 힘겹게 살아가는 모든 사람들의 위로입니다."

노회찬은 어두운 밤길을 걸어가는 수많은 사람들의 길동무를 자임했던 사람이다. 길동무는 그가 동지들을 부를 때 즐겨 사용했던 말이기도 하다.

"칠흑같이 어두운 밤강을 걸을 때, 가장 소중한 사람은 함께 손을 잡고 그 강을 걷는 길동무들이라고 합니다."

노회찬이 세상을 떠났을 때, 그의 오랜 길동무들은 다만 비탄 속에만 있지 않았다. 그를 잃은 슬픔은 반드시 그를 기리는 기쁨으로 바뀌어야만 한다고 생각했다. 노회찬이 바란 대로 이 세상을 정녕 우리가 살고 싶은 나라로 만들려면 말이다.

"우리는 노회찬이 살아 온, 고되지만 정의로운 삶을 잘 알기에 그의 죽음이 너무나도 애석합니다. 이렇게 속절없이 그를 보낼 수도 없습니다. 그의 육신은 우리 곁을 떠나야 하지만, 그가 가졌던 꿈과 삶은 우리 곁에서 영원히 살아 숨 쉬도록 하고 싶습니다."

이제 노회찬은 별이 되었고, 노회찬재단은 그 별빛을 따라 함께 걷는 이들의 길동무가 되고, 따뜻한 위로가 되어야 할 숙명을 안고 있다.

'평등하고 공정한 나라 노회찬재단'은 2019년 1월 24일 노회찬의 정치철학을 계승해 정치개혁, 경제민주화, 사회 약자의 권리 향상 등과 민주주의, 진보정치의 발전을 꾀하고, 평등하고 공정한 대한민국을 만드는 데 이바지하기 위해 출범해 2020년 말 현재, 노회찬을 사랑하는 수많은 회원들의 소중한 후원회비로 운영되고 있다.

'평등하고 공정한 나라 노회찬재단' 창립(2019년 1월 24일) 기념공연 '그날의 오면'.

강물은 아래로 흘러갈수록 그 폭이 넓어진다고 합니다. 우리의 새로운 정당은 한 지 이루어지는 것이 아니라, 더 낮은 곳으로 내려갈 때 실현될 것입니다. 진보 정당의 공동 대표로, 이 부족한 사람을 선출해 주신 것에 대해서 무거운 마음으로 수락하고자 합니다. 저는 진보정의당이 존재하는 그 시각까지, 그리고 제가 대표를 맡고 있는 동안, 저의 모든 것을 바쳐서 심상정 후보를 원청 세워 진보적 정권 교체에 성공하고, 그리고 우리가 바라는 모든 투명인간들의 당으로 이 진보정의당을 기둥 세우는 데에 제가 가진 모든 것을 던져 넣겠습니다. 여러분, 함께 합시다, 감사합니다.

3

진보 맛객의 미식(美食) 정치

여기 앉은 당신들, 노회찬과 299인의 도적들입니다!

— 여의도 안동국시 '소호정'에서

소호정 안동국시 소호정 여의도점
서울시 영등포구 국회대로 800 진미파라곤빌딩 1층

노회찬은 각별히 면(麵)을 사랑했다. 칼국수, 냉면, 잔치국수는 물론 짜장면, 소바, 파스타 등 국수 종류라면 모두 좋아했다. 아침을 거르는 식습관 탓에 하루 두 끼 중 한 끼는 거의 면 음식이었다고 하니, 그에게는 국수가 주식이었다. 그의 발길과 미각이 거쳐 간 국숫집이 헤아릴 수 없고, 가보지 못한 세계의 다종다양한 국수는 지식으로 탐닉했다. 시간 있고 시대 분위기만 맞았다면, 벌써 세상의 모든 국수에 관한 노회찬류의 '알쓸신잡'한 책 한 권쯤 나와 있을 것이다.

노회찬과 국수에 얽힌 많은 일화 가운데 '박근혜 탄핵 잔치국수'가 기억난다. 노회찬은 국회 구내식당에서 종종 점심을 하는지라 평소에도 구내식당 식단표를 눈여겨 살피고 있었다. 그런데 마침 헌법재판소의 박근혜 대통령 탄핵 심판이 예정된 날(2017년 3월 10일) 점심 메뉴가 잔치국수라는 걸 알게 된 것. 그날 오전 헌법재판소에서 정말로 탄핵 결정이 나자, 노회찬은 보좌진들과 국회 구내식당으로 가서 탄핵 결정을 환영하는 의미에서 잔치국수를 나눠 먹었다. 당시 그는 이 장면을 트위터에 올려 화제가 되었다.

"잔치국수 드디어 먹었습니다. 오늘 점심 못 드시는 분 몫까지 2인분 먹었습니다. 매년 3월 10일을 촛불시민혁명기념일로 지정하고 잔치국수 먹을 수 있도록 노력하겠습니다. ^^"

당시 박근혜 대통령의 어이없는 행태에 대한 법의 심판과 처벌을 원하는 촛불 민심을 국회 식당의 잔치국수에 연결한 감각과 순발력은 감탄을 사기에 충분했다. 음식에 관한 지식과 감각이 있었기에 가능한 정치 이벤트였다.

의정 활동이 벌어지는 여의도를 중심으로 보면 노회찬이 자주 찾은 국숫집으로 안동국시 '소호정' 여의도 분점이 있다. 서울 양재동에 본점이 있는 소호정은 1980년대 압구정동에서 10평 남짓한 작은 칼국숫집으로 시작해 지금은 서울, 분당, 하남 등지에 15개 분점을 거느린 대형 브랜드 칼국숫집으로 성장했다. 요식업계에서 손꼽히는 성공 신화 가운데 하나다. 여의도 소호정은 2008년께 문을 열어 국회의원을 비롯한 정당인, 의회 관계자, 기자들의 소규모 회합 장소로 사랑을 받고 있다.

"소호정은 노회찬 의원님이 보좌진이나 원내대표실 당직자들과 종종 점심을 드시러 온 곳입니다. 워낙 국수를 좋아하신다고 들어서 처음 점심을 같이할 때 저희가 먼저 이 집에 가자고 제안했어요. 이곳에서 기자간담회도 여러 번 했었죠."

2020년 7월 초하루. 여의도 소호정에서 '음식천국노회찬'이 함께한 식객들은 20대 국회 정의당 원내대표 시절 노회찬을 보좌한 김종철 당시 원내대표 비서실장을 비롯해 이한샘 원내대표 비서실 부장, 고문석 원내행정팀 부장, 한경석 선임팀장 등 정의당 식구들이다.

노회찬은 4년 임기의 3선 국회의원이었지만, 의정 활동을 한 기간은 7년에 불과하다. 비례대표 의원으로 처음 국회에 진출한 17대는 분당 사태로 3년 10개월, 재선의 19대는 대법원이 '삼성 X파일' 사건 떡값검사 명단 공개를 유죄로 판단하면서 겨우 9개월 만에 의원직을 잃었고, 20대 국회는 그가 타계하면서 약 2년 2개월에서 임기가 멈췄다. 따라서 오늘의 식객들은 노회찬의 마지막 의정 활동을 가장 가까이서 지켜본 사람들이기도 하다. 관계가 관계이니만큼 딱딱한 일 이야기 말고 노회찬과 음식에 관한 기억들을 주로 나누기로 했다.

"처음 노회찬 의원을 가까이 모시면서 가장 궁금했던 것은 거의 모든 분야에 걸친 박식함이었어요. 도대체 매일같이 24시간이 모자라도록 바쁜데 언제 저런 걸 다 공부했을까, 저는 그 박식함의 원천이 정말 궁금했어요."

"기본 탱크 크기가 달랐다고 생각해야죠. 저수지 바닥의 넓이 차이 같은 것…."

"당신도 은근히 〈알쓸신잡〉 프로그램에 나가고 싶어 하셨지요. '왜 나를 안 부르지?' 그러셨어. 흐흐."

"음식에 관해서는 더욱 남달랐죠. 우선 각종 음식에 대해 아는 것이 참 많으셨습니다. 새로운 음식에 대한 호기심도 넘쳐나셨고요. 노 의원님에게는 음식 맛은 물론이고, 먹는 과정이나 행위도 중요하다는 걸 같이 생활하면서 알게 되었지요."

"지방에서 당 워크숍을 할 때였어요. 새벽까지 행사가 이어진 바람에 이른 아침 식사를 해야 했는데, 그 와중에도 골라 주는 집에 그냥 가지 않았어요. 잠깐만, 잠깐만 그러시며 직접 핸드폰으로 검색하더니 앞장서는 거예요. 이미 음식점을 골라 놓았다는 걸 나중에 알았죠."

"부산 어느 시장 입구에서 정의당 후보 유세 지원을 할 때였어요. 한 30분 가까이 사자후를 토하고 연단을 내려와서는 그 길로 곧장 연설회장 건너편 어묵집으로 직행하는 거예요. 연설하는 동안 눈에 들어온 어묵 가게의 맛이 꽤나 궁금했었나 봐요. 연설하면서 그런 한눈팔기가 가능한 것도 신기하고. 음식에 관한 한 정말 남다른 면이 있는 분이었습니다."

"미각을 악기에 비유하는 이야기를 들려 준 적이 있어요. 악기는 어려서부터 배워야 나중에도 다룰 수 있듯이, 미각도 일찍부터 여러 가지 종류의 음식을 접해 봐야 커서도 잘 작동한다고요."

노회찬의 문화적 소양과 미각의 원천은 어머니다. 어려서부터 아들의 시야를 넓혀 준 어머니는 동네 부잣집에 잔치가 있을 때면 늘 초대받을 정도로 인근에서 음식 솜씨 좋기로 소문난 분이었다고 한다.

소호정 안동국시는 경상도 안동 지방 반가 음식의 맥을 계승하고 있다. 육수는 한우 양지 부위만으로 내고, 면은 밀가루에 콩가루를 섞는다. 면발은 노인도 쉽게 먹을 수 있도록 얇고 가늘게 썰지만, 면 본래의 부드러움과 쫄깃함을 잘 유지하고 있다. 고소하고 깊은 맛의 칼국수에 파로 만든 양념, 잘게 다진 양지 고기를 고명으로 올린다. 반세기 전만 해도 쇠고기를 육수와 고명으로 쓰는 국수를 맛보는 건, 결코 쉬운 일이 아니었다. 웬만한 부잣집이나 대갓집 제사가 아니면 엄두를 내기 어려운 고급 음식이었다.

소호정에서는 양념에 절인 깻잎 반찬도 유명하다. 칼국수와 부추김치가 찰떡궁합이란 것도 실은 안동국시가 세상에 알린 것이지만, 한 젓가락 말은 국수에 깻잎을 얹어서 먹는 맛의 조화는 아마 소호정이 처음이지 않을까?

소호정 주인인 임동열 회장의 회고.

"어느 날 바쁘게 점심 손님을 치르고 어머니(김남숙)와 직원들이 깻잎절임을 반찬으로 밥을 먹는데, 늦은 점심을 하러 온 손님 가운데 한 분이 맛보기를 청하길래 드렸어요. 그런데 그렇게 맛있다고 칭찬을 하시는 겁니다. 그래서 그때부터 부추김치와 함께 깻잎절임을 반찬으로 내놓았는데, 요즘 말로 대박이 났습니다."

노회찬도 소호정에 오면 국수를 깻잎에 싸서 먹는 방식을 좋아했다.

소호정 칼국수는 경상도 안동지방 국수를 '안동국시'라는 이름으로 대중화시킨 선구자 중 하나다. 국수라는 음식 자체가 귀했던 데다, 멸치 국물에 말거나 국수 삶은 물에 그대로 말아 먹던 게 국수인 줄 알던 사람들에게 쇠고기 육수와 쇠고기 고명을 얹은 국수가 나타난 것이다. 고급 국수로 업그레이드된 안동국시가 중산층이 형성되기 시작한 1980년대 서울 강남에서 탄생했다는 것은 그런 점에서 우연이 아니다. 그렇게 시작된 안동국시는 불과 몇 십 년 만에 서울은 물론 대구를 비롯한 지방 도시까지 퍼져 나가 이제는 전 국민적인 전통 한식의 하나로 자리 잡고 있다.

소호정 창업자 김남숙은 전업주부였다. 학술원 회원을 지낸 저명한 경제학자였던 서울대 경제학과 임원택 교수(1922~2006)의 부인이다. 대구의 부유한 의사 집안에서 태어나 어려서부터 다양하게 미각을 길렀던 분이다. 남편의 정년퇴직으로 생계를 걱정하게 된 김남숙이 남편 몰래 차린 식당이 압구정동 안동국시집이다.

그렇게 시작된 작은 칼국숫집은 강남에 사는 경상도 출신의 성공한 중산층들 사이에 먼저 소문이 났고, 불과 몇 달 만에 줄을 서야 먹을 수 있는 집이 되었다. 그리고 얼마 지나지 않아 텔레비전에서나 보던 김영삼과 김종필 같은 실력자들까지 차를 대는 집이 되었다. 안동국시 소호정의 가장 유명한 '전설'은 단골손님이 대통령이 되어 첫 각료 회의를 마치고 멤버들과 이 국수를 먹은 일화다. 이름 하여 '청와대 칼국수'가 바로 소호정 안동국시였다. 김영삼 전 대통령은 '김남숙 표' 칼국수의 가장 유명한 팬이었다.

소호정은 애초에 옥호가 그냥 '안동국시'였다가 나중에 '안동국시 소호정'으로 정해졌다. '소호정(笑豪亭)'은 호걸들이 껄껄 웃으며 찾아오는 집이라는 뜻이다.

소호정은 칼국수도 맛있지만 별도 메뉴 중 문어숙회가 별미다. 문어는 바다가 태백산맥으로 가로막혀 있는 경상도 북부 지방에서는 제사상에 오를 정도로 귀한 음식이었다. 참문어를 삶아 초고추장에 찍어서 오이 등 야채와 곁들여 먹는 맛이 그만이다. 경상도 한정식집에 가면 으레 문어가 등장하는 것은 이런 역사·지리적 문화의 산물이다.

문어숙회를 먹다가 오간 '아재(아저씨를 비꼰 표현) 개그' 한 토막.

"경상도에선 왜 문어가 제사상에 오르죠?"

"평소에는 못 먹는 음식이라서." 땡!

"노인들 체력 보강하라고." 땡!

"문어가 선비를 상징한대요. 문어 이름의 문이 글월 문(文), 다리가 많고 먹물을 뿌려대니, 자손이 번성하고 훌륭한 선비가 많이 나올 상." 딩동댕!

"진짜? 그럼 고등어는 머리가 고등해서 고등어인가요?"

"아! 그래서 안동에 고등어자반이!"

기발한 발상과 재치에 참석한 여러 명이 뒤로 자빠졌다. 이런 재기는 노회찬이 전문이었다.

제대로 만든 전통 녹두전을 처음 맛본 젊은 직원이 그 바삭한 맛에 감탄하자, 노회찬이 공감의 표시로 건넨 말은 "그렇지? '크리스피'하지?"였다.

노회찬에게는 젊은 보좌진이나 당직자들과의 식사와 휴식 자리는 일종의 탈출구와 같은 소중한 시간이었다. 별별 정치적 의제와 고민에 쫓기고, 각종 공·사석에서 늘 긴장된 일과를 보내야 하고, 그나마 쉬는 시간에도 혼자 있기 일쑤인 정치인, 유명인의 운명. 그런 그가 감옥 같은 생활 속에서 사람들과 허물없이 어울리며 술을 마시고, 이야기를 나눌 수 있는 거의 유일한 시간이었다.

"의원님은 저희와 식사할 기회가 있으면 당신이 맛집을 직접 골라서 저희를 데려가요. 음식이 나오면 먼저 꼭 물어봐요. '어때 맛있지?' 이렇게 묻는데 '아니요.'라고 할 수 있나요? '맛있어요.' 그러면 그때부터 시작하는 겁니다. 지금 먹는 음식의 기원, 조리법, 산지, 특징 등 생선 하나로 한 시간은 보통이었어요. '맛있지?'를 잘못 물었다가는 큰일 나요. 하하."

"그런 점에서는 노 의원도 별수 없는 '라떼(나 때)'죠. 외로웠던 거예요."

정치인으로서 노회찬의 고독을 가장 가까이서 느끼는 사람은 비서실장.

"비서로서 제 역할은 소리꾼 곁에서 장단을 넣어 주는 고수나 추임새 같은 거죠."

김종철과 같이 정치인의 생리를 잘 아는 비서가 기회를 봐서 운을 떼면, 그때부터 고독한 정치인의 무대가 열린다.

"생선 얘기가 왠지 바닥이 보인다 싶으면, 바로 분위기를 바꿔 줘야 해요. 아니! 그럼, 그 고기가 알래스카에서도 잡힌다는 말씀?"

"그렇지, 알래스카!"

그렇게 이야기는 생선에서 다시 알래스카로 넘어가고. 젊은 당직자들은 몸을 비틀다 못해 차례로 화장실을 들락거리며 비서실장을 원망한다.

("아씨, 실장님 혼자만 충성하는 거예요? 벌써 두 시간째라니까요!")

세계노동절 기념 범국민대회에서 연대
사를 하는 노회찬(2010. 5. 1. 여의도).

아무튼 신이 난 노 의원이 또 한 말씀을 하신다.

"나 때는 말이야."

국회의원 아니라, 하느님 할애비라도 모든 아재들의 '나 때'는
다른 말로 '외롭다'는 뜻이다.

"나는 토론에 관한 그의 지론을 기억합니다."

토론을 준비할 때, 어떤 말을 어떻게 해야 한다는 강박을 가
지면 그 토론은 실패다. 토론의 꽃은 상대의 주장을 논파할 때
다. 지지자들이 원하는 것도 그것이다. 그런데 강박을 가지면 제

때 제대로 논박을 하지 못한다. 자기가 말할 것을 생각하다가 타이밍을 놓치게 되는 것이다. 토론에서 이기려면 필요한 정보와 지식 빼고는 아무것도 미리 계획하지 마라.

"연설도 그렇게 할 때 노 의원다웠죠."

"노 의원이 대중 연설이나 즉흥 연설의 귀재이지만, 국회 단상의 연설처럼 어떤 틀에 갇힌 것은 잘 어울리지 않았어요. 예를 들어, 부정부패 스캔들을 성토할 때 '여기 앉은 당신들, 노회찬과 299인의 도적들입니다!' 이걸 광화문에서 하면 명연설인데, 우리나라 국회에서는 안 되잖아요. 그게 안타까운 분이었죠."

"우리 국회가 서로 마주 보는 의석에서 대표 선수들이 나와 논쟁하고 토론하는 영국 의회 같다면, 단연 노 의원님이 볼만할 거예요. 우리 국회는 언제 그런 토론 문화를 가질 수 있을까요?"

노회찬 2주기가 얼마 남지 않았습니다.

"저는 느낌이 '2년밖에 안 됐어?'에요. 오래전 일 같은데…."

"저는 벌써 2년인가 싶은 쪽입니다. 엊그제 일만 같아요…."

"시간이 더디 흐르든 빨리 흐르든 그 기억을 밀어내고 싶은 마음은 똑같을 겁니다…."

"그런 이중 감정을 가장 많이 공유하고 있는 게 50대인 것 같습니다. 노회찬재단 후원회원도 50대층이 가장 많고 40대, 60대가 그 다음이고…."

"노 의원님 친구 분들 가운데는 노 의원을 애인 대하듯이 한 분들이 있어요. 노 의원님을 자랑스럽게 여기다 보니 그렇게 행동하신다고 여겼습니다. 자신들은 머릿속으로 생각만 하고 행동으로는 미치지 못하는 곳, 자신의 삶이 가 닿고 싶은 곳에 먼저 가서 깃발을 들고 있는 친구. 그런 친구였기 때문이 아닐까 싶었습니다."

"맨 앞에서 최루탄 마시며 돌 던지는 사람, 뒤에서 따라오는 사람, 빌딩 창문에서 물과 수건을 던져 준 사람, 먼 어깨너머에서나마 손 흔들며 손뼉을 쳐 준 사람. 모두 같은 시대의 기억을 공유하고 있죠. 어디에 있었든지 그들의 마음을 두루 잘 헤아려 주는, 굳세면서도 따뜻한 진보가 되어야 할 것 같아요. 노회찬 재단이든, 정의당이든…."

"저도 그런 두 감정 사이에 있는 것 같습니다. 10년 뒤 지금의 10대들이 무엇으로 어떻게 노회찬을 기억할지를 생각하면 재단 실무자로서 무거운 책임감을 느낍니다."

어느덧 소호정의 '칼국수 타임'이 끝나 갈 무렵, 누군가 노회찬을 추억하며 말했다.

"제가 클래식 음악을 좋아하는데요, 노 의원님이 클래식 마니아라는 걸 나중에 알았습니다. 몇 번이나 '저도 클래식 좋아합니다.'라고 말씀드리고 음악 이야기를 나눠 보고 싶었는데, 하지 못했습니다. 그분이 떠난 뒤, 저는 왠지 그게 많이 아쉽고 죄송합니다. 왜 그 쉬운 걸 못했을까요…."

여성의 날에는 장미꽃을 선물하세요

— 신수동 보리굴비집 '영광굴비'에서

영광굴비정식 보리굴비집

서울시 마포구 대흥로 43

서울시 마포구 신수동 신수초등학교 옆에 자리 잡은 보리굴비집 '영광굴비정식'은 노회찬이 즐겨 찾던 점심 식당 중 하나다. 외관이나 위치는 흔히 볼 수 있는 동네 식당이지만, 굴비 맛만큼은 서울 전체로도 손꼽을 만한 맛집이다. 굴비의 고장 전남 영광 출신의 주인아저씨가 영광 법성포에 있는 고향집 덕장에서 직접 말린 굴비를 가져와 판매하고, 부인 황갑순 씨가 식당을 운영한다.

　10여 년 전에 서강대 건너편에서 처음 문을 열었고, 그 자리에 아파트가 들어서면서 4년 전에 이곳으로 이사를 왔다. 손님 상당수가 국회 관계자, 방송사 언론인, 연예인 등이다 보니 여의도와 가까워진 후로 장사가 더 잘된다고 한다. 노회찬도 친구 따라 왔다가 바로 단골 멤버가 됐다. 주인 황 씨는 노회찬 이야기를 꺼내자 금세 안타까운 표정을 짓는다.

　"10년 넘게 오셨다. 그렇게 떠나시기 얼마 전에도 들르셨는데…"

　그러고는 식당 1층 안쪽의 자리를 가리킨다.

　여의도에서 가깝고 단골 중에 국회 사람이 많은 곳이니만큼 이야기 손님으로 노회찬의 첫 의정 활동을 도운 당시의 젊은 보좌진들을 초대했다. 노회찬이 처음으로 의정 활동을 시작한 시기는 2004년 17대 국회에 민주노동당 비례대표 의원이 되면서부터다. 당시 민주노동당은 지역구 2석, 비례대표 8석 등 총 10석의 당선자를 내는 기적을 창조하며 1987년 민주화 이후 진보정당의 첫 의회 진출을 성공시켰다. 그러나 선거운동을 사실상

지휘하다시피 했던 노회찬은 비례대표 8번인 본인의 당선까지는 기대하지 않고 있었다. 그래서 노회찬은 개표일 밤에도 다음날 당의 스케줄에 대비하기 위해 사무실에서 쪽잠을 자고 있었다는데, 그사이에 극적인 드라마가 연출됐다. 새벽 두 시 쯤 개표 막바지에 민주노동당 총득표율이 자민련을 앞서면서 노회찬이 김종필의 10선을 저지하며 당선이 확정된 것. 한국 현대 정치사의 잊을 수 없는 한 장면이었다.

노회찬의 첫 의정 활동 3년 7개월은 가히 눈부신 바가 있었다. 입법 활동으로는 호주제 폐지, '장애인차별금지법' 제정과 같은 성 평등 및 소수자 인권 보호 활동이 단연 눈에 띈다. 권력과 자본의 유착을 고발한 '삼성 X파일 떡값검사 실명 공개'는 더더욱 빼놓을 수 없다. 이런 숱한 일을 벌이고 만든 17대 국회 의원회관 712호의 8명 보좌진 가운데 박영선 언론홍보담당 보좌관(현재, 민주당 진선미 의원 보좌관), 김상욱 수행 보좌관(현재, 자루애드 경영지원실장), 노현석 인터넷홍보담당 보좌관(데이터 분석가) 등이 '음식천국노회찬'의 초대에 나와 주셨다.

자기들끼리도 오랜만에 한자리에 모인 듯 반가움에 겨운 첫 마디가 "왜 이렇게 늦었어?"라는 말이다. 여전히 현역 의원을 보좌하고 있는 박영선 보좌관은 감회가 더욱 남다른지, 간직하고 있던 '노회찬 의원 보좌관' 명함을 가져왔다.

'우리 시대 진보정치의 희망/민주노동당 국회의원 노회찬'.

진보, 노동, 국회의원 같은 단어들이 한 직함을 이루고 있는 게 "이거 실화였어?"라고 되묻고 싶을 정도로 신기했던 시절의 증거물이다.

"모두가 다 초짜였습니다. 의원님도 초보, 보좌진들도 초보. 현재 대통령비서실 일자리기획조정 비서관으로 가 있는 이준협 보좌관을 제외하고 모두 초짜였죠. 그래서인지 국회 생활이 더욱 설레고, 신나고 그랬던 것 같습니다."

그 초보들의 의정 활동 이야기를 들어본다.

진보 정당의 국회 진출을 자신의 가장 큰 목표이자 업적으로 자부하는 '국회의원 노회찬'이 '진보정치의 희망'이 되어 처음 맡은 상임위는 법사위(법제사법위원회). 여야의 법률가 출신 의원들이 주로 포진한 곳이라 노동운동가 출신의 노회찬이 실력을 발휘하기는 왠지 어려울 것만 같은 상임위였다. 노회찬도 처음에는 진보 정당의 원내, 원외 활동 폭을 넓히기 위해 정무위에 배속되기를 희망했으나 이뤄지지 않았다. 힘센 기존 보수정당 의원들이 인기 많은 정무위의 자리를 내주지 않은 것.

"얼마 동안 버텨 보기도 했는데, 노 의원의 고교 선배인 민주당 유인태 의원의 간곡한 설득을 받아들여 법사위로 마음을 바꿨다. 상임위가 한 달여 만에 법사위로 바뀌면서 애초 정무위 활동에 대비해 선발해 놓은 경제학 박사 두 분이 '알아서 그만두는' 안타까운 일도 발생했다. 노회찬은 그때 그분들을 차마 붙잡지 못했던 미안한 마음을 꽤 오랫동안 간직해야 했다. 그러나 노회찬이 정무위가 아니라 법사위로 간 것은 결과적으로 잘된 일이었다. 호주제 폐지, '장애인차별금지법' 입법 등을 통해 국민들의 기본권을 높이고, 아픈 곳을 쓰다듬는 의회 활동을 선두에서 펼칠 수 있었기 때문이다. 법사위 일상 업무도 노회찬답게 금세 적응했다."

"다른 당 의원들이 대부분 율사 출신이라고는 하지만, 노 의원님도 꿀릴 게 없어요. 수배를 당하고 재판을 받고 큰집(교도소)에도 가봤으니, 법조계 출신 아닌가요? 하하."

노회찬의 법사위 활동은 현장 위주의 어프로치였다.

"활동을 시작하면서 제일 먼저 교도소를 여섯 군데 돌았습니다. 교도소 현장 접견 순서는 '갇힌 사람(수형자)', '감시하는 사람(교도관)', '관리하는 사람(교도소장)' 순이었어요. 노 의원의 신조에 따른 겁니다. 그때 유명한 탈옥수였던 신창원 씨까지 만나 교도소 내 인권과 처우 문제 등에 대한 솔직한 의견을 듣기도 했습니다."

그렇게 노 의원과 관계를 맺은 신창원은 교도소에서 노회찬에게 편지도 자주 보냈다. 한 번은 영치금을 모아 정치후원금이라며 보내오기도 했으나, 선거권이 없는 사람은 정치후원금을 낼 수 없다는 '정치자금법'을 설명해 주고 돈을 돌려보냈던 적도 있다.

교정 시설이나 보호 시설의 식사 개선을 위해 교도소 식판들을 모아 주한미군 수형 시설과 비교해 개선을 요구하고, 기결수의 교도소 내 노동 단가를 몇 배로 높인 사람도 노회찬이었다. 죄는 미워도 인간으로서의 기본권은 최대한 보장하는 것이 재범률을 낮추는 데 더 기여할 수 있다는 것이 법사위원 노회찬의 생각이었다.

17대 국회 후반기에는 소상공인 신용카드 수수료 인하 운동과 '장애인차별금지법' 제정 투쟁이 노회찬의 무대였다.

"당시 신용카드 수수료는 대형 마트의 경우 2.5%인데 반해 소규모 자영업의 카드 수수료는 최고 4.7~8%에 달했습니다. 로비 주체의 규모가 이런 차이를 발생시켰습니다. 이걸 개선해 보려고 당내에 투쟁본부를 만들고 노 의원이 본부장을 맡았습니다. 이 일을 계기로 민주노동당을 노동자당으로만 알던 영세사업자, 소상공인들의 민주노동당에 대한 인식이 달라지면서 집회 참여 호응도 높아졌습니다. 민주노동당 집회 중 참가자 성향이 가장 다른 집회였을 겁니다. 그때 우리도 '아, 이런 게 생활 정치구나!' 싶었지요. 서민을 위한 정치를 해냈다는 데 보람과 자부심이 팍팍 커질 때였습니다."

박경석 전국장애인차별철폐연대 공동대표 주도로 국회 안에서 장애인들이 국회를 '회칠한 무덤'이라고 성토하면서 한바탕 시위를 벌인 일도 잊을 수 없다.

"그때 그분들은 우리가 초청해 국회 안으로 들어올 수 있었는데, 시위가 벌어지니까 국회 경위들이 출동하고 관할 경찰서도 난리가 났습니다. 영등포경찰서는 '재발 방지' 차원에서 의원실 관계자를 엄단하겠다며 '소환 공포'를 쏘아대기도 했지요."

노회찬을 비롯한 민주노동당 의원들이 앞장서서 의원 특권을 내려놓았던 일도 기록해 두지 않을 수 없다. 국회의원 세비를 당에 반납하고 노동자 평균 임금에 해당하는 금액만 받았고, 철도 무임승차권 카드도 반납했다. 당시 의원회관에는 의원들만 이용하는 의원 전용 엘리베이터가 따로 있었는데, 그 이상한 특권도 민주노동당이 앞장서 없앴다. 인턴, 9~6급 비서, 5급 비서관, 4

급 보좌관의 국회 종사자 직급 체계도 민주노동당에서는 노회찬의 제안으로 공히 '보좌관'으로 호칭을 통일해 불렀다. 노회찬은 보좌진의 생일 등 기념일도 꼬박꼬박 챙기는 자상한 의원이었다. 환경미화원 어머니들에게는 자신이 받은 선물을 건네기도 했다.

노회찬의 초선 의원 시절을 이야기할 때 빼놓을 수 없는 사건이 '삼성 X파일 떡값검사' 실명 공개 사건('1. 진보 맛객 노회찬의 꿈' 중 '삼성 X파일, 공수처법, 그리고 노회찬' 편 참조)이다. 언론들이 검찰과 삼성의 눈치를 보며 실명을 알고도 공개하지 못하고 있던 차에 노회찬의 떡값검사 실명 공개는 국민들의 열렬한 지지와 환호를 받았다. 격려 전화가 쇄도했고, 후원회원도 폭발적으로 늘었다. 그해 노회찬의 얼굴이 수많은 잡지의 표지를 장식했고, 많은 언론사들이 노회찬을 '올해의 인물'로 선정했다.

그러나 검찰은 공소시효 만료, '독수독과 이론' 등을 내세워 '뇌물'을 준 재벌 쪽과 받은 쪽인 검사들을 전원 불기소 처분하는 것으로 수사를 종결했다.

"당시 이 사건 수사 책임자는 황교안 전 총리(당시 서울지검 2차장 검사)였는데, 알려져 있듯이 노 의원과는 고교 동창입니다. 보좌진들이 모두 의원실에 모여 황 검사가 수사 결과를 발표하는 텔레비전 중계를 지켜봤습니다. TV 화면에서 친구인 황 검사가 수사 결과를 발표하는 동안, 노 의원은 화면을 등지고 서서 창문 밖으로 하늘을 바라보고 있었습니다. 마침 의원실 창틀의 십자 프레임이 겹쳐지면서 의원님이 십자가를 지고 있는 듯한 실루엣이 만들어지고 있었고요. 그 장면이 하도 강렬해서 노

친구 황교안 검사의 '삼성 X파일' 사건 수사 결과 발표가 TV로 생중계되고 있을 때, 의원회관 창밖 하늘을 응시
하고 있는 노회찬.

현석 보좌관이 핸드폰으로 사진을 찍어 두었을 정도였습니다."

노회찬은 결국 이 사건으로 검찰의 사실상의 보복 기소를 당했고, 2심의 무죄를 대법원이 뒤집으면서 어렵게 복귀한 19대 국회의원직을 2백 수십여 일 만에 잃는 고난을 겪었다. 노회찬이 십자가를 진 채 하늘을 바라보는 듯 했던 그때 그 사진은 그래서 노회찬의 뇌리에도 더욱 장렬하게 남았을 것이다.

폭탄주 몇 잔이 돈 김에 어리석은 질문을 던져 본다.

"그는 왜 고난이 예상되는 위험하고 어려운 역할을 자처했을까요?"

즉각 대답이 나왔다.

"정의로운 사람이니까."

무슨 말이 더 필요할까. 그는 삼성 X파일 속에서 권력과 자본의 유착 실상을 확인했을 때, 이미 하나의 계산 밖에는 없었을 것이다. 지금 이 순간 대한민국에서 검찰을 두려워하지 않고, 재벌의 눈치를 안 보고 '떡값검사'를 온 세상에 알릴 사람이 누구인가? '국회의원 노회찬'이 아니면 누구일 것인가! '삼성 X파일'의 존재가 세상에 나온 그 순간, 그것은 이미 노회찬의 운명이었다. 피할 수 없는 책무가 역사의 이름으로 노회찬 앞에 놓인 것이다.

황갑순 씨의 남편께서는 어려서부터 보고 자란 일이라 굴비에 대한 지식이 풍부했다고 한다. 직장을 나와 이런저런 장사를 해보다가 본인이 잘 아는 굴비 유통 사업을 시작했다. 고향에 덕장을 짓고, 집 옥상과 마당에서도 굴비를 말렸다. 가을 파시에는 조기를 경매해 소금에 절여 놓았다가 겨울 세 달 동안 법성포 해변에서 말렸다.

"우리 아저씨가 소금 간을 아주 잘해요. 소금 간 잘하고 법성포 해풍에 잘 말리는 게 우리 집 굴비 맛의 비결입니다."

황 씨는 바다가 없는 전남 장성이 고향. 바닷가 음식은 영광 사람한테 시집와서 배웠단다. 음식 장사도 이 보리굴비집이 처음이라는데, 바로 맛집이 된 걸 보면 본래 음식 솜씨가 좋은 분이리라. 식탁에 올리는 열 가지 반찬도 모두 집에서 식구들에게 먹이던 그대로라고 한다. 이 집의 주 메뉴는 보리굴비정식. 조기 매운탕과 간장게장도 있다. 병어가 다 자라는 5월에는 '덕자찜'이 주당들의 군침을 돋운다.

전통적인 보리굴비는 항아리에 겉보리를 켜켜이 깔고 그 사이에 조기를 넣어 말린 것을 말한다. 그러나 요즘은 대부분 식당이 냉장고를 사용한다. 냉장 시설이 발달된 때문이기도 하지만, 식당 물량의 보리굴비를 대려면 항아리 방식만으로는 태부족일 것이다. 박영선 보좌관은 마침 시댁이 영광이고, 세 자녀 등 온 가족이 굴비를 좋아해 냉장고에 늘 굴비 한 두릅 이상이 들어 있을 정도의 굴비 애호가.

"보통 굴비는 말리고 찌는 기술이 중요하다. 잘못 말리면 내장에서 냄새가 나는데, 이 집은 냄새가 전혀 없다. 껍질도 보통은 질겨서 벗겨내고 먹지 않는데, 이 집은 껍질까지 먹을 수 있는 걸 보니 아주 잘 말렸다. 가격도 이 정도면 가성비 만점이다. 퍼펙트."

어느덧 일어설 시간이다. 보리굴비 맛만큼이나 이야기도 맛있고 풍성했다. 나눈 이야기의 반도 다 기록에 남기지 못한다. 언젠가 추가할 기회가 있으면 좋겠다. 이들 '노회찬 키즈'는 17대 국회에서만큼은 민주노동당 노회찬 의원실이 가장 많이 일했고, 일도 가장 잘했다는 자부심을 공유하고 있었다.

"너무 일을 많이 벌이는 바람에 주변 의원실 보좌관들의 눈총을 많이 받았죠. '좀 살살 해라. 우리가 힘들다'고 말이죠."

떡값검사 명단 공개로 한층 더 믿음이 높아진 노회찬 의원실로 각종 제보가 쏟아졌다. 상임위 구분이 따로 없었다. 경복궁 경회루에서 일부 특권층이 밤에 몰래 파티를 한다는 문화재청 관련 제보가 문광위가 아니라 노회찬 의원실로 왔을 정도다. 제보가 다양하다 보니 그것을 다루는 보좌진들도 육해공군을 겸해야 했다.

"그때 하도 여러 가지 일을 다뤄 봐서인지 다들 일당백이 됐지요."

'세계 여성의 날(3월 8일)'에는 여성 청소노동자 등 각계각층의 여성들에게 장미꽃을 선물하자는 노회찬의 아이디어는 14년 동안 실천되었고, 노회찬이 없는 지금도 '장미꽃 선물'은 노회찬재단에 의해 계속되고 있다.

2004년 5월 30일 첫 등원한 노회찬은 국회 배지가 한글화될 때까지 의원 배지를 착용하지 않겠다고 선언한다. 한글문화연대에서 한글 배지를 만들어 노회찬에게 전달했고, 노 의원은 모든 국회의원들에게 한글 배지를 배부하며 한글 국회 운동을 전개했다. 이 한자 배지는 노 의원에 의해 2014년 5월 2일 역사

노회찬님이 새로운 사진 2장을 추가했습니다
3시간 ·

3.8 세계여성의 날을 맞이하여 국회 여성청소노동자분들과 여성국회의원들에게 장미꽃 한송이씩 드렸습니다. 여성페친 여러분들께도 장미꽃을 바칩니다. 축하합니다^^

성평등이
민주주의의
완성입니다

3. 8 세계 여성의 날을
진심으로 축하합니다.

정의당 원내대표 노회찬

여성의 날이면 가장 먼저 꽃을 전달했던
국회 청소노동자들과 함께.(2017. 3. 8.
페이스북 갈무리)

속으로 사라졌다. 노 의원의 한글사랑 운동도 노회찬재단에서 사업으로 이어 가고 있다.

끝으로, 칭찬만 늘어놓고 끝나면 이야기 신뢰도가 떨어질 수도 있으니 마무리는 흉을 약간 보는 것으로 하자고 했더니, 한 분이 눈치를 보다가 운을 뗀다.

"의원님이 보좌진 단체로 남도 기행을 보내주셨는데, 그 여행에서 지금의 아내를 만나 결혼했다."

"아니, 지금 이걸 흉이라고 봅니까?"라고 불만(?)을 표시했더니, 한 분이 흉을 본다.

"한번은 국회 출입 기자들이 우리 방을 보좌관이 가장 일 많이 하는 의원실 1위로 뽑았는데, 의원님이 너무 좋아하시는 거예요. 이거 얄미운 당신 아닌가요?"

노회찬과 이낙연의 '인생의 맛'

– 여의도 남도한정식 '고흥맛집'에서

고흥맛집 한정식집
서울시 영등포구 여의대방로 379

하모
새조개

흑산도 홍어와 임자도 민어, 영광굴비와 강진 토하젓, 벌교 꼬막과 목포 세발낙지…. 이름만 들어도 침이 고이는 이런 다양한 계절 음식을 우리는 '남도음식'이라고 한다. 더 정확히는 전라남도 향토 음식. 필자는 고향이 다르지만 앞에서 열거한 모든 음식(+알파까지)을 사랑한다. 홍어를 처음 먹은 것은 스물일곱 살 때, 고대하던 목포 세발낙지의 현지 체험식을 거행한 것은 1990년대 후반 어느 날이었지만 기분은 늘 어렸을 때부터 먹어 온 음식인 것만 같다.

전라도 음식이 서울에서 대중화 된 시기는 언제부터일까? 각자의 기준이 있겠지만, 개인적으로는 김대중 정권의 등장을 꼽는다. 정치적으로 어느 정도 지역 균형이 이뤄지기 시작하고, 경제·사회적으로 수요층이 넓어지면서 맛과 규모를 갖춘 좋은 전라도 음식점이 등장하기 시작했던 것 같다.

노무현 정부 시절, 개인적으로 여행을 간 경상북도 문경의 한 한정식집에서 주요리(主料理, main dish)로 홍어삼합이 나오는 것을 보고 놀란 적도 있다. 아무튼 정치의 민주화가 음식 취향의 자유화를 선도했다는 논리를 밀어붙인다면, 그 진앙은 분명 여의도일 것이다. 여의도 국회의사당과 주요 정당 당사 주변의 즐비한 각종 요식업체들 가운데 명성 높은 남도음식점이 자리 잡은 걸 보면, 이제는 너무나 자연스러운 모습으로 다가온다.

숱한 남도음식점이 명멸해 간 여의도에서 16년 넘게 같은 자리에서 문을 열고 있는 집이 있다면 분명 국회 쪽 사람들의 선택을 받은 맛집이 분명할 것이다. 원효대교와 대방동을 잇는 여의대방로 인도네시아대사관 건너편 한 빌딩 2층에 자리한 '고흥맛집'은 여의도에서 전라도 음식으로 명성이 자자한 음식점이다. 특히 호남 출신 의원들을 비롯해 홍어 등 전라남도 음식 애호가들의 사랑을 듬뿍 받고 있다. 주 메뉴는 앞에서 열거한 전통적인 전라도 계절 음식을 기본으로 갑오징어찜, 병어조림, 쭈꾸미무침, 매생이, 장어탕 등이 별미로 꼽힌다. 산지에서 재배한 재료로 직접 담그는 각종 전라도 김치(갓김치, 파김치, 묵은김치 등)는 별도 판매가 될 정도로 인기 짱이다.

그러나 필자가 보기에 이 집의 성공은 '사람'이다. 좋은 주인과 손님의 관계가 돈독한 집의 음식 맛은 꼭 먹어 봐야 아는 게 아닐 것이다. 주인 김나현 씨는 전, 현직 국회의원 단골손님들로부터 '고흥댁'이라는 향토 냄새 물씬한 애칭으로 불린다. 그 별명만으로도 그가 손맛이 뛰어나고, 붙임성 또한 특별한 주인이라는 걸 짐작하게 한다.

'고흥댁'은 2005년에 처음으로 음식 장사에 뛰어들었고, 2007년에 '미스터홍탁'이라는 옥호로 홍어집을 시작했다고 한다. 고향인 전남 고흥에서 직송한 식재료로 신선한 전라도 음식을 제공한다는 전단을 돌렸는데, 그것을 들고 찾아온 첫 손님이 당시 '전 국회의원'이던 박주선 의원이었다고. 단박에 단골이 된 박 의원의 향도 아래 미스터홍탁이 신속하게 정치권(?)으로 진출하게 되었다.

홍탁 씨가 정계 데뷔한 것까지는 나무랄 데 없는데, '향이 드센' 그를 모든 사람이 좋아할 수는 없을 터, 홍어 냄새가 국회

차원(?)에서 문제가 되었던 모양이다. 좋기만 한 홍어 향이 예약에는 불리하다는 것을 알게 된 고흥댁은 메뉴에서 홍어를 빼는 대신 가게 이름에서 홍어를 뺐다. 옥호가 '미스터홍탁'에서 '고흥맛집'으로 바뀐 사연이다. 2012년 7월 9일이 재개업일이라는데, 이날 온 첫 손님들이 공교롭게도 최근 총리가 된 정세균 전 국회의장과 정 총리에 앞서 총리가 될 뻔했던(?) 김진표 의원이다. 두 사람의 사인지가 식당 중앙의 큰 벽시계에 나란히 붙어 있다. 그런 미묘함 때문일까? 고흥댁이 물어보지도 않은 답을 한다.

"우리 식당에 오신 의원님 가운데 배포로 첫손꼽으라면 단연 김진표 의원이세요. 주문도 시원시원하게 하시고, 술을 시키면 꼭 저를 불러 먼저 한 잔 주시죠. 애쓴 주인이 먼저 잔을 받는 게 도리라고."

기자를 상대하는 주인의 센스가 보통이 아니시다. 선량들의 덕담 사인이 괜히 벽면을 가득 채우고 있는 게 아니었다.

그 하얀 사인지들을 살펴보니, 맨 위 가운데쯤에 자리를 잡고 있는 게 아니나 다를까 노회찬이다.

"인생의 맛을 떠기서 모았습니다. 2007.12. 26. 노회찬"

고흥맛집이 재단장을 하고 나서 처음 들른 날 남긴 것이라고 한다. 날짜를 보니 18대 대통령선거가 끝나고 1주일 뒤. 한나라당 이명박 후보가 당선되었고, 민주노동당은 기대만큼 성과를 내지 못한 채 분열의 국면으로 접어들 무렵이었다. 그렇게 돌이켜보니 왠지 노회찬이 남긴 글귀가 다소 처연하게 느껴지기도 한다. 주인의 회고에 따르면 노회찬은 사인을 마치고 "저 사인이 빛을 볼 날이 꼭 있을 겁니다."라는 말을 주인에게 남겼다고 한다. 비록 지금은 잠시 주춤하지만, 자신의 정치적 전도뿐 아니라 전체 진보 정당의 미래에 대한 낙관의 다짐이 아니었을까 생각해 본다.

그런데 바로 옆에 이낙연 민주당 대표의 사인이 보인다. 전남 영광 출신의 이낙연은 보성 출신의 박주선 등과 더불어 고흥맛집의 오랜 단골 중 한 사람이다.

"인생의 맛을 알 때쯤엔… 2007. 4. 28. 국회의원 이낙연"

그의 사인에도 '인생의 맛'이 들어 있다. 2007년은 대선을 앞두고 민주당도 갈라져서 중도통합민주당, 대통합민주신당 등 당명마저 계속 바뀌고 있던 시절이니 복잡한 정치판의 요동에 그의 심사도 꽤 복잡했을 듯하다. 아니면 막걸리 애호가답게 고흥

'고흥맛집' 식당에 나란히 걸려 있는 노회찬과 이낙연의 글 '인생의 맛'.

맛집의 홍어와 막걸리 맛을 담백하게 상찬한 것인지도 모르겠다. 아무튼 두 사람의 사인이 대구(對句)처럼 나란히 걸리게 된 사연은 이낙연의 제안이었다고. 이런 두 사람의 인연은 10년 후 이낙연이 총리가 되고, 노회찬이 정의당 원내대표가 되면서 다시 이어졌다. 이낙연이 국무총리가 된 다음 날인 2017년 6월 1일, 정의당 원내대표실로 노회찬을 예방한 자리에서 이낙연은 기자들에게 이렇게 말한다.

"노회찬 원내대표님과는 같은 막걸릿집 단골입니다. 언젠가 취중에 '인생의 맛을 알 때쯤엔…'이라고 낙서를 해 놨더니, 나중에 노 대표님이 그 아래에다 '인생의 맛을 알겠습니다.'라고 응수했습니다. (중략) 총리 공관이 역사상 막걸리를 가장 많이 소비한 공관이 되도록 소통하는 정치를 하겠습니다."

그리고 노회찬에게 총리 공관에서 다시 막걸리 회동을 하자고 제안하자, 노회찬도 화답했다.

"총리 공관 막걸리 맛을 보고 나서 공관에 없는 막걸리를 한 통 갖다 드리겠습니다."

그로부터 두 달여 뒤인 8월 16일, 당시 정의당 지도부(이정미 대표 및 심상정, 노회찬, 윤소하, 김종대, 추혜선 등 소속 의원 6명 전원)가 모두 참석한 만찬이 총리 공관에서 열렸다. 노회찬은 이 자리에서 이낙연에게 노회찬 의원실이 직접 빚은 막걸리라며 두 병을 선물한다. 막걸리 이름은 '낙연주(洛淵酒)'. 그리고 이런 당부를 했다.

"총리께서 효모가 살아 있는 이 생生 막걸리를 맛있게 드시고, 서민들이 잘 살 수 있는 민生(생) 정책을 펴 주시기 바랍니다."

이 만찬에서 노회찬이 이낙연에게 선물한 '낙연주'는 노회찬 의원실에서 막걸리를 가장 잘 빚는다는 박규님 보좌관(현, 노회찬재단 운영실장)의 솜씨가 발휘된 것이었다고 한다. 이 막걸리 회동 이후 고흥맛집을 찾는 노회찬의 발길도 부쩍 잦아졌음은 물론이다.

노회찬과 이낙연은 이후 다시 막걸리 회동을 갖지 못했다. 2018년 7월 26일 노회찬의 빈소를 찾은 이낙연은 기자들에게 "총리 공관에서 막걸리를 마셨는데 좀 붙잡고 몇 잔 더 마실 걸 하는 후회가 남는다."고 말하고, 방명록에 다음과 같은 애도의 글을 적었다.

"저희는 노 의원께 빚을 졌습니다. 노 의원께서 꿈꾸신 정치를 하지 못했습니다. 예의로 표현하신 배려에 응답하지 못했습니다. 익살로 감추신 고독을 알아드리지 못했습니다. 안식하소서."

노회찬이 고흥맛집에서 도모한 생애 마지막 사업이 있다. 2018년 4월부터 2018년 7월 노회찬이 타계할 때까지 존재한 '평화와

노회찬은 이낙연 당시 총리를 예방했을 때, 의원실에서 민생정치의 바람을 담아 빚은 막걸리 '낙연주'를 선물했다.

정의의 의원 모임'이다. 소수 정당이 국회에서 캐스팅보트를 쥐려면 반드시 확보해야 할 고지가 교섭단체 지위(20석)다. 그러나 정의당은 6석. 노회찬은 이 벽을 넘기 위해 마침 민주당에서 떨어져 나와 있던 민주평화당(14석)과 공동 교섭단체를 꾸리는 일에 적극 나섰다. 이 '모의'의 주된 장소가 고흥맛집이었다. 노회찬은 두 당이 공동 교섭단체 구성에 합의하기에 이르자, 당시 민평당 원내대표인 장병완 의원과 함께 춤을 출 정도로 기뻐했다고 한다.

"노 의원님이 춤추는 걸 그때 처음 봤어요. 무슨 좋은 일이 있나보다 했는데…."

말을 잇지 못하던 고흥댁이 덧붙인다.

"우리 집에 수많은 의원님들이 오시고, 또 많은 단골이 계시지만, 일반 손님들이 먼저 악수를 청하는 의원으로는 노 의원님이 일등이었습니다. 노 의원님도 테이블을 돌아가며 일일이 모두 악수를 해주시고 함께 사진도 찍고 그랬습니다."

그해 4월 2일, 두 당이 국회에 공동 교섭단체로 등록하면서 노회찬이 첫 원내 사령탑을 맡게 됐다. 2004년 17대 총선에서 민주노동당 소속으로 처음 국회에 입성한 뒤 14년간 비교섭단체 소속이었던 소수 당 의원 노회찬에게 이 일은 매우 의미 있는 사건이었다. 그는 "14년 전 첫 등원 때만큼 떨린다."라고 말하면서 국회의장과 다른 당 원내대표, 두 당 소속 의원 모두에게 봄꽃 야생화를 직접 심은 화분을 보냈다. '봄이 옵니다. 노회찬'이라는 문구를 화분 하나하나에 꽂으며 여의도에도 봄이 빨리 왔으면 좋겠다고 했던 그의 염원은 너무도 빨리 끝났다. '평화와 정의의 의원 모임'은 노회찬이 타계하면서 한 석이 모자라게 돼, 결국 유명무실해지고 말았다. 그만큼 노회찬의 마지막 선택은 계산되지 않은, 예기치 못한 일이었다.

주인과의 이런저런 대화가 끝날 무렵, 이정미 의원이 들어온다. 당시 이 의원은 21대 총선(2020)에서 지역구(인천 송도·연수) 당선을 위해 3년째 지역구를 누비고 있었다. 이날도 지역구민들을 만나는 귀한 시간을 쪼개 '음식천국노회찬'에 동참해 주셨다.

노회찬과 이정미의 첫 만남은 사실 썩 유쾌하지는 못했다고 한다. 이정미 의원의 회고.

"2003년쯤 제가 자주파(NL 계열) 추천으로 당에 들어왔는데, 평등파(PD 계열)인 노 대표님(당시 당 사무총장) 눈에는 그게 좋게 보이지 않았나 봐요."

그러나 두 사람은 얼마 지나지 않아 마음의 코드가 맞기 시작했다. 계파는 달랐지만 당의 통합과 미래에 대한 생각은 잘 맞았기 때문. 그때까지 와인을 못 마셔 봤다는 이정미에게 처음으로 달콤쌉쌀한 와인 맛을 알려 준 사람도 '미식가 문화인' 노회찬이었다. 둘은 곧 좋은 술친구가 되었다.

"2008년 분당이 되고 나서 3년쯤 진보정치의 공백이 있었는데, 그때 통합파들이 '진보의 합창'이라는 모임을 만들어 통합의 공감대를 쌓아 가고 있었어요. 그러던 어느 날, 노 대표님이 청와대 앞 한 스테이크집으로 저를 초대해 스테이크와 와인을 사 주셨죠. 그날 돈 많이 썼을 거예요. 처음 맛본 와인 맛에 빠져

세 병이나 마셨으니.”

그렇게 인간적으로 가까워진 두 사람은 지금은 사라지고 없는 '동해별관'이라는 해산물집에서 종종 일합을 겨루기도 했다는데, 한번은 둘이서 40도짜리 소주를 10병이나 분음했다는 믿거나 말거나 한 전설을 들려준다.

“주량은 제가 늘 한 수 밑이라고 생각했는데, 언제부터인가 제 주량이 노 대표님을 추월하기 시작했어요. 그날도 둘 다 누가 질세라 하고 마셨던 것 같아요.”

그 술을 다 마실 때까지 무슨 얘기를 했을까?

“노 대표님이 음식에도 전문가가 된 것은 그 넘치는 호기심과 문화 욕구 때문이었을 거예요. 대화를 해보면 정말 많은 책과 영화를 읽고 보고, 많은 음악과 미술 등 예술을 사랑한 사람이 아니면 도저히 나올 수 없는 깊이와 순발력을 가지고 계셨어요. 한 마디로 대체 불가!”

그는 요즘 노회찬이 그립다. 코앞으로 선거가 다가올수록, 정의당의 목표에 대한 열망이 클수록 그와의 대화가 그립다.

“그의 지혜와 전망이 우리 당에 얼마나 큰 힘이 될지를 생각하면, 그의 부재가 더욱 아프게 느껴집니다.”

삼겹살 불판을 갈아야 합니다!

– 영등포 꼬리곰탕집 '길풍식당', 해물포차집 '죽변항'에서

길풍식당 꼬리곰탕집
서울시 영등포구 양평로 85

죽변항 해물 포차집
서울시 영등포구 국회대로34길 3-2

노동운동가 출신의 진보 정당 당원으로 노회찬이 국회의원직을 수행한 것은 세 번이다. 그러나 4년의 임기를 채운 적은 한 번도 없다. 앞서 말한 것처럼 20대 국회의원 임기는 그 스스로가 단절시켰고, 두 번째 19대 국회에서는 '삼성 X파일 사건'에서 '유착 권력'과 맞서다 의원직을 빼앗겼다. 2004년 비례대표로 처음 등원한 17대 국회 임기도 당(민주노동당)이 분당 사태에 빠지면서 임기 막판에 비례대표 의원직을 내놓았다. 진보의 내부 투쟁, 권력과의 싸움, 그리고 죽음까지…. 새삼 돌이켜보면 노회찬의 정치 역정은 참으로 치열했고 또 고단했다.

그가 처음 의정 단상에 섰을 때, 그는 비록 비례대표였지만 진보정치의 의회 진출을 상징하는 대표 정치인으로 각광을 받았다. 많은 국민들이 낡은 정치를 성토하는 신예 정치인의 직언

후배이자 동지였던 고 이재영의 부인 장성순 씨와 함께.(2015. 10. 5.)

직설에 묵은 체증을 쓸어내듯 열광했다. 그가 국민에게 쉽게 다가갈 수 있었던 수단은 대중과 밀착된 삶과 언어였다.

"50년 묵은 정치, 이제는 갈아엎어야 합니다. 50년 동안 같은 땅에다 삼겹살을 구워 먹으면 땅이 시커메집니다. 땅을 갈 때가 이제 왔습니다."

정치 주체의 교체 필요성을 서민적인 언어로 실감 나게 표현한 그의 '불판갈이론'은 많은 국민들에게 큰 인상을 남기며 촌철살인으로 가득한 노회찬 어록의 첫 페이지를 장식했다. 그의 레토릭은 대개 인간의 삶 속에서 건져 낸 것이기에 민중들이 그에게 열광했고, 노회찬도 많은 국민들과 보다 쉽게 소통할 수 있었다. 노회찬의 삼겹살 불판갈이는 소박한 서민 식당을 사랑하며, 한국적인 미각을 찾아 골목길을 누볐던 식객다운 상상력의 소산이기도 했다.

그렇게 삼겹살 불판을 사이에 두고 소주잔을 기울이는 일상에 더 익숙했던 그에게 처음 겪는 '국회의원의 식사'는 꽤나 낯설었던 것 같다. 17대 국회의원이 되고 나서 처음 치르는 2004년 국정감사. 감사원에서 있었던 일을 그는 이렇게 기록하고 있다.

"감사원 구내식당에서 점심을 한다. 점심식사인데 전복이 등장하고, 생선회와 산해진미가 차려졌다. 법사위원장은 국회의원 1인당 1만 원 미만으로 규정된 식대를 감사원장에게 정산한다. 형식적으로 보면 감사원 구내식당에서 법사위 돈을 내고 점심을 먹

은 썼다. 그러나 그 음식은 일반 서민들이 정성 한 끼쯤 먹어볼
까 말까 한 고깃 따위다. 식당 창문 밖 붐비이 희생빛이다."

그래서일까? 그는 기름기 낀 기성 여야 의원들보다는 함께 노
동운동과 진보 정당 활동을 한 젊은 보좌관들과 어울리는 게
더 마음이 편했을 것이다. 다음은 노회찬 유고 산문집을 뒤적이
다가 눈길이 멈춘 곳이다.

"오늘은 박○○ 보좌관 생일이다. 방 식구들이 국회 내 곱바집으
로 저녁 먹으러 가는데 따라가지 못했다. 신○○ 동지가 굶지 말라
며 화찬 한 장을 가져왔다."

비례대표로 출발해 처음으로 지역구에서 당선됐지만 어이없
는 법 논리로 19대 국회의원직을 2백수십여 일 만에 잃은 뒤,
노회찬은 2016년 20대 총선에서 창원·성산 국회의원으로 여의
도에 돌아왔다. 3년여 만에 다시 돌아온 여의도는 그 사이 낯선
변화들이 많았다. 노회찬은 변화에 맞춰 새롭게 출발하는 다짐
삼아 젊고 참신한 보좌진으로 진용을 꾸린다. 오랜 동지 몇 명
만 남기고 나머지는 노동운동이나 기성 여의도 정치와는 거리
가 먼 새 인물들로 의원실을 채웠다. 그렇게 모인 노회찬 의원
실 11명 가운데 20대가 넷이었고, 여성도 넷이었다. 의원회관에
서 '정의당 노회찬 의원 방이 가장 젊고 활기차다'는 부러움 섞
인 관찰기가 속출했다.
노회찬은 그렇게 초선부터 3선까지 내내 젊은이들과 일상 속

에서 어울리기를 좋아했다. 그들 중에는 선거캠프 자원봉사자, 정의당 청년당원 출신 등 정치인 노회찬을 존경해 모인 젊은이가 있는가 하면, 교수님의 추천으로 '취직'을 한 친구도 있었다. 그밖에도 로스쿨을 막 마치고 공익 변론과 인권 분야에 관심이 많아 노 의원 방을 노크한 젊은 변호사도 있었다. 노회찬과 함께한 2년의 시간이 '인간 노회찬'을 깊이 알기에는 짧은 시간이었으되, '정치인 노회찬'의 어깨 위에서 세상을 바라볼 수 있었던 소중한 시간이었다.

지금은 동료 의원실로, 다른 직업으로 뿔뿔이 흩어진 '노회찬의 아이들'. 2019년 10월도 저물어 가는 어느 저녁, 여의도 국회 근처 영등포 양평동 사거리 '길풍식당'에 그들이 다시 모였다. 그가 누구든 '노 의원실' 사람들은 잊을 수 없는 곳이다.

"여의도가 갑갑하고, 정치가 답답할 때면 수행원 한두 사람만 데리고 왔어요. 차를 주차할 데가 없어 빙빙 돌 때도 많았지만, 마음 편해하시던 모습이 선하네요."

여럿이서 혹은 단둘이서 노회찬과 함께한 이들 중 김성용, 장연경, 하동원 등 수행 비서들, 로스쿨을 갓 졸업하고 합류했던 법률보좌진의 신유정·신건호 변호사 등이 '음식한국노회찬'과 자리를 함께 했다.

정치가이기 이전에 품격 있는 문화인의 풍모를 간직한 노회찬에게 여의도 정치는 벗어나고 싶을 때가 많은 '정략의 소굴'이기도 했다. 미식가 노회찬에게는 유난히 맛이 없었던 국회식당도 벗어나고 싶은 곳 중의 하나였다.

"국회 식당 밥맛은 하늘이 국회의원에게 내리는 벌이야."

입맛 떨어지는 여의도의 일상이 애먼 구내식당 밥맛까지 망치고 있었는지도 모른다. 그래서 종종 여의도 밖으로 나오지만, 그리 멀리 가지도 못하고 들르는 곳 중의 하나가 이곳 길풍식당이었다.

양평동 길풍식당은 소꼬리곰탕과 찜으로 유명한 맛집이다. 2대에 걸쳐 40년째 영업을 해오고 있다. 건물 1층 안쪽에 자리한 식당으로 들어서면 유명인사의 사인이 즐비하다. 당연히 노회찬의 이름도 보인다.

"맛 최고입니다."

소꼬리 맛은 미식가 노회찬의 추천을 믿는 것으로 소개를 생략한다. 꼬리뼈에서 살점을 발라 찍어 먹는 간장 맛이 일품이다. 간장에 비빈 탱탱한 식감의 중면을 후루룩 먹는 맛도 그만이다. 과연 노회찬의 날카로운 혀를 감당할 만하다는 생각이 들게 한다. 소주와 함께 먹다 보니 소꼬리를 요리해 먹는 민족이 세계에서 몇이나 될까 하는 궁금증이 올라온다. 뿔과 발굽을 빼고 소의 거의 모든 부위를 요리해 먹는 한국인들이 꼬리를 그냥 둘 리 없었을 터. 파리나 흡혈충을 쫓기 위해 채찍처럼 힘차게 등짝을 때리는 소꼬리를 보며 힘이 불끈 샘솟게 하는 보양식을 떠올렸을 법하다. 하지만 먹거리가 넘쳐나는 시대에 성장한 젊은 세대에게는 꼬리에서 살을 발라 먹는 게 쫀쫀해 보이기도 하면서 반대로 상당한 내공이 요구되는 음식으로 비쳐지기도 하는 것 같다.

"노 의원님의 높은 공력을 느낄 때가 두 번 있었습니다. 한 번은 대정부 질의를 하는데, 예상 질의서를 만들어 드리지 못했는데도 즉석에서 원고도 없이 정곡을 찌르는 질의를 하셨을 때. 또 한 번은 소꼬리에서 고기를 부스러기 한 점 남기지 않고 기가 막히게 발라 드실 때였어요."

이 젊은이들 대부분은 '노 의원실'이 월급 나오는 첫 직장이었다고 한다. 그런 그들에게 노회찬은 '의원님'이기에 앞서 자상한 아버지였다.

"이것도 먹어 보라 하시고, 저것도 먹어 보라시며 여러 가지 음식에 대해 이야기를 들려주시고, 먹는 법도 가르쳐 주시곤 했습니다."

길풍식당에서 노회찬이 소꼬리를 먹는 원칙 중 첫손에 꼽히는 것이 절대 소금을 쓰지 않는다는 것.

"소금은 고기 맛을 가린다고 권하지 않으셨어요. 의원님은 저희들에게 세 가지 흰 것을 멀리하라고 말씀하셨죠. 쌀밥, 설탕, 그리고 소금."

길풍식당 특유의 간장에 중면을 비벼 먹는 맛도 면 음식을 유독 좋아했던 노회찬이 이 식당을 즐겨 찾은 이유 중의 하나였을 것도 같다.

"국숫집을 참 많이 데려가 주셨습니다. 이탈리아 파스타도 무척 좋아하셨고요. 당신이 파스타를 잘 만드신다고 한껏 자랑하시고 조만간 곧 맛을 보여주겠다고 약속도 하셨는데…"

'노회찬표 파스타'를 끝내 먹어 보지 못한 젊은이의 시선이 잠시 허공을 맴돈다.

 길풍식당을 나선 일행이 택시를 타고 이동한 2차는 영등포경
찰서 부근 먹자골목 안의 해물포차집 '죽변항'. 경북 울진이 고
향인 주인 부부가 10여 년째 죽변항에서 실어 온 싱싱한 해물
을 안주로 내놓는다. 주인아주머니가 "의원님은 한 5~6년 전부
터 오셨어요."라고 알려 주며 노회찬이 즐겨 앉았다는 모퉁이
자리를 가리킨다.
 이 집은 가까운 이들과 '짱박혀' 술잔을 기울이기에 안성맞춤
인 지하를 가지고 있다. 장사가 잘 돼 지하방까지 식당을 넓혔을
즈음부터 노회찬이 보이기 시작했다고 하니, 그 역시 죽변항의
신선한 해물만큼이나 이 호젓한 공간을 편하게 여겼던 듯하다.
 노회찬이 죽변항에서 즐긴 메뉴는 돌멍게. 겨울철에는 도치
알탕도 좋아했다고. 계절에 관계없이 마무리 식사로는 해물전골
라면을 즐겼다. 이미 어느 정도 술이 들어간 우리 일행도 그 순
서를 따라 소주잔을 기울였다. 남녀 모두 젊은이답게 잘들 마
신다. 빈 멍게 껍질에 소주를 채우고, 빈 소주잔 위에 잠시 놓
아 두었다가 마시면 바다 향기가 솔솔 올라온다고 노회찬이 즐
겨 권했다고 한다. 그 술맛만큼이나 그가 그립다고 젊은이들이
멍게 술잔을 쉴 새 없이 들이켠다. 바다 향기 가득한 멍게 술잔
속에 노회찬의 향기가 파도처럼 밀려왔다 밀려간다.

젊은 보좌진들과 어울리길 좋아한 노회찬.

4
_____

노회찬의 맛길을 따라서

흰짬뽕 한 그릇에 담긴 이야기

- 창원 용호동 '백년옛날짬뽕'에서

백년옛날짬뽕 중식당
경남 창원시 의창구 용지로 145 배정빌딩

경상남도 창원시 성산구는 창원공단이 있는 곳이다. 선거 때가 되면 흔히 '진보정치 1번지'로 호명되기도 한다. 2016년 4월부터 2018년 여름까지 국회의원 노회찬의 지역구였다. 노회찬은 창원과 특별한 연고가 없었으나, 2016년 4.13 총선에서 영남 진보정치의 교두보를 되찾아 오기 위한 노동운동 진영의 부름을 받아 구원투수로 투입돼 우여곡절 끝에 높은 지지율로 당선됐다. 노회찬의 창원 등판은 이 지역 열혈 진보정치 활동가와 지지자들에게는 진군의 북소리였다. 원대한 희망의 재출발이었다. 그런 만큼 노회찬의 타계는 믿을 수 없는 청천벽력이었다.

"사람들이 '노회찬 의원님을 잠시 숨겨 놓고 있는 거다. 머지 않아 짠 하고 나타날 거다.' 그러다가 1주기가 되고 보니 '아, 현실이구나….' 억장이 무너졌어요."

노회찬의 부재를 떠올리게 하는 뉴스나 사건을 접할 때, 그들의 가슴 속은 사무친다.

"용서 못해요!"

진짜 미워서 용서를 못하는 게 아니다. 원망이 사무쳐서다. 그런 이들의 붉은 눈시울에는 희망의 근거를 잃어버린 사람의 비통함이 화살처럼 박혀 있다.

그래서였을까? '음식천국노회찬'이 창원에서 보낸 하루는 '웃픈' 시간이었다. 맛있는 음식에 웃고, 그리운 추억에 슬픈. 일행 모두가 사실 그런 기분이었다는 것을 알리고 이야기를 시작하는 게 도리일 것이다.

노회찬의 발길이 머문 곳에서 여전히 그를 사랑하는 좋은 사람들과 함께 오후 한 시의 짬뽕, 오후 네 시의 생선국, 오후 일

곱 시의 장어구이. 고량주, 막걸리, 소맥의 추임새. 창원의 '짠
한' 하루를 정성을 다해 이끌어 주신 분들은 정의당 경남도당
위원장이자 창원시의회 부의장 노창섭, 정의당 경남도당 사무
처장 김순희, 20대 총선 노회찬선거본부 자원봉사단장 배정란,
노회찬선본의 열성 운동원 신천섭 전 금속노조 경남지부장 등
이시다. 환대해 주신 그분들의 마음이 진심으로 고맙게 느껴졌
다. 노회찬재단에서는 김형탁 사무총장과 박규님 운영실장이
먼 길을 동행해 주셨다. 사실 이분들이야말로 봉 잡은 거다. 멀
다고 그 기막힌 맛의 기회를 내친 재단 직원들은 두고두고 후회
하리라.

KTX 창원중앙역에 내려 택시로 이동한 곳은 창원시청 부근
의 중국집 '백년옛날짬뽕'이다. 창원에서 흰짬뽕(백짬뽕) 맛있기
로 소문이 난 집이다. 노회찬도 지역구에 내려오면 거의 빼놓지
않고 들렀다. 일정이 밀려 들르지 못할라 치면, 공항 가는 시간
을 쪼개어서라도 이 집에 들러 유산슬에 옌타이꾸냥 한 잔에
흰짬뽕을 먹고 갔다.

현재의 자리에 문을 연 지는 11년째, 중국집 업력은 30년이
다. 남편 최대성 씨가 주방을 맡고 있고, 아내 황금령 씨가 지배
인 격이다. 해병대 제대한 지 8개월 되었다는 아들이 아버지 밑
에서 열심히 주방 보조를 하고 있다.

서울서 노회찬 때문에 왔다고 하니 '황 지배인'이 노회찬에게
그랬던 것처럼, 유산슬과 옌타이 한 병을 내어 온다. 유산슬은
몇 젓가락에 이미 판단이 선다.

'역시 맛있군요. 노회찬 선생!'

잠시 후 주방에서 나온 '최 주방장'. 생김새가 부인이 미리 예고해 준 대로 '시커먼 나무꾼'이다. 요리를 잘 할 것처럼 생기지 않았는데 음식 맛은 좋다고 칭찬인지 뭔지 헷갈릴 만한 인사를 건넸더니, 지배인이 대신 대답하신다.

"그래도 뭐, 지금은 좀 나아요. 얼마 전까지는 노숙자, 그랬죠."

"이 집 맛의 비결이 있다면?"

"글쎄요. 다른 집과 다를 게 있나요? 신선한 재료? 굳이 찾자면 조금 더, 한 번 더 손님에게 신경을 써 주는 거라고 할까요?"

최 씨의 말에 따르면, 주방에 있어도 단골손님들이 오면 누가 왔는지 목소리로, 신호로 대강 알 수 있고, 주문을 받으면 그 손님의 입맛과 취향을 생각하며 조리를 시작한단다. 같은 음식이라도 사람마다 입맛이 다르기에 조금 더 그 사람 입맛에 맞게 신경을 써서 요리하는 게 맛의 비결이라는 것. 똑같은 라면도 누가 어떻게 끓이느냐에 따라 다르다는 걸 생각하면, 역시 얼마나 정성을 기울이느냐에 따라서 맛의 차이가 있다는 말씀이시다. 듣고 보면 지극히 당연한, 간단한 맛의 비밀이다.

이 집의 대표 메뉴인 흰짬뽕은 국물 맛이 특히 시원하고 담백하다. 짬뽕 속 야채와 해물의 신선도도 남다르다는 걸 금세 느낄 수 있다. 흰짬뽕 국물 맛의 비결을 물었더니, 부인께서 남편에게 한 마디 하신다.

"기자님이 자꾸 우리 육수 비법을 묻네요. 서울 가서 하나 차릴라꼬 그랑가보네."

"비법 없어요. 닭 육수 쓰는 건 비법도 아닐 거고. 이것도 비법이라면 고추씨를 남보다 조금 더 오래 볶는 거, 건고추 기름에 재료를 채소하고 같이 살짝 태우는 거. 불 조절을 잘 하는 거(그는 불 때문에 팬도 남들보다 무거운 걸 쓴다고 한다.) 정도…."

역시 같은 대답이다. 조금 더, 한 번 더, 몇 분 더 신경을 더 쓰는 것.

원래 짬뽕은 일본 규슈의 중국 화교가 시작한 요리. 이런저런 재료를 섞어서 만든 중국 전통음식(차오마멘)인데, 일본인들이 '재료를 섞었다'는 의미의 일본말 '잔폰(チャンポン)'으로 부르면서 하나의 요리로 자리 잡았다. 우리나라도 처음에는 중국을 통해 '차오마멘'으로 들어왔고, 개항기에 일본식 '잔폰'과 만나 지금 같은 한국식 짬뽕이 되었다. 말하자면, 흰짬뽕은 한국식 짬뽕이 탄생하기 이전의 짬뽕 본래의 조리법에 기원을 두고 있다.

최 씨는 흰짬뽕을 어깨너머로 배웠다고 말한다.

"처음에는 손님들이 모두 실험 대상이었죠. 죄송하지만…."

이렇게도 먹여 보고, 저렇게도 먹여 보면서 흰짬뽕 맛의 본질을 찾아보고, 즐겨 찾는 손님의 입맛에 맞춰도 보면서 조금씩 최 씨만의 흰짬뽕으로 발전해 왔을 것이다. 중국집을 하게 된 계기를 물어보니 "묵고 살라다 보니…"라는 대답이 돌아왔다. 하지만, 20대 초반에 직업을 요리사로 바꾼 것으로 보아 적어도 자신은 본인의 요리 지능을 알고 있었던 게 아닐까 싶다.

스물일곱 살 아들이 자발적으로 아버지 밑에서 가업 승계를 준비하는 것도 어쩌면 DNA의 부름에 응한 것일 수도 있다. 아들의 여자 친구는 음대를 나와 피아노학원을 운영 중인데, 가끔

요리를 만들어 보낸다고 한다. 여자 친구가 전하는 말에 따르면, 부모님이 요리를 들어보시곤 그랬단다.

"요리사 사위도 괜찮을 것 같네."

최 씨는 본래 부산의 공장 노동자였다. 고무공장에 다니면서 노동 현실에 눈을 떴다. 그 공장에서 잘리고, 현대차 부품 납품 업체에 다시 들어갔다가 또 잘렸다. 블랙리스트에 올랐는지, 더는 취직이 안 돼 놀고 있던 중에 아는 사람의 소개로 중국집에 발을 들여놓았다. 1991년경이라고 하니, 그의 나이 스물세 살 때였다. 중국집을 시작하고 지금의 지배인과 결혼했다. 두 사람은 부산에서 공장을 다니며 데모를 하다가 연분이 난 사이였다. "그때 마, 가투(가두투쟁)할 때 보도블록 깨갖고 마, 쐐리 남자들한테 날랐다 아이가. ㅎㅎ"

무슨 영화 같기도 하고 사실 같기도 하다. 동석한 분들이 놀린다.

"근디 돌 던지는 남자가 어디 한둘인가, 하필이면 저 신랑이야? 언니가 먼저 맘에 있었나부다."

"아니, 모, 다들 같은 선봉대잖아?"

"아무렴, 제일 튼튼하고 멀리 던지는 남자가 눈에 들어왔겠지."

"몰라요~."

그런데 지배인 황 씨가 주방장 최 씨보다 다섯 살이나 많다. 지인들 사이에서는 이미 비밀도 아닌지, '나무꾼과 선녀'라고들 부른다. 먼저 옷을 훔친 쪽은 나무꾼일까, 선녀일까? 최 씨에게 나이를 알고 만났느냐고 물어보니, 그러신다.

"남녀가 뭐 나이 물어보고 만나나요?"

한창의 남녀가 데모대 속에서 함께 시위를 하다가 땀투성이 손을 부여잡고 최루탄 속을 달음박질치는데, 어떻게 사랑이 싹 트지 않고 배기랴.

"식당 시작하고 처음엔 고생도 많이 했지요. 많이 싸우기도 했고, 여기 오기 전 식당에선 불까지 났어요. 너무 속상해 점술 가에게 물어봤더니, 꾹 참고 기다리래요. 곧 좋은 날이 온다고 요. 저 사람한테 물 수(水)가 세 개가 들었다나 뭐라나. 음식 장 사, 물장사한테는 참 좋다면서…."

노회찬이 유시민, 진중권 등과 팟캐스트 '노유진의 정치카페' 를 할 때였다. 열렬한 애청자였던 황 씨가 모처럼 들른 노회찬 에게 슬쩍 민원을 넣는다. 노회찬이 그걸 잊지 않고, 어느 날 방송에서 창원시청 앞 흰짬뽕집을 대놓고 홍보했다. 옆의 유시 민은 "이 집 사장님, 참 저렴하게 광고하신다."며 놀리고. 아무 튼 창원 용호동의 백년옛날짬뽕집은 그날로 전국구가 되었다.

부부는 창원에서 봉사활동도 많이 하는 사람으로도 칭송을 받는다. 노동절에 무료로 짜장면을 돌리고, 수익금 일부를 해고 노동자 생계지원금으로 보태기도 했다. 노동자 출신 부부의 아름 다운 이력이 노회찬에게도 '동지적' 감동을 불러일으켰을 것이다.

"노회찬 의원님은 우리 식당을 정말 아껴 주셨어요. 들어오시 면 맨 먼저 주방부터 챙겨 봐 주셨어요. 우리 집 손님으로 오는 '중도할배(짬뽕 맛이 좋아 중도를 가장하고 오는 보수 어르신)'들도 노 의원만큼은 좋아해서 사인을 받아 간 사람도 있었어요. 이 곳엔 '정의당은 모르겠고, 권영길이나 노회찬은 인정한다' 그런 문화가 있어요. '노회찬 같은 사람이 정치해야 나라가 잘 된다' 고요."

살아서는 노회찬의 열렬한 지지자, 그가 없는 지금은 노회찬 재단의 뜨거운 후원자이시다.

백년옛날짬뽕집 벽에는 작년부터 시 한 편이 걸려 있다. 2019 년 6월 6일 개업 10주년을 맞아 이 지역 시인(김유철)이 쓴 헌시 다. 한갓 중국집이 무슨 덕을 얼마나 쌓았길래 지역의 명망 있 는 시인으로부터 이런 헌시를 받을까? 궁금한 분들을 위해 기 록으로 남기는 의미에서 전문을 옮긴다. 구구한 설명보다 시 한 편 읽는 게 깔끔하다. 최대성·황금령의 흰짬뽕 맛처럼….

백년옛날짬뽕

창원시 의창구 용지로145에는 백년옛날짬뽕이 있다.
흔해빠진 짜장면과 더 흔해빠진 짬뽕으로
사람과 사람을 불러서
오도 가도 못하게 하는 그런 곳이다.
식탁 10개에 손님을 받으면 얼마나 받으랴 싶지만
오십 명이 가도 백 명이 가도 아니 세상 사람 모두가 가도
표정 하나 변하지 않고 손님을 받아내며
내놓은 음식 맛은 처음 그대로인 그런 곳이다

옛 주소로는 용호동 73-47이지만
그 주소는 길 잃은 사람에겐 길을 찾는 시발점이고
길을 찾은 사람에겐 시대와 만나는 갈림길이며
시대를 만났으면 상록수처럼 살아가라는 울림터가 되는 곳이다.
남들은 백년짬뽕이라고 그곳 이름을 부르지만
내 눈에는 민주짬뽕으로 보이고
객들은 옛날짬뽕이라 부르는데도
내 귀에는 촛불짬뽕이라 들리니 정체를 알 수 없는 그런 곳이다.
시민의 벗이 되어 주는 먹이통
오다가다 사람을 만나는 사람통
시간이 끝나도 내쫓지 않는 술통
우리에겐 창원시 용호동에 백년옛날짬뽕이 있다.

팟캐스트 '노유진의 정치카페' 창원 성산구 출장 방송.(2016. 4. 2.)

생선국도 호래기회도 참 좋아했지예

- 창원 상남동 생선국집 '오동동부엉이',
중앙동 장어구이집 '구구바다장어구이'에서

오동동부엉이집 생선국식당
경남 창원시 성산구 마디미로3번길 8

구구바다장어구이 장어구이집
경남 창원시 성산구 외동반림로126번길 57-1

창원시는 1970년대 초 대한민국 최초의 계획 도시로 건설됐다. 2010년에는 주변의 마산시, 진해시를 끌어안고 인구 100만 명의 전국 최대 규모의 기초 자치단체가 됐다. '창원'이란 지명은 조선 초기 태종이 대마도 왜구를 막는 군영 설치를 위해 의창(義昌)현과 회원(檜原)현을 합쳐 창원부를 만든 데서 유래한다.

창원공단은 주로 창원시 성산구 일대에 자리 잡고 있어서 상대적으로 노동자 인구가 어느 지역보다 밀집해 일찍부터 노동자 정치 세력화 움직임이 활발했다. 이러한 창원에 노회찬이 등장한 사연은 이 책의 다른 글에서도 몇 번 언급했다.

"권영길 의원의 불출마 이후 새누리당에 빼앗긴 의석을 진보 진영이 되찾아 오려면 민주당과 정의당의 후보 단일화가 필수적이고, 그 단일 후보는 반드시 새누리당 후보를 꺾을 경쟁력이 있어야 했다. 아무리 생각해 봐도 '노회찬'만한 대안이 없었다. 이것은 몇 사람만의 생각이 아니라 정의당을 비롯한 이 지역 민주노동 진영의 중론이었다고 해도 과언이 아니다."

그러나 실제 선거 국면은 험난한 길의 연속이었다. 노회찬이 정의당 후보가 되기 위해서는 민주노총 조합원의 지지를 먼저 얻어야 했다. 이 고비를 넘기면 민주당 후보와의 후보 단일화라는 두 번째 고비가 있고, 세 번째는 당시 여당의 지지 세력인 보수 표심의 벽을 넘어야 했다. 노회찬은 이 세 고비를 차례로 극복했다. 노회찬이 아니었다면 불가능한 일이라고 단언해도 좋다.

2016년 2월, 출사표를 던지고 창원에 내려온 노회찬 사람들은 당시 여영국 전 의원(당시 경남도의원)이 운영하는 창원미래연구소에 방을 하나 얻어 비공식 선거사무실로 사용했다. 이들은 하루 일과를 마치면 근처 식당을 찾아 저녁 끼니와 한 잔 술을 해결하곤 했는데, 그 집들 중 하나가 성산구 상남동(마디미로3번길8 2층)의 '오동동부엉이집'이다. 오동동은 구(舊) 마산의 번화한 동네. 이 집이 오동동에서 시작해 현재의 상남동 자리로 옮겨 온 것임을 짐작할 수 있다. 다른 동네로 이사 오면서 원래 동네 이름까지 그대로 썼다면, 그만큼 그 이름으로 많이 알려진 집이라는 뜻일 게다.

노회찬은 이 오동동부엉이집 생선국을 무척이나 좋아했다. 여기 생선국은 비린내 하나 없이 시원한 맛이라 술꾼에게는 해장용으로 딱인데, 오래전부터 오동동부엉이집이 유명했다. 술을 좋아했고, 또 술자리가 많을 수밖에 없는 노회찬으로서는 더할 나위 없는 음식이었을 것이다. 기자도 이런 생선국을 처음 먹어 보았는데, 단연 가성비 최고의 해장 국물이었다.

마산의 대표 향토음식이라고 할 만한 생선국은 바다에서 막 잡은 살아 있는 자연산 생선(주로 명태, 물메기, 도다리. 제철 다른 잡어들도 생선국 재료로 쓴다고 한다.)을 토막 쳐 다시마와 무로만 우려낸 육수에 넣고 마늘과 소금, 국간장 등으로 살짝 간을 한 다음 열전도가 높은 양은 냄비에서 센 불에 미나리와 몰이(모자반)를 얹어 한소끔 끓인 뒤 바로 손님상에 내놓는 국이다. 산 생선을 쓰는 만큼 비린내가 전혀 나지 않는다. 국이 식어도 비린내가 올라오지 않으니, 시원한 맛에 식은 국에도 자꾸 손이 간다.

오동동부엉이집 생선국만의 비결이라면 국을 끓일 때 모자반 같은 해초와 이 집에서 직접 만든 막걸리 식초를 가미하는 것.

양은 냄비에서 생선국이 마지막으로 끓을 때쯤, 창원 특산의 '북면막걸리'로 만든 식초를 반 큰술 넣는 게 핵심이라고. 모자반은 생산량이 많지 않아 전남 완도 등지에서 직접 사 온다. 이 모자반 역시 오동동부엉이집 생선국의 차별성을 자랑하는 한편, 국물 맛을 잡아 주는 미묘한 역할도 하는 것 같다.

마산에는 탱수('삼세기'의 경남 사투리)탕도 유명한데, 이 탱수탕이나 봄철 도다리쑥국도 넓은 의미에서 생선국의 일종이라고 할 수 있다. 안주용으로는 호래기('꼴뚜기'의 창원 사투리)회가 그만이다. 제철에만 먹을 수 있는 별미 중의 별미. 반찬 하나하나도 모두 허투루 하는 솜씨가 아니다.

오동동부엉이집은 50년 전 마산 합포구 바닷가 오동동 6번지 아들 넷 있는 집의 큰 며느리(이계순)가 처음 문을 열었다. 큰며느리의 생선국 식당은 곧 마산 일대에서 손꼽히는 유명한 생선국집으로 자리 잡았다고 한다. 나머지 손아랫동서 세 명도 '큰행님'을 따라 각자 생선국집을 열어 모두 성업을 이뤘다고. 나중에 큰며느리가 시댁인 오동동에서 이곳 상남동으로 옮긴 것이 지금의 오동동부엉이집이다. 현재는 셋째 이남숙(68) 씨가 운영 중이다. "큰 형님이 나이가 드시고 다리가 아파 병원에 다니게 되면서 식당을 대신 맡고 있다."고 설명한다. 2000년대 초 인기 아이돌 그룹 '인피니티'의 호야가 큰집의 손자라고 한다. 식당 계산대에도 손자의 사진이 자랑스레 붙어 있다.

"노회찬 의원님은 우리 집 음식을 참 좋아했어요. 생선국 외에 병어회, 호래기회를 특히 좋아하셨지요. 오시면 꼭 들러서 소주 한 잔 하시며 좋은 얘기도 많이 들려주시고. 우리 집엔 다른 유명인들도 오시지만, 노 의원 같은 분은 보기 드물어요. 우리 할머니(큰 동서)도 노 의원님을 참 좋아하셨는데. 소식 듣고 얼마나 맘이 아팠는지…."

창원을 떠나기 전에 한 곳을 더 들렀다. 노회찬의 창원 발걸음이 마지막으로 멈추었던 성산구 중앙동(외동반림로 126번길 57-1)의 '구구바다장어구이'집이다. 창원은 '장어 거리'가 조성돼 있을 만큼 장어 요리가 유명하다. 마산 앞바다에서 바닷장어가 많이 잡히고, 장어 양식장도 많아서 싱싱한 장어를 사시사철 공급받을 수 있기 때문이다. 일행의 소개에 따르면, 구구바다장어구이집은 창원의 많은 '짱어집' 중에서도 가격 대비 맛이 좋기로 소문난 집이라고 한다.

'구구장어구이'집에서 만난 젊은 지지자들.

타계 열흘 전인 2018년 7월 13일, 노회찬은 구구바다장어구이에서 6월 치러진 경남도의원선거에서 낙선한 여영국 전 의원 등을 초대해 소맥을 나누며 낙선의 아쉬움을 달랬다. 노회찬은 "여 의원을 더 크게 쓰려고 창원시민들이 이번에 잠깐 쉬게 하는 것"이라며 몇 시간 사이로 천국과 지옥을 오간 여영국을 위로했었다.* 이번 여행에 여 전 의원을 초대해 노회찬과의 창원 시절을 돌아볼 기회를 가져 보려 했으나, 정의당 중앙당 일정과 겹치는 바람에 자리가 이뤄지지 못했다.

처음 온 사람들에게 이 집은 '구구'라는 특이한 옥호가 먼저 눈길을 끌 것 같다. 보통은 잘 쓰지 않는 한자를 한글과 병기해 가며 간판에 쓰고 있는데, 금테 두를 '구(釦)'에 공 '구(球)' 자를 쓴 '구구'다. 직역하면, 둥근 공에 금을 씌운 것이니 황금 여의주를 물고 있는 용(장어)을 연상시킬 의도의 작명임이 분명하다. 유래를 물어보니, 아는 스님이 식당 주인의 생일이 9월 9일인 데서 착안해 지어 주었다고 한다. 이름 덕분인지 '장어들이 황금을 물어오듯' 성업을 이루고 있다니 축하할 일이다.

구구집에는 금속노조 경남지부장을 지낸 신천섭(S&T중공업 근무) 동지도 함께했다. 노회찬이 창원에 올 즈음의 사정을 잘 아는 분들이 많이 모였으니 선거 때 이야기를 조금 더 들어봤다.

"'노회찬' 깃발만 올리면 90% 이상 승산이 있다고 봤어요. 그런데 막상 선거(민주노총 조합원의 지지를 확인하는 1차 투표) 운동에 돌입하니까, 진영 논리가 움직이기 시작했어요. 겉으로는 '지역 연고가 없는 사람을 왜 뽑느냐'는 트집이었지만, 실상은 정파 간 진영 논리가 작용했다고 봐야죠."

결국 노회찬 진영은 민주노총 산하 지부장들에게 내부의 진

---

* 여영국 전 의원은 개표 초기 계속 이겼다가 새벽 부재자 투표 개표에서 아슬아슬하게 졌다.

영 논리를 뛰어넘어야 후보 단일화도 있고 본선 승리도 있음을 강조하며 현실적 대안으로서 노회찬을 지지해 줄 것을 호소할 수밖에 없었다.

"사실 많은 조합원들과 활동가들이 내심으로는 노회찬을 지지했고, 노회찬만이 빼앗긴 진보 정당 의석을 되찾아 올 대안이라는 데 동의했어요. 그건 틀림없는 사실일 거예요."

이처럼 분위기만으로는 1,000표 이상의 여유 있는 승리가 점쳐졌음에도 막상 개표 결과는 박빙이었다. 2위 후보와의 표차는 279표 차. 자칫했으면 질 수도 있었던 선거였다. 그만큼 진영 논리는 뿌리 깊고 고질적인 병폐였다.

구구바다장어구이집은 기자에게 장어는 기름기 때문에 많이 먹지 못하고 쉽게 물린다는 건 잘못된 고정관념이었음을 일깨워 주었다. 장어는 스태미나 건강식으로 인기가 높지만, 기름진 음식을 좋아하지 않는 사람들에게는 호감도가 그리 높지 않은데, 바닷장어는 그게 아니었다. 민물장어와 달리 기름기와 느끼함이 적고, 육질도 고소하고 바삭한 식감도 좋다. 굽기가 바쁘게 젓가락이 나간다. 오후 들어서만 벌써 세 번째 식당인데도 그렇다.

"창원이 장어 요리가 발달한 곳이란 걸 와서야 알았습니다."

"본래 마산 앞바다에는 짱어가 많이 잡혀요. 요즘은 양식도 많이 해서 짱어가 넘칩니다. 짱어 거리도 있잖아요."

이곳 분들은 장어를 꼭 '짱어'라고 발음하신다.

한 분이 필자에게 "서울에도 짱어집이 있지예?"라고 묻자, 다

른 분이 "서울에 없는 게 어딨어? 그래 묻지 말고, 이래 물어야
제. 서울에도 이래 맛있는 짱어집이 있습니까?" 아무래도 오늘
은 앉은 자리에서 구운 장어를 가장 많이 먹은 날이 될 것만
같다.

"경상도 음식 맛없다는 건 잘못된 편견인 것 같아요. 창원만
해도 아귀찜, 장어구이, 추어탕, 탱수탕과 생선국 등등 하나같
이 다 맛만 좋은데."

"창원의 경우는 싱싱한 해산물을 쉽게 구할 수 있어서 전통
적으로 생선요리가 발달한데다, 공단이 생겨 전국에서 온 사람
들이 모여 살게 되면서 각 지방 음식의 장점들이 음식에 스며들
게 되지 않았을까요?"

기차 시간이 다가와 슬슬 일어설 때가 되었는데도 이야기가
끝이 없다.

"찬바람이 솔솔 불어오기 시작한 요즘에는 떡전어도 빼놓을
수 없지요, 창원에선…"

떡전어는 가을철에 마산 만에서 잡히는 전어를 가리킨다. 창
원 지역에서는 떡처럼 살이 통통하고 크다고 하여 '떡전어'라 부
른다고. 보통 전어보다 크기 때문에 큼직하게 토막을 쳐서 구워
먹기도 하고, 뱃살의 잔가시를 빼고 회를 쳐 먹거나 무쳐 먹기
도 하는데, 어느 쪽이나 모두 별미로 친다.

"찬바람 불거든 떡전어 드시러 다시 오세요."

약 여덟 시간 동안, 세 군데 식당을 들렀다. 속도전 하듯 창원
의 '삼시세끼'를 마치고 그만 헤어지려니, 그새 창원에 정이 들었

창원 노동자들과 어사또장어구이집에서.(2016. 2. 20.)

는지 KTX가 있는 게 오히려 야속하다. 귀한 시간을 내어 음식과 이야기 베풀어 주신 분들에게 감사를…. 살아서 좋은 사람들을 가교로 만들어 주신 천국의 노회찬에게도….

함께하신 분들.

배정란(노회찬선본 자원봉사단장) : "아들 셋이 전교회장도 하고 그러는 통에 학교운영위원회에 참여하다가 여영국 전 의원의 창원미래연구소에 관여한 것이 계기가 되어 노회찬 의원님 선거를 돕게 됐다. 노 의원님은 정치인을 떠나 아주 다른 느낌의 사람이셨다. 인연을 소중하게 여겨 주셨다. 서울서 내려오면 꼭 사무실 방마다 문을 두드려 가며 저를 찾아봐 주시고, 안부도 챙겨 주시고 그러시는 게 참 좋았다. 제가 노 의원님 자랑을 많이하니까 주변 학부모님들도 노 의원님을 뵙고 싶어 해서 만남의 시간을 부탁드려 놓았는데, 그걸 못하고 갑자기 가신 게 너무아쉽다."

왼쪽부터 신천섭(두 번째), 노창섭(세 번째), 배정란(다섯 번째), 김순희(일곱 번째).

노창섭(창원시의회 부의장·정의당 경남도당위원장) : "공고를 마치고 회사에 들어간 뒤 바로 노동조합에 참여했다. 노회찬 의원님과는 창원에 내려왔을 때 가까이 수행하면서 인연을 맺었다. 생각 외로 내향적이고 수줍음을 타는 감수성 예민한 소년 같은 일면에 내심 놀랐다. 서울과 달리 동선이 긴 선거운동을 하느라 힘들어하시는 걸 보고 더욱 열심히 도와드리고 싶었다."

노창섭 부의장은 우리 일행의 창원 일정을 도맡아 이끌어 주셨다.

신천섭(전 금속노조 경남지부장) : 창원 통일중공업(S&T중공업의 전신) 임금 투쟁의 '살아 있는 전설'로 불린다.* 노회찬 선거 현장에서 가장 열성적인 운동원 중의 한 사람이었다.

김순희(정의당 경남도당 사무처장) : "중학 시절 야간 고등학교 보내준다고 해서 공장행 버스를 타고 '여공'이 됐다."

노동조합 일을 열심히 하면서 민주노총의 '맹원'이 되었다. 정의당에 입당해서는 지역 당무를 도맡아 해오고 있는 살림꾼이다. 노회찬 없음의 무게를 가장 통절하게 실감하고 있는 사람일 것이다. 경남도당 사무실 노회찬 사진 아래서 그녀가 '노회찬(의 부재)을 미워하며' 흘린 눈물을 잊을 수 없다.

---

* 통일중공업은 당시 급여가 짜기로 소문난 회사여서 거의 매년 노사쟁의가 발생했던 기업이다.

노회찬이 사랑한 '마음의 고향'

− 통영 맛집들에서

수향 해산물 한정식집
경남 통영시 항남3길 29

대추나무집 다찌집(해산물 주점)
경남 통영시 항남1길 15-7

경상남도 다도해의 아름다운 항구 통영(統營)은 먹거리 풍성한 천혜의 고장이다. 일찍이 통영을 여행한 평안도 정주 출신의 한 청년의 눈에도 그랬다.

바람 맛도 짭짤한 물맛도 짭짤한
전복에 해삼에 도미 가재미의 생선이 좋고
파래에 아개미에 호루기의 젓갈이 좋고
새벽녘의 거리엔 쾅쾅 북이 울고
밤새껏 바다에선 뿡뿡 배가 울고
자다가도 일어나 바다로 가고 싶은 곳이다
                    - 〈통영2〉 중, 백석

통영을 사랑한 한국인이 어찌 백석(白石)뿐이겠으랴. 함경도 출신 부모를 가진 부산 사람 노회찬에게도 통영은 자다가도 일어나 달려가고 싶은 곳이었다. 기댈 친구가 있고, 숨을 곳이 있고, 항구의 불빛만큼이나 미식의 유혹이 넘실대는 곳….

언제부터인가 마음의 고향 같은 곳이 된 통영을 노회찬은 1년에 서너 번씩은 다녀갔다. 국회 보좌진, 당직자, 동료 의원들 그리고 노동운동을 할 때의 동지들, 언제나 반가운 친구들과 함께 간 통영은 바쁜 일정 속에서 그에게 잠시 일을 내려놓게 하는 '쉼'의 공간이기도 했다.

노회찬이 처음 통영을 찾은 때는 1980년 이른 봄 무렵이었다고 한다. 신춘문예에 당선한 고교 동창을 축하하기 위해서였다.

스물 몇 살 때. 40년 전의 통영은 부산에서도 연안여객선으로 7~8시간이나 걸리던 곳, 친구나 친지가 있지 않고서는 목적 없이 가기 어려운 외지였다. 노회찬은 처음 본 한려수도와 그 중심의 어항에 곧바로 매료되었던 것 같다. 더욱이 통영은 예향이 아닌가. 문학전집을 독파하고, 첼로를 연주할 수 있는 예술가 기질의 노회찬에게 통영은 이미 박경리, 윤이상 등 수많은 예술가를 낳고 기른 곳으로 각인되어 있었을 것이다.

노회찬이 통영을 사랑한 이유는 또 있다. 바로 맛이다. 통영은 어로, 양식 등 활발한 수산업을 바탕으로 자기들만의 음식 계보를 발전시킨 곳이다. 따뜻한 기온의 청정 해역에 어종이 풍부하고, 육지 쪽에서는 지리산 자락을 타고 다종다양한 먹거리가 들어온다. 부유한 경제력, 풍부한 제철 식재료, 그리고 높은 문화예술 감각이 합쳐져서 통영인들 만의 미각을 만들어 냈다. 미식가라면 절대 놓칠 수 없는 포인트가 아니었겠는가.

그때 '청년 혁명가' 노회찬을 통영으로 초대한 청년 시인은 지금껏 통영에서 2대째 굴 농사를 짓고 있는 장석 선생이다. 필자의 통영 기행을 이끌어 준 일행들의 대화를 엿들어 보니, 학창 시절 친구들은 그를 '짱똘' 쯤으로 불렀던 듯하다. 아무튼 똘이가 찬이를 통영으로 불러들였듯이 장석 선생이 '음식천국노회찬'을 통영으로 이끌어 주셨다. 노회찬이 즐겨 갔던 맛있는 통영의 식당을 알려 주고 싶었으리라.

'음식천국노회찬'이라면 피해 갈 수 없는 통영, 더욱이 봄이 오고 있지 않은가.

또 한 번의 봄을 시작하는 통영의 찬란함과 통영의 싱싱한 굴을 자랑하고도 싶은 것이다.

아침 일찍 고속버스를 타고 통영고속터미널에서 내려 차를 바꿔 타고 원문고개를 넘으니 통영 시내다. 때는 점심시간, 배부터 채워야 할 터. 로컬가이드 장 선생의 추천으로 처음 찾은 식당은 해산물 정식집 '수향(水鄕)'이다.

수향은 1990년대 초부터 노회찬이 통영에 오면 들르곤 하던 식당이다. 통영 유지들에게는 만남의 장소, 관광객들에게는 통영을 대표하는 해산물 요릿집이다. 중소기업부가 선정하는 '백년가게'에 뽑힐 만큼 통영의 대표적인 식당이지만, 30여 년 전에는 작은 다찌집(선술집)이었다고 한다. 1988년 안말순 대표가 처음 문을 연 뒤 '식재료에 관한 한 타협 없는 자세로' 정갈한 자연의 맛을 선보이면서 크게 성장했다고 한다.

항남동의 지금 자리는 세 번째 확장 개업한 곳이다. 바깥주인은 통영의 저명한 향토사학자로서 수향의 아우라를 만드는데 일조를 하고 있고, 아들은 주방에서 가업 승계 수업을 하고 있다. 노회찬은 수향의 초창기 무렵을 기억하는 드문 외지인 손님 중 한 사람이었다. 깔끔한 건물과 통영의 옛 모습을 담은 흑백사진으로 장식한 실내는 세련미와 전통을 잘 조화시키고 있다. 맛은 물론 필자 같은 아마추어의 혀를 감당하기에 손색이 없다.

예약을 미리 했던 터라, 필자 일행이 도착하니 정갈하게 상이 차려져 있다. '서울 촌놈들'이 왔다고 주인장께서 고노와타(해삼창자젓)와 함께 비장의 매실주를 내어 주셨다. 매실의 고장답게 입안에서 은근하게 퍼지는 매실주 향이 식욕을 돋우기에 딱이다.

본격적으로 음식이 나오는데, 지금 잡히는 자연산 모둠회가 첫선을 보인다. 이어서 무와 고추장 베이스의 우럭찜과 간장 베이스의 가오리찜, 소금만 살짝 친 볼락구이, 튀김요리 등이 차례로 나오는데, 필자의 입맛에 다 좋다. 품평 능력 부족이 한탄스러울 뿐이다. 개인적으로 가오리찜이 특히 좋아서 음식사전을 검색해 보니, 경남 지방의 가오리찜은 '간장, 청주, 설탕, 다진 파·마늘을 사용한다. 조리법이 간단하고 국물이 흐르지 않아 경사 때 손님 상차림에 많이 이용한 음식'이라고 소개한다. 볼락구이는 '소금을 뿌려 말린 볼락을 석쇠에 구운 요리로, 깊은 바다보다 연안의 얕은 바다에서 잡히는 볼락이 맛이 좋다'고 한다.

현지가 아니면 쉽게 맛보기 어려운 생 아귀 간과 수육은 절대, 네버(never), 결코 놓칠 수 없는 별미다. 요리사라면 마땅히 다도해의 싱싱한 아귀 간을 재료로 세계적인 레시피에 도전해 봐야 하지 않을까. 마무리는 초밥과 도다리쑥국. 깔끔한 맛이 입안을 깨끗이 씻어 준다. 도다리쑥국은 통영을 대표하는 향토 음식이다. 통영에서는 2월 무렵이면 벌써 쑥국을 먹을 수 있다. 봄철 생선인 도다리와 이른 봄 햇쑥이 만나 찰떡같은 음식 궁합을 이루려면 봄의 남쪽 바닷가가 신혼 방이 아니면 안 되는 것이다.

통영은 세계적인 작곡가 윤이상의 고향이다. 윤이상이 음악교사를 하며 부산고교 등 유수한 경남 지방 학교들의 교가를 작곡하면서 장차 음악가로서 대성의 꿈을 키우던 곳이다. 박정희 정권 시절 동베를린사건으로 고국에 돌아오지 못하다가 민주화가 되면서 고향을 방문할 기회가 있었으나, 끝내 통영 앞바다에서 되돌아가야만 했던 비극도 있었다. 통영과 음악을 다 같이 사랑했던 노회찬에게도 이런 윤이상의 일생은 남다른 존재로 새겨져 있었을 것이다.

잘 알려져 있듯이 노회찬은 클래식 음악에 정통했다. 중학교를 졸업할 무렵에 이미 세계명곡전집의 악보를 거의 다 외었을 정도다. 2004년 출판된 〈우리시대 진보의 파수꾼 노회찬〉에서 인터뷰어 정운영은 노회찬의 예술 취미가 대중들에게 어떻게 비칠지 걱정스러웠는지, 부르주아 음악가나 부자들의 음악회에 대해 어떤 느낌을 가지고 있는 지를 물었다. 그때 노회찬은 이렇게 답했다.

"베토벤의 음악, 다빈치의 '모나리자'는 예술 노동자에 의한 인류문화 자산이다. 이것을 소수만이 향유하는 사회경제적 제도에 강한 거부감을 느낄 뿐이다."

노회찬에게 음악회는 '티켓이 비싸고, 운동하느라 시간이 없어 못 갈 뿐'이지 결코 부르주아만의 문화일 수 없었다. 노회찬은 윤이상추모음악제에서 발표되는 곡들을 챙겨 듣고, 마음에 닿는 곡은 악보를 구해 직접 연주해 보기도 했다. 2017년 9월 서울 금호아트홀에서 열린 '윤이상 탄생 100주년 기념' 고봉인 첼로 연주회는 그가 마지막 간 음악회였다.

통영에는 윤이상이 살던 옛 집터 주변의 기념공원과 윤이상의 존재를 계기로 지어진 통영국제음악당이 있다. 얼마 전 빈필

하모닉 앙상블이 공연할 만큼 국제 수준의 연주장이다. 그 음악당 언덕에 2018년 독일 베를린에서 이장해 온 윤이상의 유해가 안장돼 있다. 이 이야기에도 노회찬의 사연이 있다.

노회찬은 2018년 5월 9일 문재인 대통령 취임 1주년 기념으로 대통령 부부에게 책 두 권을 선물한다. 문 대통령에게는 "평화와 번영의 길목에서 '조난자들'을 안아 주십시오."라는 글과 함께 탈북민들의 모습을 솔직하게 담은 주승현의 〈조난자들〉을, 김정숙 여사에게는 "통영의 동백나무 너무 고맙습니다."라는 편지와 함께 아버지의 유품을 들고 아버지의 삶을 찾아 나선 아들의 이야기인 〈아버지를 찾아서―통영으로 떠난 시간여정〉(김창희 지음)을 선물했다.

1년 전, 김 여사는 주요 20개국(G20) 정상회의에 참석하는 문 대통령과 함께 독일 베를린을 방문했을 때, 통영에서 가지고 간 동백나무 한 그루를 윤이상 묘지에 심는다. 그 당시에 김 여사는 이렇게 말했다.

"윤 선생이 살아생전 일본 배를 타고 통영 앞바다까지 왔다가 정작 고향 땅을 밟지 못했다는 이야기에 저도 울었습니다. 이번에 통영에서 동백나무를 가져왔는데 선생의 마음이 조금이라도 풀리기를 바랍니다."

당시 국내에서는 이를 비판하는 보수적인 여론이 있었는데, 이에 대해 노회찬은 "대한민국이 윤이상 선생께 최소한의 예의를 표한 것 같아 기쁘다. 권력이란 이렇게 쓰여야 한다."고 일갈하기도 했다.

필자와 일행은 그때의 일을 추념하면서 통영국제음악당 언덕

에 자리 잡은 선생의 묘지를 참배했다. 묘지에는 소나무 한 그
루를 배경으로 묘비를 대신한 바위가 누워 있었다. 묘비명은 '처
염상정(處染常淨)', '처한 곳은 물들어도 늘 맑고 깨끗하다'. 바라
보니 산봉우리들을 흩뿌려 놓은 듯한 다도해의 푸른 바다가 아

침햇살에 눈부시다. 그가 고향 땅을 끝내 밟지 못하고 세상을 떠난 사실이 가슴을 아리게 한다.

술을 좋아하는 사람으로서 통영에 와서 그냥 지나칠 수 없는 곳이 다찌집이다. 통영의 싱싱한 해산물이 가득한 상차림과 맥주나 소주가 가득한 술병 '바케쓰(양동이)'. 술값이 한 상으로 계산되고, 바케쓰에 술이 담겨 나오는 술집이 세상 또 어디에 있을까.

숙소에 짐을 풀고 통영 시내의 명소를 걸어서 한 바퀴 돌고 나니 어느덧 어둑해진다. 다찌집으로 향할 시간이다. 통영의 많고 많은 이름난 다찌집 중에 '현지인'이 추천하는 곳을 선택했다. '대추나무집'. 노회찬도 여러 다찌집을 순례했겠으나 그 중에 대추나무집이 장석 선생을 비롯한 친구들과의 추억이 많이 묻어 있는 집이다. 주방의 주인아주머니가 젊었을 때는 꽤 미인이었겠다 싶은 것은 어디까지나 필자 같은 부류의 선택 사항일 뿐이다.

한 상 차리고 둘러앉으니, 호스트이자 '로컬가이드' 장 선생을 비롯한 동행인들에게 비로소 눈길이 간다. 우선 이번 여행에 동행해 주신 회찬이의 고등학교 절친 창희와 만섭. 동아일보 기자 출신의 김창희(국립대한민국임시정부기념관 건립위원)는 앞에서 언급했던 책 〈아버지를 찾아서〉의 필자이다. 월남한 부친이 통영에 정착한 덕분에 그도 통영에서 태어났으니, 그에게는 이번 여행이 고향 방문을 겸하는 셈이다. 통영 시내 구경 도중에 지금은 다른 건물이 들어선 본인의 '생가 터(?)'에 들러서 부모님의 통영 시절을 추억하는 짠한 장면을 연출하기도 했다.

최만섭은 노회찬이 고교 때부터 노동운동 시절까지 수없이 옮겨 다닌 자취방을 거의 다 가봤을 만큼 친한 친구. 그 시절 노회찬이 정성을 다해 끓여 주던 자취방 라면 맛을 아직도 잊지 못한다. 절친들 옆에 이번 통영 기행을 마련한 '음식천국노회찬' 기획자인 박규님 노회찬재단 운영실장과 김형탁 사무총장이 계시다. 중간쯤에 이상희 님이 합류했다. 통영 강구안에서 멍게 요리 전문점 '멍게가'를 운영하고 있는 통영음식 연구가이시다.

다찌집의 주문 형식은 통영을 다녀간 사람들에겐 웬만큼 익숙한 문화다. 대추나무집을 기준으로 보면 기본(2인)으로 안주 한 상과 술값이 6만 원이다. 추가 소주 한 병에 1만 원이나 하지만 그만큼의 안주가 따라 나오니 충분히 합리적이다.

다찌집은 어원상으로는 '서서(立) 마신다(飲)'는 의미의 일본 서민 주점 '다찌노미'에서 유래했다는 것이 거의 정설이다. 서서 마신다는 뜻의 '선술집'이 우리나라에서 유행한 것은 1910년대부터였다고 하는데, 역시 기원은 일본에서 건너온 기술자, 상인, 노동자들이었을 것이다. 필자 개인적으로는 통행금지가 있던 1970~80년대 초 청계천이나 무교동 등지에 벽에 판자를 둘러치고 그 위에 술이나 간단한 안주를 올려놓고 서서 먹는 목로술집들이 있었던 것으로 기억하고 있다.

통영에서 언제부터 지금 같은 형태의 다찌집이 성행하게 되었는지 정확히 알 수 없지만, 화려한 한 상 차림의 요릿집 문화를 선술집에도 도입시켜 보자는 아이디어가 다찌집의 출발이 아니었을까 생각해 본다. 주머니 사정상 큰 요릿집을 드나들 수 없는 서민들이 술상을 가득 차려 놓고 바께쓰 째로 내놓는 술을 호기롭게 마실 수 있는 곳. 사철 싸고 싱싱한 해산물 안주거리가 코앞에 있다면 나름 해볼 만한 장사 아이템이 아니었을까?

고교 시절의 노회찬은 문학에도 심취했다. 어느 해에는 문학지에 발표된 단편소설을 모두 읽었을 정도였다. 〈창작과 비평〉과 같은 문지는 물론 각종 월간 문학지들을 정기 구독했다. 그 무렵 그의 가장 큰 즐거움이 〈토지〉와 〈장길산〉(황석영 지음)을 읽는 것이었다. 운동을 하면서부터는 거의 소설을 읽지 못했던 그에게 〈토지〉는 인생의 소설이 되었다. 통영은 또한 〈토지〉의 작가 박경리의 고향. 그의 기념관이 미륵산 아래에 있다.

노회찬이 열여섯 때인 1972년 〈현대문학〉에 연재 중이던 〈토지〉 1부를 접하게 된다. 〈토지〉는 200자 원고지 3만 매 분량의 대하소설로, 무려 25년에 걸쳐 완성되었다. 노회찬은 박경리의 이 위대한 노정에 '3부까지는 열다섯 번을, 완간된 5부까지는 다섯 번을 거듭하여 읽는' 경의를 바쳤다. 그는 어느 인터뷰에서 이렇게 말했다.

"박경리 선생의 토지는 내 인생의 반려자와 같다. 책을 읽은 것이 아니라 책을 통해 사람을 만났다. 질풍노도의 사춘기와 숨도 쉬기 어려울 만큼 암울했던 청년시절 〈토지〉가 있어서 행복했다."

"토지를 많이 소유하는 것보다 〈토지〉를 많이 읽은 것이 부자"라고 했던 노회찬을 기념한 여행인데, 필자는 그만 박경리기념관 방문 일정을 놓치고 말았다. 다찌집에서 나와 3차로 간 카페와 숙소에서의 뒤풀이가 음주 능력의 한계를 벗어났다. 그러나 부지런한 일꾼은 꼭 있는 법. 아침 일찍 일어나 복국으로 해장까지 하고, 택시로 미륵산 건너편의 박경리기념관을 다녀온 분들이 계셔 주었다. 김 사무총장과 박 실장님이다.

게으른 자를 위해 카톡에 올려 준 사진을 보니, 기념관 마당에 박경리의 시 〈삶〉이 새겨져 있다. 박경리는 소설가 이전에 시인이기도 했다. 기념관 쪽에서 고르고 골라 새겨 놓았다면 '다 계획이 있었을 것'이다. 저승에 가면 꼭 노회찬의 첼로 연주를 배경으로 낭송하고 싶은 시다. 통영과 거제, 들르는 곳마다 상 한편에 노회찬의 자리를 마련하고 술을 따랐는데, 술에 취해 미처 다 전하지 못한 말, 이 시로써 대신한다.

삶

대개
소쩍새는 밤에 울고
뻐꾸기는 낮에 우는 것 같다
풀뽑는 언덕에
노오란 고들빼기꽃
파고드는 벌 한 마리
애닯게 우는 소쩍새야
한가롭게 우는 뻐꾸기
모두 한목숨인 것을
미친 듯 꿀찾는 벌아
간지럽다는 고들빼기꽃
모두 한목숨인 것을
달지고 해뜨고
비오고 바람불고
우리 모두 함께 사는 곳
허허롭지만 따뜻하구나
슬픔도 기쁨도
왜이리 찬란한가

동북아 바닷가에서 가장 맛있는 중국집

– 거제도 장승포항 중국집 '천화원(天和園)'에서

천화원(天和園) 중식당
경남 거제시 신부로 2-4

회사 후배 중에 거제도 출신이 있다. 성실하고 순박한 친구인데 고향 얘기만 나오면 딴 사람이다. 우리 어렸을 때요, 웬만한 곳은 다 헤엄쳐 다녔어요. 집 대청마루에 앉아 낚싯대를 던지면 돔과 우럭이 막 올라와요. 누군들 그 '뻥'을 믿었겠는가만은 섬과 섬 사이를 아이들이 헤엄쳐 다니고, 집 마당에서 낚시를 할 수 있는 그곳은 참 좋은 고향일 것이라고 생각했다.

여행 이틀째. 통영 국제음악당 라운지에서 아침햇살을 맞으며 생맥주 한 잔으로 해장한 일행은 '로컬가이드'의 안내로 거제도로 향한다. 통영에서 거제대교를 건너면 바로 거제도다. 2010년 거가대교가 개통되고부터는 부산에서도 차로 한 시간 정도면 거제 시내에 들어온다. 거제도는 크기로는 제주도 다음이지만, 해안선 길이로는 제주도의 세 배가 된다니 '우리나라에서 제일 긴 섬'이다. 꼬불꼬불한 리아스식 해안이기에 가능한 이야기. 해안선을 따라 드라이브하면서 바다를 보다가 문득 눈에 잡히는 풍경이 있었다. 어느 해안인가에는 집들이 바다와 바로 붙은 듯이 있고, 그 바다 저쪽에 작은 섬들이 헤엄쳐 가면 금세 닿을 듯 가깝게 보인다. 거제도 물개의 뻥이 나름 팩트에 근거하고 있었던 것이다!

아무튼 대청마루 낚시터까지는 몰라도 거제에 가면 노회찬이 즐겨 찾았던 식당 두 곳이 있다. 한 곳은 거제도에서 가장 오래된 중국집 '천화원'이고, 다른 한 곳은 이번 여행의 호스트이자 가이드인 장석 선생이 경영하는 굴 농장의 직원 식당이다. 굴 농장 '중앙씨푸드'는 거제대교에서 오른쪽으로 돌아가면 나오는 둔

덕면 해안에 있고, 천화원은 섬 반대편 해안의 장승포항에 있다.

거제도 장승포항의 화교 중국집 천화원은 노회찬이 '동북아시아 바닷가에서 가장 맛있는 중국집'으로 사랑한 중국집이자, 그런 노회찬을 또한 무척이나 좋아했던 중국집이기도 하다. 70대 나이의 주인장 배영장 선생은 술이 몇 순배 돌고 이야기가 노회찬에 이르면, 금세 가슴이 먹먹해진 눈빛으로 그의 부재를 아쉬워한다.

배 선생과 장석 선생은 같은 거제도에 살면서 알게 된 오랜 지인. 노회찬은 친구 굴 농장에 놀러 다니다가 천화원 주인장을 알게 되었고, 두 사람은 나이 차를 떠나 금세 손님과 주인 관계 이상의 친구가 되었다. 소위 배짱이 맞았다고 할까. 배 선생은 노회찬이 '삼성 X파일 떡값검사' 명단을 공개한 시말을 담은 책 〈나를 기소하라〉(정보와사람, 2008) 출판기념회를 여의도 국회의원회관에서 열 때, 천 리 길을 마다하지 않고 달려와 노회찬을 놀라게 했다. 그런 인연으로 노회찬은 친구들과 보좌진들, 지인들과 휴식의 기회가 있을 때마다 천화원을 더욱 자주 찾게 되었다고 한다.

배 선생은 부모가 중국 산둥(山東) 출신으로 함흥에서 태어났으나 1.4 후퇴 이후 줄곧 거제에서 살았으니, 거제 사람이나 다름없다. 부산으로 월남한 함경도 부모 사이에서 태어난 노회찬과는 이런 출신 배경에서도 공통점이 있었다. 아무튼 그의 빠른 거제 사투리 말씨를 듣노라면 누구도 그가 중국말을 하는 화

교란 걸 믿지 못할 것이다. 게다가 나이가 무색하게 정력이 넘친
다. 말도 거침없고 화제도 거침없다. 노회찬 친구들이 그를 '리
비도가 너무 넘쳐서 탈'이라거나 '거제도 조르바'라거나 하는 말
이 그저 하는 말이 아닌 것 같다. 초면인 필자의 눈에도 흰 수
염 무성한 얼굴, 갈색 카우보이모자, 라이더 점퍼에 청바지 차림
은 영락없는 거제의 안소니 퀸이나 숀 코너리다.

천화원은 인터넷을 검색하면 거제도의 명물 중국집으로 나온
다. 2016년 방송을 타면서 더욱 유명해졌다. 주 메뉴는 짬뽕과
유산슬. 맛에 대한 평가는 사람마다 차이가 두드러진다. 그러나
담백한 맛을 좋아하는 필자의 입맛에는 딱 좋은 맛이었다. 중국
요리 특유의 기름기는 덜하면서 한국적인 자극미는 줄인 옛날
중국집 같은 맛이 이 집만의 깊이와 연륜을 느끼게 해주었다.
서울에서 노회찬의 친구가 왔다고 주인장 부자가 꽤 신경을 쓴
'특식'이 잇따라 나오는데, 우리만 특별 대우를 받는 것 같아 다
른 손님들에게 미안할 정도였다.

맨 먼저 나온 메뉴는 가지찜. 고 김우중 대우그룹 회장이 부
인 준다며 싸가지고 갔다는 그 가지찜이다. 돼지고기를 다져 넣
고 쪄서 파와 굴 소스를 얹어 먹는다. 장 선생이 가져온 58도
짜리 금문 고량주를 곁들여 노회찬에게도 한 잔 올리니 비로
소 천화원의 평화가 가슴에 깃든 기분이다. '천화원'이라는 이름
은 6.25 한국전쟁 당시 배 선생 부친이 일본 유학파 친구와 함
께 하루빨리 전쟁이 끝나고 세상에 평화가 오기를 바라는 마음
을 담아 지은 이름이라고 한다. 하늘 천, 평화 화, 동산 원, 天
和園. 피난민촌과 포로수용소가 있던 당시의 거제에 꼭 필요한

이름이었을 것이다.

이어서 나온 주요리 격의 요리가 광어찜. 사실 이곳에서는 봄철 도다리찜이 제격이지만, 여기는 중국집. 도다리 대신 살이 많은 큰 광어와 쑥 대신 고수를 넣어 찜을 만들었다. 생선에 칼집을 내고 생강, 파를 넣어 찐 다음, 홍고추, 파 등의 야채를 올리고 비법의 간장 소스를 얹었다. 이런 식으로 찐 광어를 먹어 보기는 처음인데, 사실 이 요리의 원래 레시피는 '칭쩡위(淸蒸魚)'라고 하는 중국 남방의 생선 요리다. 보통 농어나 우럭을 쓴다고 하는데, 주인장께서 우리를 위해 큰 광어를 쓴 것이다. 한국 바닷가 중화요리집이 아니면 쉽게 먹을 수 없는 멋진 요리다. 칭쩡위 이야기가 나오니 노회찬의 칭쩡위를 빼놓을 수 없다. 김창희의 회고.

"1999년 봄, 석이와 회찬, 나 셋이서 백두산 여행을 한 적이

고교 동창 장석, 김창희와 함께 회령, 도문 등을 거쳐 백두산 천지 앞에서.(1999)

있었는데, 그곳에서 중국 광둥 생선 요리인 칭쩡위를 처음 먹었다. 그 요리에 엄청 감탄한 회찬이가 몇 년 뒤 무창포 앞바다에서 직접 낚시로 잡은 우럭으로 칭쩡위를 만들어 어머니와 아내를 즐겁게 한 일이 있었다. 회찬이는 요리에 대한 호기심이 참 많았다."

이 대목에서 바이주(白酒·백주·고량주 등 중국 소주의 총칭) 한 잔 추가 흡입. 굴튀김과 굴찜, 청경채를 곁들인 동파육 등도 나무랄 데 없어 어느새 술병이 비고 새 병을 딴다. 배 선생 부자가 정성 들여 준비한 오늘 메뉴는 모두 회찬이가 좋아하는 요리로 골랐다고 한다. 노회찬의 음덕에 다시 한 잔을 바친다. 장 선생은 이날 특별히 청색에 금박 무늬가 있는 청나라 옷을 입고 배 선생과 재회의 술잔을 나누었다. 장 선생은 그 옷을 입고 배 선생 아들이 중국인 며느리와 결혼할 때 신부 아버지를 대신했다고 한다. 그때 일을 기억하며 두 사람이 한 번 더 잔을 나눈다.

부친이 타계한 스물두 살 무렵부터 주방을 지켜 온 배 선생은 몇 해 전 아들 내외에게 자리를 내주고 뒤로 물러났다. 복어 알을 잘못 먹고 죽을 뻔한 그때부터 나이를 새로 세고 있다. 덤으로 사는 인생, 남에게 폐 끼치지 말고 살자 그런 마음이란다.

거제도 조르바의 안내로 해 질 녘의 장승포항 이곳저곳을 둘러본다. 거제도 장승포항은 통영 쪽에서 보면 섬 반대편에 있는 항구다. 만이 남쪽을 향해 열려 있어서 겨울에도 따뜻하다는 천혜의 포구다. 지금은 작은 항구이지만 한때는 거제도 유일의 시였다. 1995년 행정구역 개편 때 거제군과 통합되면서 거제

시의 일부가 됐다. 대우조선이 있는 옥포만은 장승포항 옆에 있다. 2010년 거가대교 개통으로 부산에서도 한 시간 정도면 올 수 있어서 새로운 관광지로 주목을 받고 있다.

장승포는 대한제국 무렵부터 근대적인 어업 기술을 가진 일본 어민들이 이주해 와 개척한 탓인지, 아직도 일본식 건물이 잔영처럼 곳곳에 남아 있다. 6.25 한국전쟁의 아픈 상흔이 훌륭한 복지 사업을 일으킨 곳도 자리하고 있다. 1952년 갓난아이 일곱을 돌보며 시작해 지금은 지적장애인 재활 시설로 운영되는 사회복지법인 애광원이다. 수십 동의 빨간 지붕 건물이 아름다운 고급 휴양 시설처럼 보이는 애광원은 전쟁고아와 가족들의 어머니라고 불린 김임순(1925~)이 세우고 지금껏 운영하고 있다. 거제도 섬 한편에 이런 훌륭한 사업이 70년 가까이 이뤄지고 있는데도 모르고 있었다니 조금 부끄러워진다.

천화원 옆의 장승포 우체국도 사연이 있다. 장승포 우체국

의원실 보좌진들과의 워크숍 후 천화원 앞에서.(2016. 2. 4.)

은 우리나라에 근대적인 우편행정기관(우정국)이 세워지기 전인 1877년 생긴 경남 지역 최초의 우편취급소. 편지가 아니면 섬에 소식을 전하기 어려웠던 시절에 소중한 역할을 해냈다. 장승포 우체국 앞에는 큰 소나무 한 그루가 서 있다. 그 아래 안내문을 읽어 보니, 정호승 시인의 시다. 문학 소년이던 노회찬도 읽고 갔으리라. 장승포에 와 보지 못한 사람들을 위해 한 번쯤 다녀가 보라는 뜻에서 옮겨 적어 본다.

바다가 보이는 장승포 우체국 앞에는 키 큰 소나무가 한 그루 서 있다.

그 소나무는 예부터 장승포 사람들이 보내는 연애편지만 먹고 산다는데

요즘은 연애편지를 보내는 이가 거의 없어 배고파 우는 소나무의 울음소리가 가끔 새벽 뱃고동 소리처럼 들린다고 한다.

어떤 때는 장승포항을 오가는 고깃배들끼리 서로 연애편지를 써서 부친다고 하기도 하고

장승포 여객선 터미널에 내리는 사람들마다 승선권 대신 연애편지 한 장 내민다고 하기도 하고

나도 장승포를 떠나기 전에 그대에게 몇 통의 연애편지를 부치고 돌아왔는데

그대

장승포 우체국 푸른 소나무를 바라보며 보낸 내 연애의 편지는 잘 받아보셨는지

왜 평생 답장을 주시지 않는지

통영에서 거제대교를 건너 오른쪽으로 방향을 틀면 둔덕면이다. 이곳에 장석 선생이 경영하는 굴 농장이 있다. '중앙씨푸드'라는 굴양식과 식품 제조 회사다. 중앙씨푸드의 직원 식당은 말그대로 회사의 임직원, 노동자들의 식사를 책임진 구내식당이다. 굴 농장 식당답게 각종 굴 요리를 비롯한 음식들이 한결같이 맛이 좋아 직원들은 물론 손님들의 사랑을 받는 곳이다. 일반 식당이 아닌 만큼 누구나 이용할 수는 없겠지만 경영자인 장 선생이 관계된 단체나 학교, 관계사 가족들이 거제도에 놀러 올때 종종 회식하는 장소로 애용한다고 한다. 노회찬과 그 친구들, 그리고 그 가족들과 모임 등의 멤버들에게도 추억의 단체여행지다.

일행이 수고하신 주방장 아주머니에게 감사 인사를 드리고 자리에 앉으니, 입에 군침이 도는 음식이 한 상 가득하다. 굴 농장답게 싱싱한 생굴은 물론 굴전과 굴튀김 등 굴요리가 즐비하다. 볼락을 젓갈로 넣은 무김치(볼락김치. 여기서는 '해풍김치'라고 불렀다.)를 비롯한 밑반찬들도 여기가 직원 식당인가 싶을 정도로 정갈하고 풍성했다. 무엇보다 돼지고기 삼겹살과 생굴을 같이 구워 먹는 '굴 삼겹살'은 왜 이 메뉴로 전문 식당이 생기지 않고 있는지 이상할 정도다. 노회찬은 이곳에 오면 늘 본인이 직접 집게와 가위를 챙겨 들고 굴 삼겹살을 구워 냈다고 한다.

장 선생이 언젠가 찍은 사진을 가져온다. 국회에서 바로 왔는지 흰 셔츠 넥타이 차림으로 고기를 굽던 중에 다가온 장 선생과 한 장면을 만들었다. 사진 속 노회찬의 얼굴에 편안한 익살이 넘친다.

노회찬의 오랜 보좌관이었던 박규님(노회찬재단 운영실장)의 회고에 따르면 이 행복한 장면은 2017년 2월 4일 노회찬 의원실이 통영으로 워크숍을 갔을 때 남긴 것이었다. 일정을 마치고 '당연히' 천화원에서 점심을 하고 중앙씨푸드 직원 식당에 들렀는데, 마침 졸업여행을 온 이우학교 고3 학부모들과 조우했다. 이우학교는 당시 장 선생이 이사장으로 학교 운영에 힘을 보태던 대안학교인데, 이 학교는 졸업식이 끝나면 수고했다는 의미에서 학부모들만의 졸업여행을 가지고 있었다.

노회찬은 이날 장기자랑 시간에 학부모들의 성화로 노래를 한 곡 부르게 되었는데, 노래에 앞서 꽤나 긴 이야기를 시작했다. 요컨대 중학생 때부터 첼로를 배워서 연주를 잘하고 수많은 명곡을 줄줄 외우고 있는 '나 같이 잘난 국회의원'에게도 훌륭한 길잡이가 되어 준 친구가 있었다는 내용이었다. 그러면서 단순히 이사장님으로만 기억될 수도 있는 친구 장석을 '문학뿐 아니라 문화예술의 스승이 되어 준 친구'로 소개하며 한껏 비행기를 태워 주었다. 사진 속 장 선생의 표정을 보면 이날 그의 기분을 짐작하고도 남을 것 같다. 이어서 노회찬이 부른 노래는 '가고파'. 노래 실력이 말솜씨만큼 좋았다면 더욱 좋았겠지만, 그날의 노래는 새로운 인생을 시작하는 졸업생 자녀들만큼이나 그들을 세상으로 내보내는 가슴 벅찬 부모들에게도 잊을 수 없는 추억으로 남아 있을 것이다.

내 고향 남쪽 바다 그 파란 물 눈에 보이네
꿈엔들 잊으리오 그 잔잔한 고향 바다
지금도 그 물새들 날으리 가고파라 가고파
어릴 제 같이 놀던 그 동무들 그리워라
어디간들 잊으리오 그 뛰놀던 고향 동무
오늘은 다 무얼 하는고 보고파라 보고파

중앙씨푸드는 우리나라 굴 생산의 70%를 담당한다는 통영 일대 청정 해역에서도 가장 먼저 기업형 굴양식을 시작한 곳이다. 장 선생의 부친은 이북 출신으로 수산전문학교를 나와 선진적인 굴양식 지식과 이해를 바탕으로 일찍이 이 사업에 뛰어들었다고 한다. '중앙수산'이란 이름으로 1969년 문을 열었고, 장 선생은 대학을 졸업하던 1985년 무렵부터 부친의 사업을 돕기 시작했다고 한다. 앞에서 잠깐 소개한 대로 1980년 〈조선일보〉 신춘문예에 시가 당선되면서 화려하게 등단한 시인이기도 하다.

장 선생은 한동안 사업에 치여 시를 쓰지 못하다가 최근 시심을 가다듬어 첫 시집을 상재할 준비를 하고 있다. 청정한 바다의 숨기운을 담았다고 하여 자신이 키운 굴에 '숨굴'이라는 멋진 이름을 붙여 준 것만 봐도 시인 사장의 문학적 역량을 짐작할 만하다. 장 선생은 이우학교 운영 등 사회봉사와 기부 활동도 열심이다. 노회찬이 여러 어려움 속에서 꽤 긴 기간 동안 발행했던 〈매일노동뉴스〉 경영에도 가까운 친구로서 도움을 주기도 했다.

천화원의 만찬을 끝으로 거제도를 떠나 통영으로 돌아온 밤,

마지막 차수를 채운 곳은 해물포차 '통영해물일번지'. 가리비를 비롯한 조개류로 시원한 국물을 내 늦은 밤 속풀이 막차 집으로 제격이었다. 이 집 역시 노회찬이 친구들과 즐겨 오던 곳이다. 그가 마지막으로 들렀던 자리에 젊은이들이 둘러앉아 소주잔을 기울이는 모습을 지켜본다. 노회찬을 아느냐고 물으니 대부분 알고 있다는 눈치를 보여준다. 고마운 젊은이들이었다.

3일째 아침 해장은 중앙시장의 복국집 '호동식당'이 책임져 주었다. 깔끔한 국물의 복국은 물론, 아귀 수육도 일품이었다. 서호시장에서는 시락국에 막걸리 한 잔. 시간 때문에 들르지 못하고 가는 충무김밥집은 구전으로만 음미한다. 쾌속선이 없던 시절 충무 할매들이 김밥과 오징어무 반찬을 만들어 두었다가 연안여객선이나 운송선이 들어오면 재빨리 올라가 팔았다는 그 김밥을 노회찬은 무척 좋아했다.

통영에서 못 먹고 가는 음식이 너무 많다. 계절마다 와서 제철의 통영 음식을 하나씩 시식하고 싶은 마음에 최후의 3인인 최만섭 선생과 김경래 화백, 그리고 필자는 통영고속터미널 앞 낙지볶음집으로 발길을 옮긴다. 이러다 서울에 가기는 갈 건가? 통영의 세 번째 오후가 그렇게 깊어 갔다.

친구야, 진짜 감자탕 맛을 알려 주겠다

― 서촌 '통인감자탕'에서

통인감자탕 감자탕집
서울 종로구 자하문로11길 34

서울 서촌에 '통인감자탕'이 있다. 통인시장 안에서 동네 쪽으로 난 골목길 한편에 소박한 글씨로 '감자탕'이라고 쓴 조그만 간판을 내건 식당이다. 큰 길이 아닌 주택가 안쪽에 있어 동네 사람들이나 시장 사람이 아니면 찾기 어려울 것 같은데, 감자탕 애호가들 사이에서는 꽤나 이름난 집이다. 그럼에도 그 흔한 유명인 방문 글귀 하나 걸려 있지 않다. 실내 장식도 간략한 메뉴판이 전부인 것이 영락없는 동네 식당이다. 밖에서나 안에서나 40년 가깝다는 이 집의 역사를 알아차리기 쉽지 않은 점이 오히려 어떤 아우라를 만들어 내고 있다.

노회찬의 음식 편력에 이 집이 언제 처음 등장했는지는 그가 없는 지금으로서는 알 수 없다. 다만 노회찬의 오랜 친구 이성우(일빛출판사 대표)의 기억에 따르면, 대학 시절 노회찬은 지금의 서울시경 자리 부근에 있던 감자탕집을 알고 있었고, 이 집도 1980~90년대 어디쯤인가부터 그의 손에 이끌려 왔었다고 한다. 노회찬의 고교 동창 김창희의 기억도 비슷하다. 서촌을 중심으로 서울의 역사를 다룬 스테디셀러 〈오래된 서울〉(2014)의 저자이기도 한 그가 덧붙인다.

"이 집 감자탕은 깨끗하고 깔끔한 맛이 그만이야. 회찬이가 좋아할 만했고, 나 역시도 다녀본 집 중에서 최고로 치지."

통인감자탕의 특징은 담백한 국물 맛에 있다. 돼지등뼈를 삶아 육수를 낼 때 조미료는 물론 한약재 따위의 첨가물을 일절 쓰지 않는다. 신선한 양질의 돼지등뼈에 마늘과 굵은 소금을 넣고 가스 불에 서너 시간 푹 끓여 내는 것이 전부다. 재료에 흔히 첨가되는 들깨가루도 식탁에 보이지 않는다. 이 국물 맛이 깔끔하지 않을 수 없다. 밑반찬도 마찬가지. 젓갈을 일절 쓰지 않는다. 심지어 새우젓도 안 쓴다는 김치는 시원한 맛이 그만이다. 주인 장경석 씨는 "아버지는 전남 함평이시지만, 어머니가 경기도 이천 분"이라고 소개한다. 어머니가 음식을 전담했으니, 이 집 맛은 경기도 내륙의 음식 전통에 바탕을 두고 있을 듯하다. 물론 그것이 전부는 아니다.

"경기도 분이지만 일찍부터 서울에 나와 음식 장사를 하시면서 보고 들은 것이 많으셨다."

장 씨에 따르면 이 집 업력은 36년째. 1983년 당시 한 할머니가 운영하던 감자탕집을 부모님이 인수했다고. 특별한 비법을 물려받은 것은 아니었고, 그때까지 백반집 등 음식 장사를 해 온 어머니의 눈썰미와 손맛으로 이 집만의 감자탕 맛을 창조했단다. 오래 가게를 유지할 수 있었던 비결은 '욕심을 내지 않은 것'. 식당이 꽉 차면 30명 정도 되는 규모로 팔만큼만 팔고 문을 닫는 동네 식당 운영을 해 온 점이 오래도록 자기만의 맛을 지켜 온 비결이 되었을 것 같다.

이성우의 회고처럼 일찍이 문화 다방면에 조예가 남달랐던 노회찬에게도 감자탕의 연원은 탐구의 대상이었던 것 같다. 이성우는 대학시절 노회찬에게 향린교회를 소개한 적이 있는데, 1970년대 향린교회는 의식 있는 학생들의 아지트. 그들은 '세미나'가 끝나면 종종 뒤풀이를 근처 장교동의 한 감자탕집에서 하곤 했는데 '살점도 별로 없고 맛도 별로'였다고 한다. 이때 회찬이가 "진짜 감자탕 맛을 알려 주겠다"며 성우를 데려간 집이 지금은 사라지고 없는 사직동의 한 감자탕집이었다고 한다. 거기서 회찬이는 '마이크 체질'의 성우를 한 수 '지도'한다.

"감자탕은 말이야, 감자가 들어가서 감자탕이 아냐. 돼지 등뼈(또는 등뼈 속의 척수) 부위 이름이 '감자'야. 그래서 감자탕이야."

장년의 노회찬이 견결한 신념의 사상가이자 투철한 실천가였듯이, 청년 노회찬은 박학한 독서인이자 행동가였다. 〈우리 시대 진보의 파수꾼 노회찬〉에 친구 정광필(전 이우학교 교장)이 학창 시절의 노회찬을 회고한 부분이 있다.

"뛰어난 유머 감각, 엄청난 주량, 어느 분야든 두루 꿰는 잡학다식으로 모든 사건 사고의 중심에 그가 있었다."

하지만 타고난 재능만 믿지는 않았다. 박규님 노회찬재단 운영실장의 회고.

"언젠가 노 의원님이 무슨 이야기 끝에 국어사전을 처음부터 끝까지 다섯 번이나 정독한 경험을 들려주기도 했습니다."

"회찬이는 무슨 주제든 막힘이 없었다. 좌중에 어떤 화제가 나와도 그걸 소화해서 나름의 관련 지식과 견해를 내놓았다. 세상사에 적극적인 관심을 가지고, 열심히 학습하고, 그걸 남에게 쉽게 설명해냈다. 그런 능력을 두루 겸비하기는 정말 쉬운 게 아니다. 그렇다고 잰 척하는 일도 없었다."

김창희의 이런 회고에 이르면, 묵묵히 박시제중(博施濟衆)을 지향하는 이상적인 선비의 모습을 그에게서 떠올리는 것도 어렵지 않다.

감자탕은 보통 얼큰하게 먹으며, 돼지뼈 사이의 살과 골수를 발라 먹고 국물과 함께 감자를 먹는 재미가 쏠쏠하다. 남은 국

물에 밥을 볶거나 말아먹는 맛도 빼놓을 수 없다. 해장국으로
도 좋고, 저녁에는 가까운 사람들과 함께하는 식사 겸 술 안주
로도 그만이다. 식재료나 먹는 방식 등에서 한국의 대표적인 서
민 음식으로 손꼽을 만하다.

본래 삼국시대 돼지 사육이 성행한 전라도 지방에 유래를 두
고 있는 감자탕이 지금과 같은 음식 형태를 갖추게 된 계기는
개화기 노동자의 음식으로 정형화 되면서부터다. 한식재단이 펴
낸 〈맛있고 재미있는 한식이야기〉에 따르면, 감자탕은 1899년
경인선 철도공사 때 많은 인부들이 인천으로 몰리면서 시작됐
다고 한다. 돼지 잡뼈를 우린 국물에 우거지, 감자 등을 한꺼번
에 넣고 끓여 낸 뒤에 많은 사람들이 배식하듯 나눠 먹었을 이
음식은 곧 인천항만 부두 노동자들의 인기 메뉴로 자리 잡았고,
점차 다른 지역으로도 퍼져 나가 오늘날과 같이 전국적으로 즐
겨 먹는 음식이 되었다.

한 사람의 문화인으로서 노회찬의 '달란트'는 많은 부분 부모
의 영향이 절대적이었다. 음악과 문학과 음식만이 아니다. 노회
찬이 노동운동을 시작한 것을 안 어머니는 그때부터 노동 관련
신문 기사를 스크랩했다. 20년 치 20권의 스크랩은 노회찬이
국회의원이 되자 아들에게 전해졌다. 이런 일은 아들도 즐긴 수
법이었다. 신춘문예에 당선한 장석의 시, 문학청년 김창희와 최
만섭이 쓴 시와 수필 등 친구들의 글이 실린 학교신문을 간직하
고 있다가 연말 모임 같은 곳에서 액자에 넣어 선물하기도 했다.
무엇이든 소중히 기억하고 오래 간직하지 않으면 실행하기 불가

능한 일이다. 모전자전(母傳子傳)이 아니면 무엇이겠는가.

　고양시에서 테라코타를 굽고 있는 도예가 한애규도 노회찬의
수십 년 지우. '막주그룹'의 일원으로 종종 이 집에서 만나 술잔
을 부딪치곤 했다고 한다. 그가 들려주는 회고담은 밤늦은 감자
탕집의 이야기 울타리를 벗어난다.

　"매번 똑같은 감자탕집 말고 우리도 남들처럼 한번 홍대 앞에
서 놀아 보자며 간 곳이 '올드락'이라는 노땅 클럽이었지. 다들

고등학교 친구들의 첫 글이 실린 신문 원본을 40여 년간 보관해 두었다가 액자로 표구해 회갑을 맞은 친구들에
게 선물했다.(2017, 인사동의 한 식당에서)

취해서 노래를 부르고, 누군가는 클럽 안 에어컨을 껴안고 춤을 추는 난리 부르스가 벌어졌지 뭐야. 장석 씨는 신이 나서 소리를 지르고. '다신 산에 안 갈래, 여기만 올래!'"

2000년대 초 어느 날 밤의 에피소드라고 한다. 〈우리 시대 진보의 파수꾼 노회찬〉을 다시 인용하면, 인터뷰어 정운영이 노회찬에게 "노래와 춤 실력도 상당하다던데, 사실인가?"라고 추궁하고, 인터뷰이 노회찬은 "유언비어입니다."라고 단칼에 부인한다.

그렇게 감자탕집을 나와 일행이 발길 닿는 대로 들어선 2차가 카페 '서촌블루스'. 주인장이 노회찬과 함께 찍은 사진을 보여주며 "종종 들르시곤 했다."는, 근황 아닌 근황을 전한다. 몇 순배의 술이 돌고 이미 밤도 깊을 대로 깊어 서촌블루스를 나와 밤거리로 나선다. 차가운 바람에 옷깃을 여미는데, 문득 그랬으면 좋겠다는, 바람 하나가 가슴을 스치듯 지나간다. 사실이어도 좋고 아니어도 좋으니, 부디 그때 그 난리 부르스의 주인공이 꼭 노회찬이었기를….

정의당 국회의원단. 통영 워크숍에서.(2018. 1. 4.)

왜 우리는 잃고 나서야 알게 되는 것일까?

이 책은 2019년 5월부터 2020년 12월까지 사이에 기본 원고가 쓰여졌다. '음식천국노회찬'이라는 제목으로 노회찬재단 온라인 소식지와 〈프레시안〉에 월 1~2회씩 연재됐으며, 책으로 묶여지면서 책 형식에 맞게 편집되고 원고 내용도 일부 수정·보완되었다. 이 후기를 본문에 앞서 읽기를 선택한 독자들을 위해 간략히 소개하면, 이 책은 노회찬의 진보정치 동지들과 오랜 벗들이 노회찬이 생전에 즐겨 간 식당과 주점에 다시 모여 노회찬의 삶과 꿈을 회고하면서 노회찬이 사랑한 맛집 소개도 곁들인, 조금은 특별한 형식과 내용을 담고 있다.

음식 애호가 노회찬이 진보 정치인으로서 꾸었던 개혁의 꿈들을 가능한 무겁지 않은 방식으로 더 많은 사람들과 공유해 보자는 목적을 가진 책이다. 이런 취지를 살려 본문 중에 나오는 노회찬의 말, 글, 책 제목 '음식천국 노회찬' 등은 노회찬의 생전 글씨체로 만든 '노회찬 글꼴'을 사용해 표현했다. 책 속에는 100여 명에 가까운 인물과 27곳의 식당·주점이 등장한다. 맛집은 맛집대로, 등장인물은 인물대로 각자가 경험하고, 알고 있는 '노회찬 이야기'를 들려준다. 이 진심어린 토로와 증언이 책의 진실성을 오롯이 담보하고 있다. 이 자리를 빌려 깊은 감사를 드린다.

이 기획의 연재와 출판은 처음부터 끝까지 노회찬재단 조현연 특임이사와 박규님 운영실장의 아이디어와 실행력에 의해 추동되었으며, 필자는 다만 기록하는 일에 충실하면 되는 정도의 역할을 했다. 글쓴이로서 제 역할을 얼마나 다했는지를 부끄러운 마음으로 되돌아보면서, 부디 노회찬을 사랑한 분들과 노회찬재단에 누를 끼치지 않았기만을 바랄 뿐이다.

필자는 생전에 노회찬을 두 번 만났다. 한 번은 2011년 〈한겨레〉 기자로서 그를 인터뷰하면서였고, 두 번째이자 마지막 만남은 그가 타계하기 몇 달 전, 평양냉면집 앞에서 우연히 해후했을 때였다. 그런 정도의 인연이니, 책을 쓸 만큼 노회찬을 잘 안다고는 결코 말할 수 없는 사람이다. 그럼에도 노회찬을 회고하는 소중한 책의 글쓴이로 선택되는 '영광'을 얻은 것은 노회찬재단 조현연 이사와의 오랜 친분이 크게 작용했다. 조 이사는 필자가 노회찬재단에 조금이라도 도움이 되는 '봉사'를 감히 거절하지 못할 것이라는 걸 잘 알고 있었다. 그리고 필자 역시 노회찬의 부재가 '국가적 손실'이라고 여기고 있던 터라, 비록 부족한 능력이지만 그의 '과대평가'를 고맙게 받아들이지 않을 수 없었다.

노회찬은 생전에 지인들로부터 음식 책을 내보라는 권유를 받을 만큼 음식에 조예가 깊었지만, 일반 대중들에게는 그런 사실이 널리 알려져 있지 않았다. 필자 역시 집필 부탁을 받으면서 처음 알게 되었다. 음악을 사랑한 문화인 노회찬이 미식가이기도 했다는 사실은 그에 대한 인간적 호감을 오히려 증폭시켜 주었다.

노회찬에 대한 진정한 발견은 글을 쓰면서부터였다. 발견은 회를 거듭할수록 넓고 깊어졌다. 2018년 7월 27일 그의 영결식 날, 국회 청소 노동자들이 그의 마지막 가는 길을 전송하던 모습이야말로 한국 현대정치사에서 보기 드문 민중의 송가였다는 사실을 이성으로 받아들일 수 있게 되었다. 연재를 마무리할 무렵, 잇따라 두 개의 개혁입법(고위공직자범죄수사처법, 중대재해기업처벌법)이 국회를 통과할 때 '의인 노회찬'의 이름이 호명되는 것을 지켜보면서 필자의 노회찬에 대한 발견은 절정에 달했다.

위인에 대한 평가가 항용 그렇듯이, 사람들은 그를 잃고 나서야 비로소 그에 대한 참다운 이해를 시작한다. 필자가 이 책의 원고에 마침표를 찍으면서 노회찬에 대해 내린 결론은 '씨 뿌리는 사람'이었다. 할 수만 있다면 그의 죽음을 폄훼하는 사람들의 마음에도 노회찬의 진실이 열리는 데 이 책이 작은 기여를 할 수 있기를 바란다.

— 이인우